세입자

1. 까마귀 5
2. 나쁜 년 43
3. 성(城) 67
4. 손가락 95
5. 세입자 123
6. 그레이스 켈리 159
7. 추격자 207
8. 고유명사 247
9. 롤러코스터 269

1. 까마귀

땅을 매입할 때만 해도 공사가 일사천리로 진행될 줄 알았다. 16평 작은 땅이라서 건물도 쉽게 올라 갈 거라고 믿었다. 조선시대 궁이 밀집된 종로구, 특히 서촌이라 불리는 경복궁 서쪽 지역은 건물을 올릴 때 무조건 문화재 조사를 해야 한다는 사실 정도는 땅을 살 때부터 알고 있었다. 공인중개사부터 건축설계사, 인근 시장 사람들까지 '아마' 뭐든 나올 거라고 했고 그럴 때마다 주원은 고개를 끄덕였지만, 마음 속 깊은 곳에서는 '혹시'를 믿었다. 이 작은 땅에서 나와봤자 뭐가 나오겠냐는 비합리적인 믿음을 버리지 못했다. 처음 뭔가가 나왔다는 얘길 들었을 때는 '설마' 싶었다. 기왓장이나 깨진 그릇 같은 거 정도겠지. 한 달 정도면 끝나겠지. 그러나 한 달은 두 달이 됐고, 어느새 석 달째 접어들고 있었다.

6월 한낮의 햇살이 주원에게 쏟아졌다. 주원은 자신의 땅이 있는 종로구 청자동 안쪽 골목 입구에 서서 긴 한숨을 내쉬었다. 또 어떤 일이 벌어졌길래 문화재 발굴 조사 재단에서 자신을 부른 건지 짐작할 수는 없었지만 좋은 소식이 아닌 건 확실했다. 주원은 천천히 골목을 돌았다.

주원의 땅은 교과서에서나 나올법한 유적지의 모습으로 파헤쳐져 있었다. 일정한 간격으로 놓인 여덟 곳의 돌무더기 주변에는 흰색 페인트가 동그랗게 칠해져 있었다. 땅의 한쪽에는 베이스캠프 격인 텐트가 쳐져 있었고, 6월의 햇살로부터 자신을 방어하기 위해 챙이 둥그렇게 넓은 모자를 쓰고 토시로 꽁꽁 싸맨 사람들이 돌멩이 무더기 근처에 앉아 여러 크기의 삽과 호미, 빗자루를 닮은 도구 등을 이용해 발굴에 한창이었다. 땅을 조심스럽게 들여다보는 사람, 사진을 찍는 사람, 치수를 재는 사람, 깨진 그릇과 기와장을 정리하고 있는 사람. 모두 '한국 문화재 발굴 조사 재단'이라고 쓰인 카키색 조끼를 입고 있었다.

회사에 오후 반차를 쓰고 나오는 바람에 회색 바지 정장에 낮은 힐을 신고 온 주원은 전날 비가 와서 젖어 있는 흙바닥에 조심스럽게 발을 디뎠다. 주원의 크고 까만 눈동자와 오똑한 콧날이 조심스럽게 바닥을 살폈다. 그러나 주원의 긴 팔은 알레시의 와인오프너 안나처럼 그저 위아래로 허우적댈 뿐이었다. 잔잔한 파도처럼 우아하게 찰랑대는 단발머리는 주원이 각진 턱을 움직일 때마다 대책 없이 헝크러졌다.

자신의 땅이지만 '발굴 현장'으로 불리는 이곳에 올 때마다 주원은 조선시대 어딘가로 빨려들어갈 것 같은 기분이 들어서 섬뜩했다. 그때 몇 번 인사를 나눈 적이 있는 문화재 발굴 조사 재단 박미정 팀장이 모자를 벗으며 주원에게 다가왔다. 태양 아래에서 땅을 들여다봐야 하는 직업적 고단함을 보여주듯 잔뜩 탄 얼굴과 깊은 주름이 주원을 보며 웃었다.

"건축주 님, 오셨어요? 오셨으면 말씀을 하시죠!"

주원은 '건축주 님'이라는 호칭에 자동 반응했다. 이토록 특별한 호칭이라니, 들을 때마다 흥분됐다.

"팀장님, 안녕하세요. 일교차가 심한데 고생 많으세요."

주원이 손가락으로 머리카락을 빗으며 동그랗고 큰 눈으로 환하게 웃었다.

"저희 일인데요. 저쪽으로 들어가서 말씀 나누실까요?"

미정은 주원을 텐트가 있는 쪽으로 안내했고 주원은 발굴 현장이 훼손되지 않도록 한 걸음 한 걸음 신경 쓰며 텐트 안으로 들어갔다. 주원은 힐에 묻은 흙을 털어내려고 발을 흔들었지만 소용없었다. 미정은 주섬주섬 서류를 꺼내며 특유의 느릿느릿하고 높낮이 없는 말투로 설명을 시작했다.

"우선 지금 발굴 조사 상황을 말씀 드릴게요. 저희가 이전에 설명드린대로 땅에는 시대별로 단층이 있어요. 일제시대를 1 문화층, 조선시대 말기를 2 문화층, 조선시대 후기를 3 문화층, 조선시대 중기를 4 문화층 이렇게 시대별로 나눌 수 있고요. 1차와 2차 발굴에서 일제시대와 조선시대 후기까지 발굴을 진행했습니다."

미정은 잠시 말을 멈추고 침을 삼키며 주원을 바라봤다. 주원은 미정에게 이 설명을 들을 때마다 크레이프 케이크나 무지개떡을 떠올렸다. 한 겹 한 겹 쌓아올려진 시간의 맨 위에 체리처럼 우뚝 서 있는 것 같았다. 그렇지만 머지 않아 새로운 시간이 위에서 짓눌러 곧 수많은 레이어 중 하나가 될지도 모른다는 생각에 겸손해지기도 했다.

두구두구두구. 주원은 두 손을 꼭 모으고 결과 발표를 기다렸다.

"그 결과 세 곳의 건물지, 그러니까 집터가 나왔고, 문화재청에서 그 아래 조선시대 중기까지 계속 발굴하라는 지시가 내려왔어요."

낙제를 받아든 주원은 울상이 된 얼굴로 말했다.

"그럼 또 얼마나 더 공사를 못하는 거예요?"

"저희가 생각하기로는 최소 한 달은…."

주원의 목소리가 높아졌다.

"또 한 달이요? 최소 한 달이면 두 달, 석 달로 늘어날 수도 있나요?"

"침착하시구요. 정말 만약에 이 땅의 바닥을 보지 못하면 더 걸릴 수 있는데, 제가 볼 때 그런 일은 아마 없을 거예요."

주원은 더 이상 그런 말을 믿지 않는다는 듯 입을 다물었다. 침묵이 흘렀다. 100년 전의 조선시대가 2020년대를 사는 자신의 삶에 이렇게 영향을 줄 거라고, 주원은 단 한 번도 생각해 본 적이 없다. 결국 조상이 문제였다. 오늘은 어떻게든 살아보려고 발버둥치는데 어제가 자꾸 발목을 잡았다.

"집터가 세 개라면 이 땅에 지어졌던 집이 최소 세 채라는 얘긴가요?"

미정은 손가락으로 돌무더기를 가리켰다.

"맞아요. 저게 나무 기둥 아래를 받치는 돌들이거든요. 보시면 규칙적으로 쌓여 있죠. 저걸 보면 집터가 있던 곳을 추정할 수 있어요."

주원은 깊은 한숨을 쉬었다.

"이런 말씀 위로가 안 되겠지만, 그래도 이 땅이 진짜 좋은 땅이라는 얘기거든요. 경복궁 옆에 있기도 하고 그만큼 땅이 좋아서 집이 여러 채 지어졌다는 거니까. 경복궁에서 서쪽으로 150m 거리였으니 당시 풍수지리 조건이 완벽했죠. 이 동네가 조선시대에 대군들이 살던 동네였거든요. 권력은 왕으로부터의 거리에 반비례하는 거니까. 특히 이 동네는 상권도 좋았고, 조선시대 핫플레이스였죠. 좋은 땅 사신 거예요."

주원을 위로하려는 미정의 시도는 좋았다. 그러나 먹히지 않았다. 지금 좋은 땅은 돈을 벌어주는 땅이지 돈을 까먹는 땅이 아니다. 게다가 경복궁 옆 청자동이 좋은 위치이긴 한데 주원의 땅은 청자동 안쪽 골목 끝에 자리 잡고 있었다. 물론 이 모든 선택을 한 건 주원이었다.

"팀장님한테 하소연하면 안 되는 것도 알고 문화재 발굴 조사가 얼마나 중요한지도 머리로는 알아요. 그래도 6개월째 이자는 나가는데 착공을 못하고 있으니까 저도 미치겠어요."

미정은 직업적으로 단련된 공감의 표정을 지었다.

"건축주 님의 고충은 저희가 십분 이해하죠. 이런 일이 한두 번이 아니니까요. 어쨌든 인감은 가져오셨죠?"

주원은 가방에서 인감을 꺼냈다. 미정은 붉은색 스탬프 패드와 재단 도장을 꺼내 계약서 두 개와 나란히 놓았다. 주원은 미정의 안내에 따라 인감을 찍었다. 가을 착공이 어려워진 이 상황에 대한 복잡한 감정을 오른팔에 실어 도장을 찍었다. 너무 힘을 줬는지 계약서가 땅으로 팔랑 소리를 내며 떨어졌다.

주원은 미안한 얼굴로 떨어진 종이를 주워 흙을 털어냈다. 채 마르지 않은 붉은색 잉크가 살짝 번졌다.

그때 낯선 발소리가 들렸다. 슬리퍼를 끌며 걷는 소리였다. 현장에 있는 사람들이 모두 같은 곳을 쳐다봤다. 키가 크고 비쩍 마른, 60대로 추정되는 남자가 미간을 잔뜩 찌푸린 얼굴로 발굴 현장을 가로질러 걸어 들어왔다. 남자는 주원을 향해 삿대질을 하면서 소리쳤다.

"여봐, 당신이 여기 땅 주인이에요?"

주원은 깜짝 놀라 뒤를 돌았다.

"선생님! 여기 문화재 발굴 조사 중입니다. 나가주세요!"

미정이 소리쳤다. 남자는 들리지 않는다는 듯 계속 걸어 들어왔다.

"당신이 그 젊은 사장이구만? 젊은 사장이 공사를 시작하면서 인사 한 번이 없어요? 예의라는 걸 몰라? 이 동네가 만만해?"

남자는 경고를 무시한 채 조선시대 집터 기둥 자리에 쌓여 있는 돌무더기와 돌무더기를 둘러싼 구멍이 보이지 않는 듯 성큼성큼 걸어 들어왔다.

"저기 안내판 안 보여요? 들어오시면 안 됩니다!"

직원들이 남자를 향해 외치며 다가갔다. 돌무더기 구멍 가장자리에 발을 디딘 남자가 양팔을 휘저으며 비틀거렸다. 슬리퍼를 신은 발이 균형을 잃은 모양이었다. 순식간에 추가 오른쪽으로 기울었고 남자는 돌무더기 위로 넘어졌다. '퍽' 하는 소리가 났다. 머리와 돌멩이가 동시에 깨지는 소리가 분명했다.

"아악!"

"거기로 넘어지면 안 돼요!"

남자의 비명과 미정을 비롯한 문화재 발굴 조사팀 몇몇의 비명이 뒤섞였다. 남자는 하늘을 보고 누운 모양새로 넘어졌다. 미정과 주원을 비롯한 사람들이 남자에게 향했다. 주원은 본능적으로 핸드폰을 꺼내 119를 눌러 구급차를 부르며 남자를 향해 달려갔다.

"경복궁로 7길 23-2번지! 여기 사람이 다쳤어요!"

남자는 눈을 천천히 감았다가 뜨며 괜찮은 것처럼 몸을 움직였다.

"일어나실 수 있겠어요? 그러면 머리 좀 치워주세요!"

조사원 한 명이 남자를 향해 말했다. 남자는 상황 파악이 잘 안되는 듯 둔하게 움직였다. 그리고 천천히 몸을 일으켜 구멍에서 나와 평평한 곳을 찾아 누울 자리를 확인한 다음 다시 쓰러졌다. 남자가 일어난 자리에 핏자국이 선명했다. 핏자국을 보고 놀란 조사원 한 명이 소리쳤다.

"여기, 여기 보세요! 깨진 돌 안에 뭐가 있어요!"

적어도 이곳에서는 남자의 머리가 깨진 것보다 돌이 깨진 게 더 큰 사건임에 틀림없었다. 주원은 지혈을 해야 할 것 같아 회색 재킷을 벗어 남자의 머리 뒤를 감쌌다. 눈을 감고 있던 남자가 갑자기 눈을 부릅뜨고는 입술을 달싹였다. 남자는 손으로 피가 나는 머리쪽을 만졌다. 남자의 손가락에 피가 묻어났다. 남자는 손가락으로 흙바닥을 더듬었다. 피가 흙에 엉켜붙었다. 그리고 돌멩이 하나를 꽉 쥐었다. 주원은 극심한 고통을 견디기 위한 것이 분명한 남자의 이상 행동이 걱정스러웠다. 주원은 남자의 손에서 돌멩이를 꺼내고 대신 자신의 손을 쥐어줬다.

"제 손 꼭 잡고 계세요! 곧 구급차 올 거예요."

남자는 주원의 손을 하찮게 뿌리치며 말을 이어갔다.

"내가 백… 천…."

"네? 천 뭐요? 백 원? 천 원이요? 돈 떨어뜨리셨어요?"

남자가 고개를 살짝 흔들었지만 가로 방향인지 세로 방향인지는 알 수 없었다. 남자는 마치 실수로 '음소거'를 눌러버린 텔레비전 화면처럼 소리를 내지 못하고 입술만 달싹였다.

"저, 죄송한데 지금은 말을 하지 않는 게 좋을 것 같아요. 천 원은 제가 찾아볼게요. 그냥 조용히 누워 계세요. 제발요!"

미정이 주원과 남자 쪽으로 달려와 걱정스러운 얼굴로 남자의 상태를 살폈다.

"괜찮으세요?"

"아직 의식이 있는데 점점 흐릿해지는 것 같아요."

주원이 남자 대신 대답했다.

"구급차 오는 소리가 들리네요. 곧 도착할 거예요."

미정은 주원의 옆에서 남자의 얼굴을 살폈다.

"팀장님, 그런데 저기서 뭐가 나왔어요?"

주원이 미정에게 속삭이듯 물었다.

"깨진 돌 안에서 종이와 뼛조각 비슷한 게 나왔어요."

"네? 그게 무슨 말이에요?"

"발굴이 몇 달 연장될 수도 있단 말이에요. 일단 수습한 다음에 조사를 해봐야 더 자세한 걸 알 수 있을 것 같아요."

주원은 이 작은 땅에서 무슨 일이 일어나고 있는지 혼란스러워 자리에 주저 앉았다. 혹시 이 모든 게 장난인가 싶어 하늘을 올려다봤다. 건물과 건물을 잇는 두꺼운 전선에 까마귀 세 마리가 앉아 주원을 내려다보고 있었다. 까마귀에게마저 모욕감을 느끼는 처지가 된 주원을 위로라도 하듯 봄의 마지막 기운을 담은 바람이 주원의 머리카락 사이를 천천히 스치고 지나갔다.

저 멀리서 구급차의 사이렌 소리가 들려왔다. 주원은 점점 더 가까워지는 사이렌 소리를 들으며 비로소 이 모든 일이 fucking 현실이라는 걸 깨달았다.

■

엘리베이터가 둔탁한 소리를 내며 1층에 도착했다. 엘리베이터에 탄 현록은 3층 버튼을 눌렀다. 현록은 엘리베이터가 올라가는 짧은 순간에도 벽을 찾아 몸을 기댔다. 곁눈질로 엘리베이터 안에 있는 작은 거울을 봤다. 먼지가 잔뜩 쌓인 챙 넓은 모자 아래 얼핏 보이는 얼굴은 보통의 50대 남자보다 마르고 볼품 없으며 초라해보이기까지 했다. 괜히 거울에게 성질을 부리려는 순간 엘리베이터가 3층에 도착했다. 거울, 너 오늘 운 좋은 줄 알아라. 현록은 죄 없는 거울에게 복수를 다짐하며 스산한 복도를 걸었다.

딱 열다섯 걸음. 현록은 눈을 감고도 찾을 수 있는, 한때는 상아탑이었지만 이제는 감옥 같은 연구실 앞에 섰다.

사학과 교수 강현록

현록의 연구실 문에 붙어있는 알림판은 언제나 '부재중'을 가리켰다. 귀찮은 면회는 사절이었다. 현록이 낡은 철문을 열고 들어가려는데 대체로 텅 비어있는 복도 끝에 사람 모양의 그림자가 늘어져 있었다. 현록은 고개를 돌려 그림자의 주인을 찾았다. 흰색 직사각형의 무언가가 눈에 들어왔다. 사람이 아닌가? 현록은 손가락으로 안경을 누르며 다시 한번 쳐다봤다. 모양새는 사람인데, 눈코입이 있어야 할 자리에 그것들이 없었다. 대신 가로로 긴 직사각형의 구멍 같은 게 보였다. 언제부터 사람 얼굴에 저금통 구멍 같은 게 생겼을까? 현록은 갸웃했다. 아, 귀신이 따라왔나?

귀신은 무섭지 않았다. 무서운 건 고장난 뇌였다. 현장에 나가는 게 고되지만 그래도 돈벌이를 하겠다고 땡볕 아래 돌아다녔더니 뇌가 고장나버린 게 분명했다. 뇌가 정보를 인식하는 데 오류가 잦으면 이제 뭐 먹고 사나. 현록은 늦게 얻어 이제 중학교 3학년인 아들의 교육을 위해 월세로라도 반포, 아니면 대치동에라도 들어가고 싶었다. 지난 밤 아내와 나눈 대화가 하루종일 귓가에 맴돌았다.

대치동 아파트 중 제일 작은 평수도 현록과 같은 교육 이주민의 수요가 많아 월세가 현록의 월급을 가뿐히 넘었다. 월세에, 학원비에 현금을 퍼붓고 나면 뭐가 남지? 최고의 시나리오는 아들의 서울대, 또는 지방 의대 합격이겠지. 그 다음엔 뭐가 있지? 최고의 시나리오는 의사나 로펌 변호사, 그것도 아니면 대기업 직원이 되는 거겠지. 그 다음엔? 아들이 낳은 자식 교육을 위해 전세로 반포에 들어갈 수 있는 티켓을 사는 거? 고작 그거야? 그게 다야? 똑같은 도면에 똑같은 인테리어를 한 아파트를 갱신해가면서 초조하게 사는 게 그 게 다야? 응, 그게 다야. 현록이 대답했다.

인간이 남겨놓은 장대한 시간의 흔적 구석구석을 살피는 고고학자의 사적인 인생에는 조금의 상상력이 들어갈 틈도 없었다. 두 가지는 엄연히 분리되어야만 했다. 결혼을 하지 않았다면, 자식이 없었다면 일치하는 삶을 살았을 수도 있겠지. 그러나 인생에 만약은 없고 멀티 유니버스 따위도 없다. 그래도 사적인 인생에서 배운 온갖 요행 덕분에 서울 북쪽 끄트머리에 있는 정안대학 교수라는 타이틀을 얻을 수 있었다.

현록은 긴 한숨을 내쉬고 연구실로 들어갔다. 연구실로 들어가자마자 발매트에 등산화 흙을 벅벅 털어낸 후 등산화를 벗어 옆으로 대충 밀어놓고 모자와 등산복 재킷, 조끼를 옷걸이에 던졌다. 슬리퍼를 신고 온갖 책과 서류로 가득차 발 디딜 곳이 없는 연구실을 가로질러 의자에 몸을 던졌다. 열어보지도 않은 책들이 잔뜩 쌓여 있어 햇빛이 들어올 구멍 조차 없는 창문의 틈으로 먼지가 일었다. 연구실 구석에 놓여져 있는 발굴조사용 삽과 브러시에서 퀴퀴한 냄새가 났다. 아무리 맡아도 익숙해지지 않는 냄새에 현록은 얼굴을 찡그렸다.

의자에 멍하니 앉아 천장을 바라보고 있는데 철문 두드리는 소리가 났다. 누군지 몰라도 대답이 없으면 돌아가겠지 싶어 침묵으로 일관했다. 철문 두드리는 소리가 좀 더 크게 났지만, 만사가 귀찮은 현록은 이번에도 가만히 있었다. 그러자 문밖에 누군가가 더이상 못 참겠다는 듯 주먹으로 문을 계속 두드렸다. 귀신을 믿냐고 물어보는 사람에게 "나는 고고학자이지 민속학자가 아닙니다!"라고 짜증내곤 했던 현록임에도 문득 설마 아까 그 복도 끝 저금통 귀신이 문을 두드리는 건가 싶어 덜컥 겁이 났다.

"이보세요! 강현록 교수님! 안에 있는 거 다 알아요!"

철문 너머에서 남자의 목소리가 들렸다. 현록은 귀신이 아니라는 사실에 안도하는 자신에게 짜증이 났다.

"이름!"

현록이 예의 그 귀찮은 말투로 외쳤다. 옆방 교수든 조교든 학생이든 현록은 관등성명을 확인한 다음에 들였다. 그런데 철문 너머에서는 알아듣기 어려운 대답이 들려왔다.

"용무!"

현록이 다시 말했다. 또 다시 웅얼대는 목소리가 들렸다. 어떤 놈인지 문 열자마자 정강이를 차버려야겠다는 마음으로 현록은 의자에서 일어나 슬리퍼를 끌고 연구실을 가로질러 철문을 벌컥 열면서 소리쳤다.

"누구야?"

현록의 앞에는 60대는 훌쩍 넘어 보이는 한 남자가 서 있었다. 길거리에서 보는 흔한 얼굴이라서 아는 사람인지 한 번에 파악하기 어려웠다.

"백송빌딩 천기백입니다."

어리둥절한 현록이 되물었다.

"백송빌딩 천기백이요? 누구신데 나를 찾아요?"

기백은 고개를 돌려 현록에게 자신의 뒷통수를 보여줬다. 머리카락 한 가운데 흰색 거즈가 붙어 있었다. 아까 현록이 복도 끝에서 봤던 저금통이었다. 현록은 한 발작 뒤로 물러섰다.

"얼마 전에 경복궁 쪽 청자동 문화재 조사하던 데서 자빠진 사람입니다. 기억나요?"

현록은 그제서야 기백을 알아봤다.

"아, 네. 기억나요, 어르신. 머리는 좀 괜찮으세요?"

"괜찮아요. 가벼운 뇌진탕이라네요."

"무슨 용건으로 저를…?"

"그때 나온 뼈하고 문서를 교수님이 연구한다고요?"

"자문위원이긴 하지만, 네. 맞아요."

"그 얘길 좀 자세히 듣고 싶은데요?"

기백이 현록의 연구실 안쪽으로 오른발을 밀어넣었다. 현록은 몸을 왼쪽으로 틀어 슬그머니 막았다. 기백은 현록의 눈을 똑바로 바라보며 입을 열었다.

"제가 며칠째 잠을 못자요."

기백이 눈 아래 검게 드리운 그늘을 조금이라도 걷어내려는듯 눈을 껌뻑대며 말했다.

"네?"

현록이 되물었다.

"그날 이후로 꿈에 자꾸 그 사람이 나옵니다."

"무슨 날이요?"

"제가 넘어진 날이요."

"누가 나오는데요?"

"백훈희요."

현록은 그 이름이 청자동 발굴 현장에서 나온 문서에 등장한 이름이라는 걸 단박에 알 수 있었다.

"백훈희를 아세요?"

"얘기가 좀 길어요."

현록은 눈을 가늘게 뜨고 고개를 갸웃하더니 이내 기백을 연구실 안으로 안내했다. 기백과 현록은 연구실 탁자를 가운데 두고 마주 앉았다.

"아버지 임종을 제가 지켰는데 돌아가시기 직전에 유언처럼 세 글자를 얘기하셨어요. 그게 백훈희였어요. 그때는 발음이 흐릿해서 무슨 단어인지 몰랐는데 백훈희라는 이름을 듣자마자 아버지가 얘기했던 단어라는 직감이 왔어요."

기백이 눈을 가늘게 뜨며 말했다.

"아버님이 어디서 그 이름을 들으셨는지 아세요?"

현록이 물었다.

"저야 모르죠. 나이가 드시고 정신이 흐릿해지셨는지 가끔 혼잣말 같은 걸 할 때가 있었는데 그때 그런 엇비슷한 이름을 얘기했던 것도 같아요. 아니 분명히 얘기했어요."

기백은 고개를 기울인 채 미간을 찌푸리며 말했다.

"제가 백훈희에 대해 알고 있다는 건 어떻게 아셨어요?"

현록이 의심스러운 눈초리로 기백을 바라봤다.

"머리가 깨지면서 뭐가 나왔다는 얘기는 그 재단 통해서 전해 들었어요. 자세한 내용은 당연히 몰랐죠. 그런데 그날부터 제가 잠을 못 자요. 처음엔 머리가 다쳐서 그런가보다 싶었죠. 그런데 병원놈들, 제대로 치료도 못하는 것들이 자꾸 약만 여러 개 주는데 그것만 먹으면 정신이 몽롱해지면서 아주 괴로운 거예요. 머리 찢어진 데는 잘 꿰메진 것 같고 그래서 그냥 퇴원하고 집에 왔는데 그날부터 꿈자리가 뒤숭숭해요."

기백의 목소리가 점점 커졌다. 현록은 천천히 등을 의자에 기대며 기백에게서 조금씩 물러났다.

"내가 꿈이라는 걸 모르는 사람이거든. 그런데 꿈을 꾸기 시작하더니 꿈에서 어떤 남자가 자꾸 저한테 손짓을 해요. 내가 도망가려고 하면 머리카락을 산발한 남자가 맨발로 나를 막 쫓아와요. 아무리 도망가도 소용이 없어. 그렇게 내가 잡히면 내 목을 이렇게 두 손으로 꽉 조르는 거예요!"

기백이 두 손으로 자기 목을 쥐고는 조르는 시늉을 했다.

"그러면서 뭐라고 얘기를 하는데 그때 꼭 잠에서 깨요. 입 모양만 보면 나한테 뭘 해달라는 부탁을 하는 거 같은데 무슨 말인지 알 수가 없어요. 며칠 이런 꿈을 꾸더니 그 다음에는 또 다른 꿈을 꾸기 시작했어요. 꿈에서 내가 귀신이라도 된 것처럼 하늘을 막 날아다녀. 그런데 이렇게 아래를 내려다보면 우리 동네에 막 피칠갑이 되어있어요. 그리고 그 머리카락을 산발한 남자가 땅에서 나를 노려보고 있어요."

"선생님, 뇌진탕 후유증인 것 같…."

기백은 현록의 말을 가차없이 끊고 들어왔다.

"내가 아주 촉이 좋기로 유명한 사람이에요. 청자동 60평 땅에 4층짜리 건물을 갖고 있는 사람이라구요. 지금 그 가치가 말도 못해. 그것도 다 내 촉으로 지은 거거든. 아무래도 심상치 않다 싶어서 문화재 재단인가 거기에 그 땅에서 나온 게 뭐냐고 물어봤더니 무슨 문서가 나왔다면서 이름을 얘기하는데, 아버지가 돌아가시면서 얘기한 그 이름 석자대요."

"저를 찾아오실 게 아니라 먼저 병원에 가시는 게…."

기백의 결연함에 조금 위축된 현록의 말을 기백이 다시 한 번 끊었다.

"그 사람에 대해서 교수님이 잘 알 거라고 재단 담당자가 그랬어요."

기백을 어떻게 돌려보낼지 고민하고 있던 현록은 먼저 자리에서 일어났다.

"조사나 연구는 시작 단계라서 지금 아는 게 없어요. 제가 바로 수업이 있어서요."

나가라는 무언의 압박에도 기백은 꿈쩍하지 않았다. 오히려 눈을 더 크게 뜨고 현록을 바라봤다. 조금 전 힘없던 노인의 모습은 온데간데 없었다. 그러더니 자리를 박차고 일어나 현록을 노려봤다.

"이게 다 우연입니까? 제가 하필 그날, 그 땅 주인한테 따질 말이 있어서 찾아갔다가 넘어졌는데 거기서 제가 아는 이름이 나온다는 게? 그것도 유골까지? 제 꿈에 찾아와서 계속 저를 괴롭히는데, 이게 지금 장난입니까? 그 땅에서 지금 무슨 일이 일어나고 있다고 생각하는 게 오히려 말이 되지 않습니까? 교수님?"

현록은 자신에게 질문을 퍼붓는 기백에 당황했다. 당황스러움 다음에는 불쾌감이 솟구쳤다. 일그러지는 현록의 표정을 읽은 기백은 갑자기 태세를 전환했다.

"죄송합니다. 제가 몸이 안 좋아서 저도 모르게 막말을."

기백은 자신의 말을 끝내기도 전에 고개를 푹 숙이며 두 손으로 현록의 오른손을 꽉 잡았다.

"교수님, 도와주세요. 저 좀 살려주세요."

∎

"이런 문화재 조사를 서울 한복판에서 한다구요?"

겉만 살짝 익힌 소고기 한 점을 부지런히 입에 넣던 성기원 차장이 주원의 핸드폰 사진을 들여다보며 물었다.

"그렇다니까. 웃기지?"

주원은 핸드폰을 테이블에 뒤집어 놓고 술잔을 만지작거렸다. 주원의 회식 철학은 딱 하나, 무조건 회사 근처에서 먹고 가능한 한 빨리 헤어진다. 주원의 회식 원칙도 딱 하나, 술은 무조건 소주, 밥과 안주는 먹지 않는다. 주원의 앞에는 늘 그렇듯 소주 한 병이 따로 놓여 있었다.

"그래서 문화재 뭐가 나왔어요? 보물 같은 거?"

테이블 끝에서 된장찌개에 집중하던 남지현 과장이 툭 던지듯 말했다.

"보물이 나오면 헬게이트 열리는 거야. 몇 년 동안 조사 들어간대."

"그럼 보물은 나라에서 가져가는 건가?"

성 차장이 물었다.

"그렇대. 예전에는 대단한 보물이 나오면 나라에서 건물을 못 짓게 하기도 했다던데 요즘 그렇게 했다간 가만히 있겠어? 개인 재산권이 중요하니까 조사하는 데 시간이 걸려도 결국 건물을 지을 순 있대."

"그래서 뭐가 나왔어요?"

남 과장이 다시 물었다.

"집터 세 개. 조선시대에도 짓고 부수고 그런 거 엄청 많이 했나 봐. 아, 그리고 진짜 소름끼치는 일이 있었어."

"뭔데요?"

평소 주원의 수다 메이트인 유아람 대리가 물었다.

"골목 입구에 꽤 큰 건물이 하나 있거든. 거기 건물주라는 아저씨가 들어오지 말라는 경고 표지판 무시하고 걸어들어오더니 나보고 인사를 안 왔다면서 막 화를 내는 거야. 황당하지? 그런데 그 아저씨가 신고 있던 슬리퍼가 흙바닥에 미끄러지면서 넘어졌어. 그리고 돌에 머리를 찧었어."

"헐, 많이 다쳤어요?"

"피가 나고 그래서 무서웠는데 다행히 가벼운 뇌진탕이라 큰 문제는 없대."

"하늘이 도왔네."

"그러게. 어쨌든 내 땅에서 일어난 사고니까 미안하다고, 내가 병원비 내주겠다고 그랬지. 그치만 그 아저씨도 자기가 들어오지 말란 표시 무시하고 들어왔다가 넘어진 거라서 일면 잘못한 게 있잖아. 어쨌든 답이 없어서 병원에 전화를 해보니까 벌써 퇴원을 했다는 거야. 병원에서 좀 더 있으라고 했는데 기어이 퇴원하겠다고 우겼대."

주원이 소주를 목에 털어넣고 말을 이어갔다.

"그 아저씨, 며칠 동안 연락도 안 받더니 갑자기 전화가 왔어. 내가 이거저거 물어봐도 말이 없다가 딱 한마디 하는 거야. 뭐라는 줄 알아?"

모두의 시선이 주원의 입술을 주목했다. 주원이 턱을 내리고 목소리를 잔뜩 깔면서 60대 아저씨 성대모사를 시도했다.

"그 땅 나한테 팔아요."

"엥?"

"웃기잖아? 갑자기 땅을 팔라는 거야. 이유를 물었더니 아무말도 안 해. 그냥 팔래. 너무 기분 나쁘잖아. 그래서 '싫어요' 한 마디 하고 끊었어. 여기까지 왔는데 내가 어떻게 그 땅을 팔아. 절대 못 팔지. 사고 때문에 그 아저씨한테 진짜 미안했는데 미안한 마음이 싹 증발됐어. 문제는 그 아저씨가 넘어지면서 깨진 돌에서 무슨 문서랑 뼛조각이 나온 거야."

"개소름! 사람 뼈가 나왔다구요?"

유 대리가 소리쳤다.

"대박이지. 조선시대 사람의 왼손 검지래. 문화재 발굴 조사 재단에서 조사하고 있는데 이게 유골이 작아서 유전자 검사를 해도 뭐가 나올지는 모르겠대. 그래도 성별은 알 수 있나 봐. 그 유골 주인이 남자라고 했나? 아니, 여자라고 했나? 망할놈의 기억력. 여튼 돌을 날카로운 걸로 살짝 깨고 그 사이에 집어넣은 거라던데, 하필 그 아저씨가 그 돌 위로 넘어지는 바람에 짜잔 하고 세상에 나온 거지. 이게 무슨 일이니."

"손가락을 잘라서 돌 안에 넣었다구요? 와. 진짜 무섭다. 근데 유골에, 이웃 핏자국에 그 정도면 그 땅 지박령이 부장님 나가라고 신호 보내는 거 아니에요?"

주원이 어쩐지 신나 보이는 유 대리를 향해 눈을 흘겼다. 유 대리가 손가락으로 자기 입을 톡 쳤다.

"지박령 자식, 그렇게 이 땅을 원하면 공인중개사 찾아 가서 매매 의사 타진하라고. 내가 어떻게 산 땅인데 꿀꺽하려는 거야!"

"지금 조사 중인 거면 공사는 언제 시작할 수 있어요?"

남 과장이 물었다.

주원의 얼굴이 빠르게 어두워졌다. 애써 웃으면서 말하다가도 공사 얘기가 나오면 누가 심장을 마구 때리는 것처럼 가슴이 아팠다. 난데없이 뛰어든 이웃이 살신성인의 정신으로 유골에 문서까지 발견해 준 덕분에 발굴 조사 일정은 한없이 늘어났다. 그리고 공사 일정은 올해 달력에서 사라졌다.

"내년… 봄?"

주원이 잠긴 목소리로 말했다. 즐거웠던 회식 자리가 순식간에 얼어붙었다. 4초 정도 침묵이 계속됐다.

"에이, 뭐 내년 봄 금방이지. 지금이 7월이니까. 보자, 8개월 있으면 봄인데 뭘. 우리 부장님 그 건물에서 진짜 좋은 일만 있으려나보다. 액땜 거하게 하시네."

성 차장이 억지 웃음을 쥐어짜며 말했다. 주원은 성 차장이 던진 위로 한 푼을 두 손을 받았다.

"그치? 그런 거겠지? 맞겠지? 확실하겠지?"

회식 자리의 모든 사람들이 주원에게서 슬그머니 고개를 돌렸다. 주원은 처음부터 이 대화에 전혀 관심이 없는 듯 옆에서 아무말 없이 고기만 먹고 있는 신입사원 이기동을 빤히 쳐다봤다. 주원의 시선에 따라 다른 사람들의 시선도 기동에 꽂혔다. 리액션을 하라는 무언의 압박에 기동이 젓가락을 내려놓았다. 기동은 주머니에 손을 넣어 '대산그룹 사업전략팀 이기동 사원'이라고 쓰여 있는 명함을 만지작 거리며 어색하게 입을 뗐다.

"부장님, 건물을 지으시는 거예요? 완전 멋지십니다."

"니 영혼이 아직 안 왔다. 영혼 오면 그때 다시 하자."

주원이 실망한 말투로 말했다.

"아닙니다. 진심입니다. 진심 멋지십니다."

기분 좋아진 주원이 소주를 원샷했다.

"부장님 멋있는 거 같지? 그럴 수 있어. 초면일 경우 더욱 그럴 수 있지."

성 차장이 주원을 따라 소주를 입에 털어 넣으며 말했다.

"신입. 자, 눈을 감아봐."

주원의 말에 따라 기동이 어색하게 눈을 감았다. 주원도 눈을 감았다.

"머릿속에 하얀 종이를 촤악 펼쳐. 그리고 그 위에 너만의 집을 지어봐. 뭘 지어도 돼. 난, 그렇더라. 건축가와 집을 설계하면서 처음으로 삶의 주도권을 손에 쥔 것 같은 기분이 들었어. 하나님이 일주일 만에 이 세계를 설계할 때 이런 기분이었을 거야. 여기 화장실이 있으라 하면 화장실이 생기고, 여기 수납장이 있으라 하면 수납장이 생기는 거지."

기동이 슬며시 눈을 떴다. 팀원들 중 절반은 눈을 감고 읊조리는 주원을 신기한 듯 바라보았고 나머지는 고기에 집중했다.

"하나님도 그랬겠지만, 복잡한 건축 관련 규정 때문에 점점 좁아지는 땅과 점점 높아지는 예산으로 인해 이런 기분은 반짝하고 끝났단다. 그래도 나, 그땐 정말 행복했다."

그때 식당 문이 열렸다. 주원의 회사인 대산그룹 로고가 박힌 출입증 몇 개가 뚜벅뚜벅 걸어 들어왔다. 사업마케팅팀 사람들이었다. 주원의 팀원들이 떨떠름한 표정으로 주원과 무리를 이끄는 남자를 번갈아 바라봤다. 남자는 주원을 흘낏 보고는 식당 안쪽으로 걸어갔고 주원은 그의 등을 향해 가운뎃손가락을 세웠다.

기동의 눈이 동그래졌다. 유 대리가 기동에게 속삭였다.

"저기, 저 사업마케팅팀 부장 있잖아. 우리 부장님 두 번째 전 남편이야."

사업마케팅팀 사람들이 다 들어가고 얼마 뒤에 한 여자가 뒤늦게 식당 문을 열고 들어왔다. 여자는 두리번거리다가 기동을 보고 반가운 듯 작게 손을 흔들고 민망한 듯 긴 머리카락을 쓸어 넘겼다. 기동의 얼굴이 해사해졌다. 주원은 그런 기동의 표정을 재미있다는 듯 관찰했다.

"너, 쟤 좋아해?"

"아뇨. 그냥 동기라서…."

"딱 봐도 좋아하네. 너, 내가 말이야. 이래 봬도 사내에서 할 수 있는 건 다 해봤거든."

"네?"

"사내 연애, 사내 결혼, 사내 이혼, 사내 재연애, 사내 재혼, 사내 재이혼까지 섭렵한 사람으로서, 신입 널 위해 진짜 중요한 충고 하나 할게."

기동의 검은 눈동자가 고양이 눈동자처럼 확장됐다. 주원은 호기심으로 가득한 눈동자를 보면 놀리는 나쁜 버릇이 있었다.

"듣기 싫음 말고. 그래, 뭐 오늘 내가 아무리 너한테 충고를 해봤자 너는 다 잊어버릴 거야."

주원이 소주를 목구멍으로 넘기며 몸의 방향을 틀었다. 신입사원은 자기도 모르게 손가락으로 주원의 재킷 소매 끝을 살짝 잡았다.

"해주세요."

주원의 표정에 생기가 돌았다. 주원은 다시 몸을 돌렸다.

"진짜 듣고 싶어?"

"네."

"괜찮겠어?"

"…네!"

"너 이 속담 알지? '공과 사를 구분해라' 그거 내 얼굴이랑 같이 해서 회사 현관에 플래카드 걸어 놔야 돼. 나처럼 공과 사 구분 못하면 인생 좆되는 수가 있다고. 좆된다는 게 별 게 아니야. 천국이 바로 지옥으로 바뀐다는 얘기지. 내가 그렇게 좋아하는 술인데 지금 술맛이 뚝 떨어졌거든. 두 번째 전 남편 얼굴을 보니까 짜증이 나서."

주원이 턱으로 사업마케팅팀이 자리한 가게 안쪽을 가리켰다.

"이런 좆같은 일들이 매일, 심지어 연쇄적으로 일어날 가능성이 매우 높다는 거야. 사내 어쩌구라는 게."

기동이 눈을 깜빡였다.

"화장실에서 쾌변하고 나오는 복도에서 그 꼴도 보기 싫은 얼굴을 마주친다거나, 부회장님 보고 깔끔하게 끝냈는데 갑자기 '자네 남편 밥은 잘 챙겨주나' 이딴 질문 들었을 때, 기분이 어떻겠냐?"

"개 같죠."

"맞아. 설령 행복한 결혼 생활을 이어가는 중에 들어도 별로인 말을 이혼하고 듣는다는 건 최악이야. 회사 전담 택배기사들도 다 안다는 내 이혼 소식을 아직도 모르는 부회장님…, 진짜 왕따인가 봐. 그게 중요한 게 아니라 너 사랑보다 더 중요한 게 뭔지 아니?"

"믿음? 소망?"

"아냐. 먹고 사는 거야. 내가 잘 먹고 잘 살아야 사랑도 있고 그런 거 아니겠어? 근데 사랑과 생계 수단이 얽혀버리면, 사랑 때문에 생계가 위협당해. 저 새끼, 저 기지배 얼굴이 너무 보기 싫어서 회사를 그만두고 싶어져."

"그만두면 되지 않을까요?"

기동이 당차게 말했다.

"젊다. 20대, 참 젊어. 인생이 얼마나 긴지 모를 때지. 헤어졌다고 회사를 그만둬?"

"그럼 부장님은 두 번이나 사내 이혼하시고 계속 회사에 다니신 거예요?"

"당연하지. 난 절대 그만 못 둬. 그래서 얼굴에 철판 깔고 다녔어. 사람들 수군대는 거 다 들으면서."

"부장님이 워낙 에이스라서, 그만둔다고 하셨으면 회사에서 엄청 잡았을 것 같아요."

"날, 잡아?"

주원이 신기한 듯 눈동자를 굴렸다.

"너 진짜 신입이구나, 신선하다. 내가 또 하나 진짜 중요한 걸 알려줄게. 세계 어딜 가든 회사라는 건 창립자 1인을 위한 사조직이야. 2인자나 5442인자나 다 파리 목숨이라는 얘기야. 그런 회사가 나를 잡는다? 내가 초능력자라고 해도 안 잡아. 회사는 사람을 잡지 않아, 사람이 회사에 매달리는 거지. 반대로 회사가 기운다? 똑똑한 애들은 뒤도 안 돌아보고 갈아타지."

주원이 신입사원에게 말했다.

"그럼 전 어떻게 해야 되나요?"

"뭘?"

"제 동기와요."

"어차피 넌 저쪽 친구랑 연애하게 될 거야. 사무실에서 몰래 주고받는 그 짜릿함을 어떻게 거부하겠어. 투수와 포수가 둘만 아는 사인을 주고 받는 그런 짜릿함, 얼마나 귀하니? 물론 경기장에 온 사람들도다 같이 보고 있지만. 여튼 사랑의 불꽃이 튀면 내가 하는 말은 다 까먹을 거야. 한동안은 꽃밭이겠지. 그런데 어느샌가 꽃은 사라지고 진흙이 깔리기 시작할 거야. 그제야 내 말이 떠오르겠지. 무릎을 '탁' 치면서 '그 또라이 부장이 한 얘기가 이거였구나' 그럴 거야. 그때는 이미 늦었겠지만."

기동의 눈동자가 흔들렸다. 주원의 예측이 맞아떨어질 것 같은 생각 때문이기도 했고, 주원에 대한 놀라움 때문이기도 했다.

기동은 대산그룹 지주사의 사업전략팀에 발령이 났다는 사실에 뿌듯했다. 한주원 부장은 누구보다 카리스마 있고 멋있었다. '능력 있는 회사원'이라는 옷을 몸에 딱 맞춰 입은 것처럼 군더더기 하나 없는 업무 지시와 논리적이고 정확한 업무 피드백까지 놀라움의 연속이었다. 그런데 술이 들어간 주원은 냉소적이었고 일면 불안하고 초조해보이기까지 했다.

"신입사원 좀 그만 괴롭혀요! 왜 인생 구만리인 친구한테 저주를 퍼부어요!"

남 과장이 신이 난 주원을 말렸다.

"그 재미에 신입사원 환영 회식하는 거 아냐? 난 그런데?"

"정말 좋은 얘기 들었습니다. 감사합니다, 부장님."

기동이 예의 바르게 말했다.

"저 양반이 말은 참 잘해. 그럼 뭐해. 저러고 또 사내 결혼할 인간이야."

성 차장이 혀를 찼다. 신입사원의 눈이 동그래졌다.

"그건 또 맞지. 다들 날 너무 잘 알아. 난 진짜 우리 팀이 너무 좋아!"

주원이 해맑게 웃으며 자리에서 일어났다. 큰 키의 주원은 핸드백을 옆으로 둘러매고 살짝 휘청거렸지만 이내 중심을 잡았다. 주원은 가게를 걸어 나가다가 갑자기 뒤돌아 신입사원에게 소리쳤다.

"딱 1년, 그러니까 내년 늦은 여름이면 우리 집 다 지어지거든! 나 집 다 지으면 너랑 니 여친 놀러 와! 알았지?"

주원은 가게 손님들 모두에게, 특히 사업마케팅팀에 선전포고라도 하듯 소리쳤다. 기동은 그런 주원이 쪽팔려서 자기도 모르게 테이블 아래로 고개를 푹 숙이며 머리를 숨겼다. 한 마리 고슴도치처럼.

■

백훈희. 이 남자의 출생에 대한 정확한 자료는 남아있지 않지만, 기록을 찾아보면 19세기 초 경상남도의 한 마을에서 태어난 것으로 추측된다. 일찍 부모를 여읜 백훈희는 어렸을 때부터 산에서 홀로 도술을 익혔다고 한다. 10대부터 축지법으로 전국의 산을 떠돌며 스승을 찾았고, 스승으로부터 배움을 얻으면 그 스승을 잡아먹었다고 한다.

"진짜 먹은 건 아니겠죠?"

지난 며칠 동안 현록의 연구실에 상주하다시피 했던 기백이 현록의 맞은편에 앉아 현록에게 몸을 기울이며 조심스럽게 물었다. 현록은 그런 기백을 빤히 바라봤다. 몇 주 전에 무턱대고 찾아와 돈을 줄테니 백훈희에 대한 모든 것을 알려달라고 했을 때 거절했어야 했다. 문 밖으로 밀어내야 했다. 온몸으로 괴로워하는 어르신에게 차마 그럴 수 없어 딱 잘라 거절하지 못하고 애매하게 돌려보낸 게 문제였다.

다음 날, 기백은 똑같은 차림새로 작은 택배 상자 하나를 들고 다시 현록의 연구실을 찾았다. 기백을 발견하고 걸음을 멈춘 현록 앞에서 기백은 택배 상자를 열었다. 상자에는 5만 원권 현금 다발이 가득했다. 기백은 세상은 모르는 돈 5천만 원이라고 했다. 현록은 다행히 복도에 학생들이 거의 없다는 걸 확인하고 기백을 연구실 안으로 들여보냈다.

기백이 원하는 건 확실했다. 백훈희라는 사람에 대한 조사를 해달라는 거였다. 한 줄, 두 줄이라도 좋으니 뭐든 찾아달라고 했다. 현록은 상자를 물끄러미 쳐다보면서 생각했다. 백훈희 관련 연구는 문화재 발굴 조사 재단 보고서를 써야 해서 어차피 해야 하는 숙제였다. 참고할만한 자료가 거의 없다는 걸 알고 있었지만, 뭐라도 찾으려면 또 찾아진다는 것도 현록은 알고 있었다.

아들의 얼굴이 떠올랐다. 5천만 원이면 당장이라도 대치동 아파트로 이사가 월세로 1년 정도는 살 수 있었다.

기백은 말 없이 현록을 기다렸다. 현록의 복잡한 머릿속을 들여다보기라도 하는 것 같았다. 현록은 생각했다. 비윤리적인 연구를 하는 것도 아니고, 누구한테 나쁜 짓을 하는 것도 아닌데, 게다가 이 어르신이 이렇게까지 원하는데 하지 않을 이유는 없지 않을까? 현록은 돈에 대해 입뺑긋도 하지 않았다. 현금 상자를 들고 온 건 기백이었다.

현록은 발로 상자를 쓱 밀었다. 상자는 연구실 책상 아래로 미끄러져 들어갔다. 현록은 돈을 줘서 고맙다거나 잘 쓰겠다거나 하는 말은 하지 않았다. 기백에게 고개를 숙이지도, 굽신대지도 않았다. 별다른 얘기 없이 쪽지에 전화번호를 써서 줬다. 그다음 날부터 기백은 거의 매일 현록의 연구실을 찾았다. 그다음 주에 현록은 대치동 아파트에 월세로 들어갔다.

기백은 연구실에 가만히 앉아 있었다. 현록의 연구를 방해하지는 않았다. 현록은 기백에게 한 마디 하고 싶었지만 그랬다가 돈 얘기가 나올 것 같아 두려웠다. 현록은 돈 얘기에 취약했다. 현록에게 돈이란, 한 때는 쫓으면 안 되는 부끄러운 것이었고 지금은 가까이 하고 싶지만 너무 멀어져 버린, 낯선 것이었다.

현록은 며칠 동안 자료를 뒤지고 논문을 찾으며 백훈희에 대한 퍼즐을 몇 조각 모았다. 그 인물의 전체를 짐작하기엔 퍼즐이 턱없이 부족했지만 현록은 이 정도면 기백이 원하는 애기는 해줄 수 있을 거라고 생각했다. 기백과의 이런 관계를 정리하고 싶었던 현록은 최선을 다해 건조함을 유지하면서 기백에게 자료를 설명했다.

"진짜 먹은 건 아니겠죠?"
대충 얘기해주고 끝내려고 했던 현록은 시작하자마자 들어온 예상치 못한 기백의 질문에 당황했다.
"먹었을 수도 있고, 안 먹었을 수도 있죠."
현록이 노트에 시선을 고정한 채 당황한 기색을 지우며 무심하게 대답했다.
"그럼 살인에 식인까지 했다는 건가요?"
기백이 진지하게 물었다.
현록이 한숨을 쉰 다음 기백에게 되물었다.
"축지법이 있다고 믿어요?"
"아니죠."
"저 얘기가 진짜일까요?"
어두워졌던 기백의 얼굴이 살짝 풀렸다.
"아. 그럼 살인도 뻥이겠네요?"
"식인까지는 모르겠지만 살인 정도는 했을 거라고 짐작할 수 있죠. 그땐 그런 시대였으니까요."
기백이 입술을 깨물었다.

백훈희는 전라남도의 한 산에서 스승을 찾던 중 동학 무리를 만났다. 그들을 통해 '한울 사상'을 알게 됐고 동학 무리가 전하는 교리를 건너 건너 알게 되면서 자신을 '한울님'이라고 칭했다. 그는 자신처럼 부모 없이 버려져 길에서 빌어먹고 사는 이들 둘을 거둬 제자로 두었다. 그리고 이곳 저곳을 떠돌며 사람들을 꾀어냈다.

백훈희는 자신이 '한울님'이기에 죽은 사람도 살릴 수 있다고 주장했다. 전해 내려오는 이야기에 따르면, 제자들 중 한 명이 펄펄 끓는 열 때문에 숨을 거두기 직전이었는데 백훈희가 하늘로 두둥실 떠올라 제자의 가슴을 쓸어내리고 고간을 꽉 쥐자 열이 싹 사라졌다고 한다. 제자들의 간증이 퍼지면서 자신 또는 가족을 살려달라고 제물을 바치며 백훈희를 따르는 무리가 늘었다.

"이래서 먹고는 살 수 있었나?"

현록은 중간에 끼어드는 기백을 한 대 쥐어박고 싶었지만 꾹 참았다. 현록은 한숨을 크게 내쉬고는 안경을 벗어 탁자에 두고 눈을 반쯤 감은 채 대답했다.

"먹고 살기 힘들었죠. 이때는 배고파서 죽는 농민들이 부지기수였던 시절이에요. 조선을 지배해온 성리학, 유교가 알고 보니 왕을 중심으로 양반들끼리 더 잘 먹고 잘 살기 위한 일종의 지배 전략이었다는 걸 그제서야 어렴풋이 알게 된 거죠. 그러니 사람은 평등하다는 동학 사상이 농민들에게 얼마나 와닿았겠어요. 그런데 사실 동학도 막 일어날 때는 어수선

했어요. 우리 모두가 하늘이 될 수 있다는 게 말은 참 좋은데, 그 전제가 그러기 위해서는 그 안에서의 절대자, 그러니까 동학의 제일 높은 사람을 믿어야 한다는 거예요. 다시 말하면 이 구조 안에서 상대적으로 강한 자가 약한 자를 수탈하기 쉬웠죠."

현록은 강의에 몰입할 때 그렇듯 기백 앞에서 숨도 쉬지 않고 말을 쏟아냈다.

"현실이 지옥이면 사람들은 비현실적인 것에 매달리게 되죠. 그 마음을 이용해서 여기 저기서 주워들은 얘기로 당장 뭔가를 해결해 줄 것처럼 사람들의 약해진 마음을 파고들었던 사짜들이 넘쳐났어요. 죽어가는 사람을 살렸다는 썰도 엄청 많아요. 생각해보세요. 이게 왜 유행했겠습니까? 그만큼 빈곤과 병으로 죽는 사람이 많았다는 거죠."

"우리나라가 이렇게 발전한 게 참 기적이네."

"발전이요? 200년이 지난 지금도 그때 얘기들을 믿는 사람들 엄청 많아요. 웃기죠? 먹고 사는 건 나아졌지만 그만큼 마음이 아픈 사람들이 많아진 거예요. 세상 많이 좋아졌다고는 하지만 인간은 수백 년, 아니 수천 년 전이나 지금이나 변한 게 없어요. 멍청하죠."

기백이 살짝 웃었다.

"맞아요. 인간은 참 안 변해. 다행이지."

현록이 기백을 물끄러미 바라봤다. 기백의 입에서 튀어나온 '다행'이라는 단어가 현록이 말한 '멍청'이라는 단어와 조우했다. 그 두 개의 단어를 나란히 놓고 비웃는 현록 자신 역시 그 옆의 '멍청한 인간'에 불과했다.

"계속 갑니다."

기백은 눈짓으로 계속 하라는 신호를 보냈다.

그 당시 유사 종교들이 대부분 그랬듯 백훈희도 젊은 여인들을 데리고 다녔다. 젊은 여인의 순결함이 '한울님'인 자신의 존재를 지켜준다고 주장했다. 여인들은 대부분 백훈희를 따르는 이들의 딸이었다.

백훈희는 정착할 곳을 물색했지만 마땅한 조력자를 찾지 못했다. 지역마다 백훈희와 유사한 인물들이 조직적으로 활동하고 있어 백훈희가 세를 넓히기 어려웠다. 백훈희는 뿌리 내릴 곳을 찾아 떠돌았다. 그렇게 떠돌면서 제자들을 비롯한 백훈희의 무리들은 절반쯤 사라졌다.

백훈희가 지나간 곳에는 괴소문이 돌았다. 백훈희가 자신이 데리고 다니는 여자들을 죽이고 사체를 마을 여기 저기 묻는다는 내용이었다. 자신의 뜻이 깃든 사체로 인해 근방의 사람들이 백훈희의 위엄을 체험하게 되고 그렇게 자신을 믿게 된다는, 일종의 의식이라고 했다. 실제 이런 일이 일어났었는지, 백훈희가 일부러 소문을 낸 건지는 알 수 없었다.

이쯤되면 한번 끼어들만한데 기백의 입이 꽉 닫혀 있었다. 기백이 질문을 퍼부을 때는 귀찮았지만 막상 기백의 반응이

미지근하니 현록은 백훈희에 대한 기백의 흥미가 끊기면 환불이라도 해줘야 하는 건 아닌지 걱정됐다.

"궁금한 거 없으세요?"

기백이 고개를 흔들었다. 현록은 기백이 이야기에 몰입하고 있는 건지 멀어지고 있는 건지 알 수 없었다. 불안해졌다.

따르는 이들도 줄고 먹고 살 길도 막막했던 백훈희는 전라북도 전주의 길바닥에 앉아 지나가는 사람들에게 횡설수설 떠들고 있었다. 저 멀리서 남다른 행색을 한 선비와 무리가 걸어왔다. 백훈희는 고급스러운 옷감을 휘날리는 선비를 보자마자 그 앞으로 펄쩍 뛰어들어 길을 막았다.

이 선비는 당시 왕의 다섯째 아들 소량군 이서(李誓)였다. 왕의 계비에게서 태어난 소량은, 네 명의 형들 중 셋이 급사하면서 정비에게서 태어난 세자와 함께 왕의 귀한 아들로 살았다. 어떻게든 소량을 세자로 만들고 싶었던 친모의 계략이 줄줄이 실패하고 세자에게서 원자가 태어나자 소량은 관심에서 멀어졌다.

소량과 관련된 기록은 거의 없지만 그중 남아있는 기록은 어릴 때부터 궁 안팎의 동물을 죽이는 등 기행을 서슴치 않았다는 것과 영민했지만 자비란 없는 냉혈한이었다는 등 대부분 부정적이었다. 소량은 특히 자신의 처지에 대해 비관했다. 아버지와 형은 궁 안에, 자신은 궁 밖에 살면서 손발이 묶여버린 자신의 처지에 대한 분노가 쌓인 소량은 전국을 유랑했다.

술과 여색을 탐하며 행패를 부리고 다녔다.

그랬던 소량이 전주에 다녀오더니 완전히 다른 사람이 된 것이었다. 소량은 폭력적이고 불안했던 원래의 모습과 다르게 자비롭고 편안한 표정을 하고 있었다. 한양 사람들은 소량이 변한 게 데리고 온 남자 때문이라고 했다. 그 남자가 바로 백훈희였다.

"백훈희가 도술이라도 부린 건가요? 사람이 바뀌는 게 쉽지 않은데, 대단한 인물이네."

기백이 눈을 반짝이며 물었다. 현록은 기백의 질문에 흡족해졌다. 전주 길바닥 분위기나 옷감 같은 디테일을 추가한 게 역시 괜찮았나보다 싶었다. 현록은 물을 한 잔 마시며 격앙된 목소리를 가라앉혔다.

"이제 나와요."

그날 전주에서 소량의 길을 막은 백훈희는 다짜고짜 이렇게 외쳤다.

썩어빠진 조선의 명을 한울님인 내가 끊을 것이며, 모든 억울한 자들을 위한 새로운 하늘을 열 것이다. 이보게 선비, 자네가 새나라의 주인이 되어주지 않겠는가?

소량은 백훈희를 보자마자 땅에 이마를 대고 절을 한 다음 백훈희를 대접해 말에 태우고 한양으로 올라갔다. 한양 경복궁 옆 사저로 백훈희를 데리고 온 소량은 자신을 백훈희의 제자로 칭했다. 소량은 '억울한 자들을 위한 새로운 하늘'을 열겠다는 백훈희에게 '일서(一誓)'라는 호를 주고 백훈희를 '천원교(天元敎)'의 창시자로 삼았다. 소량은 조정의 감시에서 벗어날 수 없는 자신 대신 백훈희에 대한 우상화를 시도했다. 백훈희에게 백색 도포를 두르게 하고 한울님에 대한 내용을 구술하게 하여 그럴듯한 교리로 만들었다.

밤이 되면 소량의 집에 비슷한 처지의 서자들이 하나둘씩 조용히 모여들었다. 백훈희는 소량을 찾아오는 이들에게 억울한 자들이 주인이 되는 세상을 만들겠다며 천원교를 전파했다. 백훈희가 길바닥을 떠돌던 시절의 괴소문은 한양에서도 끊이지 않았다. 소량의 집 대문을 넘은 여인들은 그 누구도 돌아오지 못했다는 소문이 돌았다. 집 안에서 무슨 일이 일어났는지는 알 수 없었다. 다만 소량의 집에서 나온 빨래에 든 핏물을 빼느라 노비들이 이른 새벽에 빨래터에 나간다는 소문과 소량의 지인들 중 몇몇이 소량을 찾아와 울부짖었다는 소문만 전해졌다.

소량의 이런 기행은 이내 상소문을 통해 왕의 귀에 들어갔다. 소량이 사교에 빠져 민심을 어지럽힌다는 상소를 받은 왕은 백훈희에게 참수를 명하고 소량에게 유배를 명했다. 백훈희는 그날로 머리가 날아갔다. 소량은 유배를 가야 하는 당일 감쪽같이 사라졌다. 전날 깊은 밤에 먹으로 검게 칠한 옷을 입고 마치 그림자처럼 인왕산으로 들어갔다는 소문만이 세간에 떠돌았다.

소량에 대해서는 조선왕조실록에 오직 한 줄의 기록만이 남아있다.

소량군은 백아무개가 만든 사교에 빠져 역모를 꾀해 유배를 명했으나 종적을 감췄다.

"이게 끝인가요?"

기백이 목을 길게 빼고 현록에게 물었다. 드라마 다음 화를 기대하는 시청자의 눈빛을 한 기백을 보고 현록은 안도했다. 대사를 치면서 연극적인 발성도 조금 넣었던 게 효과가 있었던 것 같았다. 현록은 절반쯤 자신이 지어내고 있는 이 이야기에 스스로 빠져들어 설명하고 있었지만, 더 이상은 무리였다. 기백은 뭐라도 더 있다고 하면 다시 현금 다발을 가져올 것 같은 눈빛으로 현록에게 뭐든 더 얘기해달라고 말하고 있었다.

"이제 시작이죠. 종적을 감춘 소량과 선생님이 발굴한 손가락 뼈 얘기가 어떻게 연결되는지, 듣고 싶지 않으세요?"

2. 나쁜 년

"내가 왜 그랬을까…? 그때 왜 나 따위가 건물을 짓겠다는 생각을 했을까? 니가 타임머신을 개발해서 1년 전의 나를 죽여줘. 설득이고 나발이고도 없어. 그냥 죽여버려."

주원은 을지로 4가 인쇄소 골목 안쪽 '을지로 치킨' 플라스틱 간이 의자에 앉아 테이블 위의 빈 소주병들을 앞에 두고 젓가락으로 자신의 관자놀이를 톡톡 치며 말했다. 4월 밤의 시원한 바람이 주원의 단발 머리카락을 쓸고 지나갔다. 문득 작년 문화재 발굴 현장에서 주원의 어깨를 스치고 지나간 초여름 바람이 떠올랐다.

"내가 방금 심지어 다녀왔거든. 근데 과거의 니가 미래의 너를 죽이래. 둘이 합의를 보고 나한테 누굴 죽일지 결론만 얘기를 좀 해주라."

주원의 대학교 동창인 현수가 골뱅이를 입에 넣으면서 말을 이었다.

"주식으로 흥한 자, 비트코인으로 망하리라. 너 이거 안 들어봤냐? 너 은근히 졸라 뻔한 거 알아? 똑똑한 척은 혼자 다 하더니 그럴 줄 알았지."

"알았으면 말을 해주지 그랬어!"

"니가 나한테 비트코인 했다는 말을 안 했는데 내가 그걸 어떻게 알고 말리냐? 미친놈아. 그리고 그 문화재 어쩌구 때문에 공사가 미뤄졌으면 얌전히 봄이 오길 기다려야지, 그 돈을 왜 비트코인에 넣어! 제정신이야?"

"뭐에 홀렸나봐. 누가 나한테 빙의됐었던 거 같애. 그렇지 않고는 내가 그럴리가 없잖아? 안 그래?"

"유체이탈 오진다. 그래서 지금 부족한 게 얼만데?"

"많이."

"'많이'가 얼만데?"

"7천."

"씨발, 진짜 많네."

"사채 빼고 가능한 대출은 다 받았어. 이제 돈 나올 구멍은 1원도 없어. 건물은 2층 철근까지 올라가긴 했는데 거기까진 거 같아. 나 공사 멈출까봐. 이러면서 할 건 아니야."

주원과 현수 사이에 침묵이 찾아왔다. 둘은 아무 말 없이 빈 잔에 소주를 가득 부었다.

"작년 문화재 조사 때 파놓은 구멍으로 넘어져서 머리 다친 동네 아저씨 있다고 했잖아."

주원이 입을 열었다.

"그때 나온 그 유물은 뭐였지? 무슨 뼈 나오지 않았냐?"

현수가 치킨 뼈를 손에 들고 물었다.

유골이 발굴됨에 따라 문화재 발굴 조사 재단은 몇 달 동안 주원의 땅을 샅샅이 뒤졌지만 추가 유골은 나오지 않았다. 문서도 조사를 했지만 중요한 사료로서의 연구 가치는 없다고 했다. 이쯤 되자 주원의 서랍에는 문화재 발굴 조사 재단에서 갈색 봉투에 넣어 보낸 두꺼운 보고서들이 쌓이고 또 쌓였다. 주원은 꼴도 보고 싶지도 않아서 봉투를 뜯지도 않은 채 처박아두었다. 그 사이에 가을 낙엽이 바닥에 쌓였고 그 낙엽 위로 눈이 쌓였다.

미정이 전화로 설명해주기도 했지만, 미정의 친절한 설명은 주원의 귀에 이렇게 들렸다. 유골에 대한 유전자 검사가 어찌구 저쩌구, 발굴된 문서는 의미를 해석하기 어려워 어찌구 저쩌구, 결론은 더 연구가 필요하고, 원하면 계속 알려주겠다 어찌구 저쩌구. 주원은 늘 잘 알겠다고 대답했고 공사가 더 늦어지는지, 돈을 내야 하는지 두 가지만 확인했다. 미정은 봄에 공사에 들어가는 덴 무리가 없고 돈을 낼 일도 없다고 했다.

"검지래. 누가 손가락을 잘라서 돌에 넣어두냐. 미친놈인지 미친년인지는 몰라도 하여튼 자해하는 인간의 역사는 참 유구해. 그래도 가운데 손가락은 아니니까 됐지 뭐. 조상님 누군지 몰라도 fuck you는 안 날려준 게 존나 고맙지."

주원과 치수가 깔깔댔다.

"그 땅에 넘어진 아저씨가 우리 동네에서 제일 큰 빌딩 갖고 있는 사람인데, 자꾸 내 땅이랑 공사 중인 건물을 자기한테 팔래."

"갑자기? 그래서 설마 팔 건 아니지?"

"싫다고 몇 번이나 그랬어. 그렇게 간절하게 원하는 땅이면 매물 나왔을 때 사지 왜 이제와서 난리냐. 그리고 진짜 살 마음이 있으면 지금까지 들어간 돈에 훨씬 더 얹어줘야 하는 거 아니냐? 근데 그건 못 준대. 자기가 산다는 것도 내 사정을 봐

주는 것처럼 말하는데 기가 막혀. 누굴 거지로 아나?"

"거지는 맞지. 땅 사서 거지됐으니까, 땅거지."

현수의 통찰력에 감탄한 주원은 현수와 하이파이브를 했다.

"근데 지금 돈이 없어 죽을 거 같으니까 한편으론 솔깃하기도 해. 씨발. 이런 내가 진짜 싫다."

"야, 팔지 마. 미쳤냐? 내가 너를 20년 넘게 봤잖아. 땅 샀다고 얘기할 때의 너는 내가 본 수많은 너 중에 제일 밝았어. 첫 번째 결혼식에서 진심으로 활짝 웃었고, 아 맞다. 두 번째 이혼했을 때도 진짜 활짝 웃었지. 여튼, 그래도 너가 땅 샀을 때가 최고였어."

"그건 맞지. 근데 내가 이거 다 지을 수 있을까? 처음으로 내 자신을 못 믿겠어."

"살다 보니 한주원이 징징대는 소릴 다 듣네. 야, 그냥 해. 내가 1천500까지 해줄게."

주원이 치킨을 접시에 내려놓고 현수를 쳐다봤다.

"지랄하네. 니가 돈이 어딨다고, 아니 그리고 내가 어떻게 니 돈을 받냐? 머리에 총 맞았냐?"

현수의 입술에서 웃음이 삐져나왔다.

"나 지금 존나 멋있었지? 그냥 받아. 우리 사이에 그런 게 어딨냐. 줄 수 있으니까 주는 거지. 나 먹을 것도 없는데 너 빌려주는 거 아니야."

주원은 대답할 말을 찾지 못하고 멍하니 앉아있었다. 현수는 테이블 끝에 놓인 메뉴판을 쓱 한번 보고는 외쳤다.

"사장님, 황도 하나요. 저희 황도 딱 하나 먹고 나갈게요."

카운터에 앉아 유튜브를 보던 가게 주인이 부엌으로 들어갔다. 현수가 주머니에서 담배와 라이터를 꺼내 가게 밖으로 걸어나갔다. 주원도 따라나갔다. 현수가 가게 앞 담벼락에 기대 담뱃불을 붙였다. 주원은 그런 현수 옆에 쭈그려 앉았다.

"너 그 건물 가질 자격 있어. 거의 20년 회사생활 했고, 어릴 때부터 25년 넘게 하루도 안 쉬고 일했어, 너. 안 한 알바가 없잖아. 럭키 주식, 언럭키 비트코인. 결국 똔똔했고, 아니 솔직히 주식으로 번 게 더 많지 않냐? 그러니까 그만 징징대."

주원의 눈이 뜨거워졌다.

"우냐?"

"그래. 운다. 감격에 겨워 운다."

주원이 웃었다.

"그래서 결국 너는 해낼 거야. 무슨 수를 써서든. 그게 우리 같이 없는 집 애들의 장점이야. 우리 이 대화 스물두 살 때도 했었다. 기억 안 나지? 그때도 그랬어. 3학년 2학기 때였나. 니가 알바하던 편의점이랑 내가 알바하던 김밥천국 중간쯤 있던 공원에서 담배 피우면서 내가 '대학 씨발 다 때려치울까?' 그랬더니 니가 나한테 그랬어. '딱 1년이야. 시간은 지나기 마련이고 버티는 사람이 이겨. 우린 이길 거야. 다시 가서 담배와 김밥을 팔자.' 그리고 김밥 존나 말아서 우리 결국 대학 졸업했잖아. 난 지금도 비닐 장갑 잘 안 껴. 그거 끼면 지긋지긋했던 참기름 냄새가 생각나."

주원은 문득 현수가 대학 때 즐겨 피우던 멘솔 담배 냄새가 기억났다. 사는 건 토할 것 같았어도 담배 냄새만큼은 상쾌했다. 현수는 더 이상 멘솔 담배를 피우지 않았다.

"절대 놓지 마."

현수가 주원의 어깨를 잡으며 말했다.

다음 날, 주원은 출근하자마자 지끈대는 머리를 붙들고 탕비실에 들어가 커피를 내렸다. 벽에 기대 머그잔을 천천히 채우는 커피 줄기를 바라보는데 핸드폰이 울렸다. 입금 내역을 알려주는 은행 알림 문자에 '공현수'라는 이름과 1천500만 원이 나란히 찍혀있었다. 가슴이 찌릿했다. 그때 유 대리가 탕비실에 들어왔다. 들어오자마자 주원을 향해 얼굴을 들이밀면서 속삭였다.

"전략 이기동이랑 마케팅 호서연 헤어졌대요. 어제 카톡으로 정리했대요."

"빠르다, 빨라."

"그죠? 요즘 애들은 참 사랑이 빨라."

"아니, 너가 참 빠르다고. 어제 헤어진 걸 어떻게 오늘 아니? 출근하자마자?"

주원이 탕비실 벽에 기대어 커피를 마시며 유 대리에게 물었다.

"인스타 스토리에, 카톡 프로필에 자기네가 쭉 깔아놓는 걸 어떻게 몰라요? 그리고 제가 촉이 좋잖아요."

유 대리는 뿌듯한 미소를 지었다.

주원은 문득 몇 달 전 회식자리에서 기동에게 짓지도 않은 집의 초대장을 보낸 자신이 떠올랐다. 누군가 사랑하고 그 사랑이 사라질 만큼의 시간이 흘렀다니. 주원의 입꼬리가 무너졌다.

"부장님, 요즘 무슨 일 있으세요?"

"왜? 무슨 일 있어 보여?"

"요즘 통 장난도 안 치시고 회식도 잘 안 오시고 해서요."

"그냥 좀… 슬럼프?"

유 대리가 주머니에서 손바닥만 한 젤리 봉지를 꺼내 주원의 손에 쥐어주었다.

"부장님, 화이팅!"

유 대리가 주원을 향해 작은 소리로 응원을 보내고 탕비실에서 나갔다. 주원은 탕비실 의자에 쓰러지듯 앉았다.

주원은 회사에서 말수가 급격하게 줄었다. 아무리 솔직한 주원도 회사 컴퓨터 구석에 계산기를 띄워놓고 남은 돈과 내야 할 돈을 계산하는 자신의 비참한 인생을 사람들 앞에 드러낼 수는 없었다. 여기저기 대출을 알아 보느라 전화기를 들고 복도나 빈 회의실을 찾는 일도 많아졌다. 팀원들은 그런 주원을 말 없이 지켜보았다.

주원은 현수에게 메시지를 보냈다. 그 어느 때보다 손가락이 무거웠다.

'고맙다 – 땅거지로부터'

그런데 나머지는 어쩌지. 이제 진짜_진짜_진짜_최종의 최종_final로 어떻게 하지. 주원은 연락처 목록을 열었다. 주원은 핸드폰 화면에 뜬 '진순 이모'의 연락처를 만지작댔다.

엄마와의 연락은 끊은지 오래였지만 작은 이모 진순과는 종종 연락을 주고 받았다. 진순은 엄마와 연을 끊은 주원을 이해해주고 주원의 등을 토닥여준 유일한 가족이었다. 진순은 가끔 주원에게 문자 메시지를 보냈지만 주원은 진순이 부담스러웠다.

'주원아 잘 지내?'

'ㅇㅇ'

'밥은 먹었어? 아무 일 없지?'

'응'

메시지는 항상 이런 식이었다. 때로 이모에게 신세 한탄도 하고 승진 자랑도 하고 싶었지만 그게 마음처럼 되지 않았다. 이모를 떠올릴 때마다 저 멀리 뒤쪽에서 어른거리는 엄마의 그림자가 싫었다.

주원의 엄마인 영순과 이모인 진순은 같은 부모에게서 태어났지만 비슷한 면이 거의 없었다. 진순은 '아무나'와 일찍 결혼한 영순의 삶이 어떻게 불행해지는 지를 옆에서 봐왔다. 영순은 쥐어터진 얼굴을 하고 응급실에서 병원비를 내달라고 진순에게 전화를 거는 일이 잦았다. 진순은 영순이 한 가장 잘못된 선택인 결혼을 하지 않기로 결심했다. 진순은 꾀꼬리 같은 목소리를 타고난 덕에 일찍 텔레마케터로 자리 잡았다.

행여 목소리가 늙을까 얼굴엔 하지도 않는 팩을 목에는 붙이고 잤던 영순은 텔레마케터 업계에서 나름 잔뼈가 굵었다. 60대에 접어든 진순은 전세로 얻은 경기도 부천 20평대 빌라에서 혼자 살고 있었다.

주원이 진순에게 전화를 걸었다. 주원이 이 세상 끝에 거의 다 왔다는 뜻이었다.

"이모."

"말해."

진순은 핸드폰에 '조카 한주원'이 뜨는 순간부터 마치 모든 걸 알고 있었던 사람처럼 편안하게 대답했다.

"나, 돈 좀."

"얼마?"

"5천인데 5백도 괜찮아."

"알았어, 조금만 시간을 줘."

"나 나쁜 년이지?"

"쌍년이지. 지밖에 모르는 년. 근데 그래야 살아. 잘 살고 있단 얘기야."

주원은 전화를 끊고 화장실로 달려갔다. 화장실 가장 안쪽 칸에 앉아 숨을 죽이며 울었다. 두루마리 휴지 반 정도를 눈물과 콧물 닦는 데 썼다. 주원의 심장을 쥐어짠 그 감정은 이 세상에 존재하는 그 어떤 단어로도 표현할 수 없는 것이었다.

진순은 주원의 SOS를 받자마자 집주인에게 전화를 걸어 전세를 월세로 바꿔줄 수 있는지 물었다. 다음날 진순은 집

주인과 월세 계약서를 새로 썼다. 진순은 갖고 있는 현금 3천 400만 원을 주원에게 입금했다. 주원은 차용증을 써서 진순에게 우편으로 보냈다.

■

　주민등록초본은 참 신기한 문서다. 누군가의 인생을 들여다보고 싶을 때 주민등록초본만큼 적나라 한 게 없다. 한반도 절반 크기 땅에서 모든 이동 경로과 가족 관계 등이 한 톨의 감정도 없이 적혀있다. 그 몇 줄은 나라에서 대신 써준 자서전이면서, 로맨스 소설이자 동시에 소름이 끼치는 스릴러가 된다. 주원은 자신의 심연으로 들어가고 싶을 때, 때때로 주민등록초본을 떼서 읽곤 했다.
　주원의 주민등록초본은 5장이었다. 주원은 출생 이후 42년 동안 55개의 번호로 기록되어 있다. 그중에 실질적인 이사는 27번, 나머지 28개는 온갖 법률 및 조례에 따른 주소 변경이었다.

　경기도 파주군 전영면 범언리 875번지의 단칸방에서, 만나지 말았어야 할 한승혁의 정자와 김영순의 난자가 만나 세포분열이 시작돼 한주원이라는 존재가 생겨나기 시작한 순간부터, 주원은 위태로웠다.
　그럴듯한 직업이 없었던 주원의 부모는 주원이 다섯 살 때 조금이라도 더 나은 벌이를 위해 인천으로 내려왔다. 주원은 인천직할시 남구 구산동 19-3번지의 또 다른 단칸방으로 이주했다. 현관문을 열면 가파른 흙바닥이 눈앞에 펼쳐진 집이었다. 주원은 어느 비 오던 날, 우산 없이 가파른 흙바닥을 뛰어 올라가다가 넘어져 무릎과 팔꿈치가 피로 뒤덮인 적이 있다. 주원은 서러움에 북받쳐 "엄마!"를 외치며 현관문을 열었는데 엄마의 얼굴도 피로 뒤덮여 있었다. 무릎을 꿇고 있는 엄마 앞에는 아빠가 주먹을 꽉 쥔 채 서 있었다. 말하자면 그게 주원의 첫 번째 기억이었다.

주원은 일용직이었던 아빠의 직업적 특수성으로 인해 여러 종류의 셋방을 전전하며 인천에서 7년 동안 5번 이사했다. 그 중 몇 번의 이사는 엄마 없이 했다. 엄마는 사라졌다가 끌려오곤 했다. 그 시기의 집들을 떠올리면 머릿속에 노란색 오줌 필터가 자동으로 켜졌다. 이사를 마친 날에는 분명 집이었는데 다음날부터 하나둘씩 온갖 물건과 쓰레기가 나뒹굴었고, 다음 이사가 다가올 때 즈음에 집은 두말할 것도 없는 쓰레기장이 되어 있었다. 수없이 많은 이사는 사소한 우정의 증표인 쪽지나 사진, 그래도 어린이 주제에 꽤 열심히 살았다는 증거인 종이 쪼가리 상장 같은 것들을 다 먹어버렸다. 그리고 시간은 주원이 잃어버린 것들이 무엇이었는지조차 지웠다.

주원은 살아남기 위해 의지할 데라곤 김영순의 모계에서 온 유전자밖에 없다는 것을 본능적으로 알았다. 외할머니는 주원이 여섯 살 때 세상을 떠나 희미한 기억밖에 없었지만 이상하게 외할머니에게 끌렸다. 부모가 아니라 외할머니에게서 자신을 찾아야 한다는 어떤 절박함에 가까운 확신이 있었다.

주원은 엄마에게 자주 외할머니 얘기를 해달라고 졸랐다. 주원의 엄마는 한국인이지만 일본에서 나고 자란 외할머니가 가난한 한국 남자를 만나 한국으로 온 얘기를 대단한 로맨스인 것마냥 각색해서 들려주는 걸 즐겼다.

"아니, 한국에 와서 불행해진 얘기 말고 외할머니 결혼 전에 어떤 사람이었는지를 얘기해달라고."

주원이 말했다.

"그걸 내가 어떻게 알아?"

"외할머니가 일본에서 대학 시험도 봤다며, 그때 얘기 들은 거 없어?"

주원의 외할머니는 일본에서 돈 많은 조선인의 넷째 딸로 태어났고 피아노로 일본 대학의 문을 두드렸으나 결국 실패했다. 그로부터 얼마 되지 않아 외할머니의 집안은 세금이라는 명목으로 일본 정부에 재산을 빼앗겨 순식간에 추락했다. 주원의 외할머니는 아무것도 가진 게 없는 조선인 남자를 만나 마지막 희망을 붙들고 한국으로 왔지만, 빈민의 삶은 어느 땅에서나 엇비슷했다. 한국어가 서툴렀던 외할머니는 이웃들에게 '왜년'이라고 손가락질을 당했다. 그래서 자식들에게는 일본어를 단 한 글자로 가르치지 않았다.

엄마가 보여준 가족 사진에서 오직 외할머니만이 허리를 꼿꼿하게 세우고, 그러나 어깨의 힘은 빼고, 턱을 살짝 끌어당

긴 모습으로 웃고 있었다. 삶의 거의 모든 순간을 3등 시민으로 살아왔지만 중년에 접어들었음에도 그 꼿꼿한 자세만큼은 유지했던 외할머니를 주원은 동경했다. 아마도 흰색 블라우스와 허리를 꽉 조인 벨트를 한 긴 스커트 차림으로 시험을 치러 학교 정문을 걸어들어갔을 외할머니의 뒷모습을 주원은 자주 상상했다.

이런 망상을 하고 있을 때면 주원의 마음과 머리를 잇고 있는 어떤 끈이 팽팽해지는 기분이 들었다. 주원은 종종 그 끈을 자기 손으로 끊어버리면 부모가 그러하듯 인생을 대충 살 수 있지 않을까 생각했다. 그럴 때마다 주원 속에 목소리로만 존재하는 주원의 외할머니가 단호히 말했다.

절대 놓지 마. 그리고 웃어.

주원은 반듯한 글자를 좋아했다. 주원의 부모가 서로에게, 또는 주원에게, 그리고 주변 사람들에게 하는 '말'은 '글자'가 아니었다. 그 말 속 단어는 약속된 의미로 쓰여지지 않았고 대부분 뭉개져 있었다. 주원은 그런 말들 속에 덩그러니 놓여졌을 때 바늘로 찔리는 것 같은 고통을 느꼈다. 그 고통이 어떤 것인지 스스로에게 설명하고 싶었지만 어린 주원에겐 그럴만한 단어장이 없었다. 주원은 초등학교에 입학하고 처음 받은 교과서 안에 쓰여진 것이 '말'이 아닌 '글자'라는 게 좋았다. 주원은 글자를 읽고 또 읽었다. 글자를 읽고 있으면 머릿속에 어떤 작은 문이 열렸다. 그 문을 통과하면 단칸방에서 오가는 너덜너덜한 말들의 세계에서 벗어나 주원이 지배하는 반듯한 세계로 들어갈 수 있었다.

초등학교를 다니며 관찰한 많은 아이들은 교과서를 잘 읽지 않았다. 주원과 비슷한 차림새의 아이들 중 대부분은 주원이 꼭 붙들고 있는 그 끈을 놓아버린 것 같았고, 주원과 다른 깔끔한 차림새의 아이들 중 많은 수는 글자가 안내하는 작은 문 대신 아파트에 달린 두꺼운 철문을 열고 들어가기만 하면 주원이 그토록 원하는 삶을 사는 것 같았다. 주원은 그 두꺼운 철문이 부러웠다. 주원도 저런 두꺼운 철문이 '동심'이라는 걸 보호하는 집에서 살면 활자에 스스로를 중독시키지 않아도 될 것 같았다. 시험지 위에 빨간 색으로 쓰여진 숫자에 스스로를 가두지 않아도 될 것 같았다.

주원은 공부를 잘했지만, 주원이 1등을 도맡는 것을 기뻐하는 사람은 단 한 명도 없었다. 주원의 부모는 왜 공부를 잘해서 자꾸 선생님이 기대하게 만드냐고 소리쳤고, 선생님은 부수입을 전혀 기대할 수 없는 학생이 1등을 하는 게 못마땅했고, 반 아이들은 가난한 주제에 자꾸 자신들을 깔보는 애가 1등을 하는 게 짜증났고, 그 아이들의 부모들은 저런 애 하나를 못 따라가는 자기 자식때문에 주원이 미웠다. 주원은 공부를 잘하기 때문에 죄책감을 느껴야 한다는 게 이해되지 않았다. 주원은 주변 사람들이 한 마디씩 할 때마다 사진 속 외할머니처럼 어깨를 펴고 걸었고, 누군가 비아냥대면 뻔뻔하게 웃으며 받아치는 법을 터득했다.

주원이 열다섯 살이 되던 해 주원의 아빠는 인천시 서구 처영동 87-1번지의 1층에 위치한 10평 남짓한 슈퍼마켓을 인수했다. 주원은 슈퍼마켓 안쪽에 딸린 작은 방에서 살았다. 물건이 가득한 장소가 주는 포만감, 그리고 아빠가 아주 가끔이지만 카운터를 보거나 배달을 하는 등 '일'이라는 걸 한다는 사실이 주는 안정감이 좋았다. 대부분의 일은 엄마가 도맡아 했고 아빠는 작은 방에서 소주를 마시며 텔레비전을 보다가 잠을 자곤 했지만, 그 작은 슈퍼마켓 덕분인지 아빠가 엄마를 때리는 일은 급격하게 줄었다. 주원은 동네 사람들과 농담을 주고 받으며 물건을 파는 게 좋았다. 주원의 너스레가 늘어갈수록 매상도 올랐다. 때로 주원은 슈퍼마켓 앞에 작은 의자를 놓고 앉아 손님들이 버리는 아이스크림 껍질이나 담배꽁초 같은 것을 줍곤 했다. 소중한 것은 깨끗해야 하니까.

주원이 그나마 마음 편하게 1등을 할 수 있었던 때는 슈퍼마켓에 살던 때였다. 슈퍼마켓에 살며 처음 '보통'에 가장 근접해질 수 있었다. 그러나 동시에 이 모든 것이 또 언제 부서질지 몰라 초조했다. 그럴 때일수록, 늘 그래왔듯 주원은 교과서를 폈다. 슈퍼마켓의 물건을 차곡차곡 정리하고 진열하는 것처럼, 주원은 교과서에서 읽은 지식을 세밀하게 분류해 머릿속에 넣어두었다. 손님이 찾는 물건을 바로 찾아서 내미는 것처럼, 지식의 조각 하나만 떠올려도 그것이 어느 곳에 있고 왜 그것이 그 자리에 분류되어 있는지 알 수 있었다.

열여섯에서 열일곱으로 넘어가던 겨울, 아빠는 술에 취한 손님과 실랑이 끝에 깨진 소주병에 목이 찔려 그 자리에서 경동맥 절단에 따른 과다 출혈로 사망했다. 주민등록초본 속의 주원은 '한승혁의 자녀'에서 '김영순의 자녀'가 됐다. 아빠가 죽고 나서야 이 슈퍼마켓이 얼마나 많은 빚더미에 올라 앉아 있었는지 선명하게 드러났다. 주원과 엄마는 몸뚱아리 빼고 거의 모든 것을 다 팔았다. 슈퍼마켓은 물론이었다.

주원의 엄마는 아빠와 관련된 모든 것으로부터 멀어지려고 주원을 데리고 경인고속도로에 몸을 싣고 서울에서 가장 싼 곳, 금천구 시영동으로 들어갔다. 가끔 음식물 쓰레기를 잔뜩 먹고 부은 길고양이와 눈을 맞출 수 있다는 게 유일한 장점인 반지하방에서 어떻게든 버티려고 했다. 허나 이내 서울에서 밀려났고 경기도 군포, 안산, 광명 등지를 떠돌았다. 엄마는 비루한 삶에서 탈출하겠다며 도박에 손을 댔다. 돈을 다 잃고 빚만 잔뜩 지고 돌아오면 주원 앞에서 울면서 도박을 끊고 일을 해서 돈을 벌겠다고 했다. 그리고 나면 일주일도 지나지 않아 주원이 아르바이트로 채워놓은 돈을 들고 다시 도박판 방석 위에 앉았다. 이 시기의 주소는 주원의 기억 속에서 희미했다. 번지를 외우면 또 새로운 번지가 입력되고 익숙해질 때면 또 새로운 번지가 입력되는 식이었다.

어느새 외할머니의 목소리는 작아졌다. 작은 문도 사라졌다. 그냥 다 놓고 싶었다. 그렇지만 뭘 놓거나 끊는 것도 해본 놈이 한다고, 10대 중후반으로 접어든 주원은 어느새 놓는 것

보다 꽉 붙들고 있는 게 더 편한 사람이 되어 있었다.

고등학교 때도 전학에 전학을 거듭했지만 어느 학교에서든 내신 1등급을 유지했다. 한번 채워둔 지식의 창고는 몇 달 쓰지 않는다고 없어지지 않았다. 주원은 시험 보는 날을 기다렸다. 모든 답은 문제에 있었다. 주원은 문제에 숨겨놓은 답을 찾는 게 재밌었다. 순서에 따라 문제가 요구하는 바를 하나씩 해결해 앞으로 나가며, 주원은 자신의 창고에 있는 지식을 재배치했다.

주원에게 한 장의 시험지는 완만한 계단으로 시작해 여러 갈래의 길을 보여주고, 8차선이 넘는 대로를 횡단했다가 마지막엔 부품만 주어진 자전거를 스스로 조립해 페달을 밟고 달리도록 구성된 모험이나 다름없었다. 주원은 그 모험을 즐겼고 눈앞에 주어진 문제를 해결해나가면서 동시에 새로운 지식을 획득해 나가는 게 재밌었다. 시험을 보고 나면 머리가 맑아졌다.

대학 진학은 간단했다. 돈을 내지 않아도 갈 수 있는 대학을 나열한 다음, 졸업 후 가장 많은 돈을 벌 수 있는 순서로 정렬하면 됐으니까. 그렇게 전액 장학금을 받고 시립대 통계학과에 입학했고 기숙사에 들어갔다. 드디어 보호자가 필요 없어진 주원은 핸드폰 번호를 바꾸고 엄마에게 알리지 않았다. 엄마와 연을 끊자 주원은 그동안 자신을 뒤에서 잡아끌었던 힘이 얼마나 강했는지 비로소 느낄 수 있었다.

입학과 동시에 세상은 빠르게 변하고 있고 동시에 주원에게 매우 불리하게 돌아가고 있다는 것을 알아버렸다. 이력서에 한 줄을 더할 경험에도, 숫자를 적어 넣어야 하는 성적에도 돈이 들었다. 아르바이트해서 먹고 사는 주원과 비슷한 이들에게 주어지는 슬롯이 빠지고 있었다. 이력서는 화려하지 않아도 자기소개서에 영혼을 불어넣어 간혹 마음의 빗장이 헐거운 기업의 인사담당자를 설득할 수 있는 그런 슬롯 말이다. 주원은 '이전의 세계'라는 기차의 마지막 칸에 타기 위해 죽을 힘을 다해 플랫폼을 뛰었다. 과외 4개를 뛰면서 등록금과 학점을 채워갔고 그 흔한 휴학이나 어학연수 한 번도 없이 8학기를 정주행했다. 학점도 4.3을 찍었다.

　주원은 졸업 직전 학기부터 거의 모든 기업에 이력서를 넣었다. 2월생이라 일곱 살에 학교에 들어갔고 재수 없이 대학에 입학해 4년 만에 졸업해 스물 세 살이라는 어린 나이를 무기로 얻었다. 유통업으로 대기업 순위 30등 근처에서 큰 낙차 없이 머무르고 있는 대산그룹이 주원에게 먼저 손을 내밀었다. 주원은 대산그룹 서류 전형에 합격하고 두 차례의 면접을 봤다. 주원은 중학생 때부터 지금까지 깨알같이 많은 아르바이트를 하면서 단 한 번도 면접에 떨어진 적이 없었다. 주원은 잘 알고 있었다. 어른들은 다리미로 반듯하게 잘 다려놓은 젊은이를 그닥 좋아하지 않는다는 걸. 일면 질투하고 마음 깊은 곳에서는 증오한다는 걸. 주원은 지저분한 면은 보이지 않게, 그러나 구겨진 면을 슬쩍 드러내면서 까만 눈동자에 힘을 주고 해맑게 웃었다. 학벌은 약점에 가까웠지만 전액장학금이

나 8학기 졸업은 어른들의 마음을 흔들었다. 면접을 끝내고 나가는 주원의 등 뒤로 어른들은 속삭였다.

"요즘 애들 같지 않네."

주원은 두 번의 면접에서 최고점을 받았다. 주원은 자기 아래 신입사원들을 볼 때마다 기가 막히게 막차를 잡아탄 자기 자신을 칭찬하곤 했다.

주원은 그렇게 물리적 중력보다 더 거스르기 어렵다는 사회적 계층의 중력을 거스르는 데 성공했다. 주원은 한 벌씩 산 검은색과 회색 양복을 번갈아 입으면서 일했다. 일하는 건 쉬웠다. 공부하는 것과 비슷했다. 신입사원 때는 더욱이나 그랬다. 대부분의 신입사원들은 하나를 시키면 절반도 해오지 못하면서 자신의 능력을 펼칠 기회를 주지 않는다고 투덜댔다. 주원은 똑같은 실수를 두 번 하지 않았을 뿐인데 남다른 신입사원으로 소문이 나기 시작했다. 주원은 사원에서 대리, 과장, 차장 같은 직급 체계가 좋았다. 주원이 악착같이 노력하면 얼마든지 타고 올라갈 수 있는 사다리였다. 회사에서 요구하는 숫자는 분명했고 주원은 그 목표를 120% 달성했다. 연봉은 차곡차곡 올랐고 진급도 빨랐다. 주원은 대산그룹의 핵심인재로 분류됐다.

직장인 주원의 약점은 사생활이었다. 사람들은 '남자 문제'라고 치부했지만 주원에게는 '남자' 그 자체가 목표라기보다 과정이자 도구였다. 주원은 한 번도 가져보지 못한 '정상 가족'을 열망했다. 초등학교 때 곁눈질했던, 두꺼운 철문 안쪽에 존재할 거라고 믿었던 유니콘과도 같은 그것. 주원은 가족을 갖고 싶었다. 회사가 삶의 전부였기에 그 안에서 사랑을 찾았다. 그리고 결혼을 했다. 결혼은 족족 이별로 끝났다. 당연한 수순이었다. 회사 사람들은 두 번의 결혼과 이혼으로, 특히 강남 도련님이었던 두 번째 전 남편과의 결혼과 이혼으로, 주원이 재산분할 같은 걸 받았을 테니 남는 장사였지 않냐고 뒷말하곤 했다. 그러나 그 결혼은 맹세코 적자였고 놀랍게도 모든 과정에는 오직 '사랑'만 있었다.

두 번째 이혼을 마무리짓고 다시 혼자가 된 주원은 자신이 간절히 갖고 싶어했던 아파트 철문 안의 세상에는 놀랍게도 별 게 없고, '정상'이라는 단어는 비열한 자들이 창조해낸 말이며, 그 별 거 아닌 세상을 지키려고 자기 자신을 괴롭히는 게 가난보다 더한 고통이라는 걸 깨달았다. 사람을 통해 내가 원하는 걸 얻는다는 건 건 망상에 불과했다.

깨달음을 얻었다고 해서 바뀐 건 없었다. 오히려 나빠졌다. 주원은 '이사 중독증'에 시달렸다. 이사에 중독된다는 것은, 이사를 마치면 그다음 날부터 갑자기 이사 온 집이 지겨워지고 새로운 집을 상상한다는 것이다. 그때부터 이사 가야 할 이유를 찾았다. 층간 소음, 이웃과의 갈등, 집의 구조적 문제, 안전 등 온갖 이유를 붙여 스스로를 설득한 다음에 매일 온갖 부동산 정보 사이트와 포털사이트 부동산 섹션, 전세와 월세를 직거래하는 지역 카페 게시판을 돌아다니며 새로운 집을 탐색했다. 이사 중독은 우울증의 다른 이름이었다.

그러던 어느 날, 주원은 생각했다. 내가 원하는 게 뭘까? 주원이 원하는 건 간단했다. 집이었다. 주원은 회사 자료 더미에서 A4 용지 한 장을 꺼냈다. 볼펜을 들고 원하는 집을 그려보려는데, 어떤 집을 그려야 할지 알 수가 없었다. 주원이 원하는 건 언덕 위 하얀 집도 아니고, 한강 뷰 아파트도 아니고, 멋진 정원을 가진 2층 양옥도 아니었다. 그냥 집을 원했다. 몸뚱이 하나를 뉘일 수 있는 집, 미쳐 돌아가는 세상으로부터 안전한 집, 더이상 이사를 하지 않아도 되는 집이면 형태가 뭐든 상관없었다. 주원은 집 대신 문 하나를 그렸다. 다른 건 모르겠고 문이 있으면 좋겠다, 그게 전부였다.

주원은 노트북 바탕화면에 폴더를 만들었다. 폴더명은 '한주원의 집'. 주원은 엑셀 파일로 폴더를 채워 나갔다. 주원은 자신의 과거와 현재, 여러 버전의 미래를 비롯해 한국 사회의 과거와 현재, 여러 버전의 미래를 숫자로 써내려갔다. 이것이야말로 지난 회사 생활 15년 동안 주원이 획득한 모든 지식과 기술의 결정체나 다름 없었다.

가장 중요한 건 돈이었다. 평생 돈이라는 목줄에 끌려 다녔던 주원은 마음을 굳게 먹고 목줄을 끊기로 했다. 최선의 방어는 공격이라는 얘길 곱씹으며 돈이라는 숫자를 채워나갈 방법을 연구했다. 주원은 전세 보증금 1억 2천만 원과 현금 3천만 원을 놓고 고민했다. 3개월 동안 1억 5천만 원을 3억 원으로 만드는 것이 첫 번째 미션이었다. 그걸 가능하게 해주는 건 물론 주식이었다. 주원은 새벽 5시에 일어나 출근하기 전까지

2시간 반 동안 주식을 공부했다.

할 수 있을 거라는 확신이 생기자 주원은 회사 근처에서 가장 싼 월세 반지하방으로 옮겼다. 전략적 이사였기에 살만했다. 1천만 원으로 시작해 9백만 원을 잃었다. 한국과 미국 주식 시장에서 잃은 돈만큼의 경험치를 쌓았다. 그러면서 일종의 리듬을 찾아냈다. 주원은 종목마다 음악을 정해놓고 그 종목의 매도매수 시점을 고민할 때 아주 크게 들었다. 비치 보이스의 리듬과 어울리는 잔잔바리 종목들이 있었고, 쇼스타코비치의 10번 교향곡과 잘 맞는 밤낚시와도 같은 종목들이 있었다. 승부는 밤낚시에서 났다.

어두컴컴한 양어장에 낚싯대를 걸어두고 애써 시간을 무심하게 흘려보내고 있다고 가정해보자. 문득 양어장의 가장 깊은 곳에서 시작된 아주 희미한 신호가 낚싯대에 전해진다. 처음 느껴보는 진동이다. 그 진동을 놓치면 안 된다는 본능이 머릿속을 가로지른다. 자리를 박차고 일어나 낚싯대를 들어 올린다. 주원은 그렇게 1억 5천만 원으로 3억 5천만 원을 만들었다.

주원은 집에 대해서도 공부에 공부를 거듭했다. 아파트는 처음부터 고려하지 않았다. 주원은 '정상 가족'의 상징인 아파트가 싫었다. 평생 모은 돈을 거대한 건물의 한 칸에 넣고 스스로를 시세 그래프 안으로 밀어넣기에 주원은 자신의 인생이 아까웠다. 주원은 땅을 원했다. 그러니까 마음 깊은 곳에 존재하는 죽음에 대한 본능이 땅을 열망했다. 아파트에 익숙해지면 죽고 나서도 아파트를 꼭 닮은 추모공원 납골당 한 칸에 갇히게 될 것만 같았다. 주원은 살아서는 자신의 한 몸을 뉘이고, 죽어서는 자신이 썩어갈 토양이 필요했다.

주원은 주말이면 서울 시내 곳곳에 현장학습을 나갔다. 사람들은 빨리 변하는 곳에 시선을 돌리기 마련이고 그런 땅이 가장 투자 가치가 높다고 했다. 반은 맞았지만 반은 틀렸다. 빨리 변하는 곳에서 돈을 버는 건, 돈 놓고 돈 버는 사람들 얘기였다. 서울 동서남북을 옮겨 다니며 살아온 주원은 사람들이 썰물처럼 빠지고 난 다음 종이에 손으로 쓴 '임대' 종이가 덕지덕지 붙어있는 골목길의 쓸쓸함을 누구보다 잘 알았다. 세상이 아무리 어지럽게 돌아가도 가치의 등락이 크지 않은 땅을 찾았다. 그래야 앞으로 남은 길고 긴 시간 동안 혼자 견딜 수 있으니까.

서울 시내에서 100년이 지나도 변하지 않을 가능성이 가장 높은 단 하나의 장소는 궁이었다. 유행은 말할 것도 없고 시청 같은 관공서나 심지어 서울 같은 수도도 수십 년 후에는 어디론가 옮겨질 수 있다. 그런데 궁은 아니다. 궁은 그곳이 궁으로 기능했던 시간보다 더 오랜 시간을, 심지어 본래의 모습 대신 달라진 유행의 옷을 갈아 입으며 같은 자리에 관광지로 남는다.

120세 시대를 앞둔 주원의 세대에게 필요한 건 예측 가능성이었다. 주원은 빠르게 궁 근처를 스캔했고, 경복궁 서쪽 청자동에 매물로 나와 있는 16평짜리 땅을 확인했다. 막다른 골목에 있어서 오가는 사람은 없지만 그곳이 그 지역에서 주원이 대출을 끼고 살 수 있는 유일한 땅이었다. 주원은 이 땅에 관한 여러 시나리오를 돌려봤다. 최악의 시나리오는 궁이 화재로 전소되거나 해서 사라지는 것이겠지만 그렇다고 해도 궁이 있던 자리는 가치가 있을 것이었다. 최고의 시나리오는 골목 안쪽인 이곳까지 상권이 닿아 건물의 가치가 조금이라도 오르는 것이었다. 메가시티 서울은 결국 오가는 사람 없는 골목까지 천천히 잠식하게 되어있고 개발이 제한된 이곳이야말로 몇몇 사람들의 취향에 맞는 곳이 될 수 있지 않은가.

무엇보다 주원은 이 땅이 갖고 싶었다. 아무리 쏴도 서울이라는 과녁의 바깥으로 비껴가던 화살이 어느새 하늘색, 빨간색 구역에 자국을 남기기 시작했고 이 한 발이면 과녁의 중심인 사대문 안에 진입할 수 있다. 16평이면 어떤가. 중요한 건 서울 한 복판에 주원의 자리가 생긴다는 점이었다. 주원은 땅 주인과 실랑이 없이 계약을 완료했다.

주원은 비로소 문 하나만 달랑 그려져 있던 그림을 완성할 수 있었다. 가로는 좁고 세로가 긴 직사각형의 작은 상자를 그려넣었다. 그리고 그 작은 상자는 2년 동안의 고난 끝에 물리적인 실체로 완성되고 있었다. 주원은 건물은 얻었지만 냄새를 잃었다. 비염, 그것은 반지하방의 곰팡이 친구가 준 이사 선물이었다.

3. 성(城)

서울시 종로구 청자동.

경복궁 서쪽에 위치한 이곳은 효자동이나 청운동만큼 알려진 동네는 아니었다. 경복궁 동쪽 영추문에서 길을 건너 청와대 쪽으로 더 올라간 곳에 있었다. 경복궁역에서 시작해 자하문터널로 쭉 이어지는 자하문로와 맞닿은 곳이 없어 이 지역에 살고 있는 사람이 아니면 일부러 찾아오기 쉽지 않았다. 청자동에는 오랫동안 살고 있는 서울 토박이 터줏대감들이 많았다. 이곳에 자리한 1세대 땅 주인들은 한옥이나 다세대 주택을 지어 살아갔다. 청와대와 정부 청사가 오랫동안 자리했어서 공무원들이 주로 전세를 얻어 살았다.

20세기를 지나 21세기에 당도하면서 1세대 땅 주인들이 하나둘씩 세상을 떴다. 땅은 자식들에게 대물림됐다. 종로구 한복판에 있는 이 땅을 상속받은 자식 중 오래된 집을 허물고 다시 지을만한 여유자금이 없거나, 세금도 부담되고 강남도 아닌 강북 땅을 굳이 들고 있을 필요가 없다고 생각하는 이들은 미련 없이 땅을 팔고 현금을 챙겨 나갔다.

부모형제와의 관계가 얽혀있는 집들의 경우에는 조금 복잡했다. 서로 다른 크기와 쓰임새를 가진 손가락들은 부모라는 연결 고리가 사라지면 서로 물어뜯기 마련이었다. 인정 투쟁에 삶의 대부분을 써버린 비틀린 손가락에게 부모가 물려준 땅의 크기는 자신이 부모에게서 받은 애정의 크기이자 존재감이기도 했다. 그래서 땅에 집착했다.

 서울 한복판에 있지만 잘나가는 옆 동네들의 이름값에는 못미치는, 여러모로 애매한 청자동의 땅 주인들은 엇비슷한 크기의 땅을 갖고 있었다. 이들은 청자동만의 고즈넉함을 해치지 않으면서도 외부인들이 유입돼 시세를 올릴 수 있는 랜드마크 비슷한 어떤 것을 막연히 기다리고 있었다. 그때 백송빌딩이 등장했다. 필로티 구조로 지어 1층은 주차장으로 사용되는 이 건물에는 꽤 이름 있는 출판사가 들어왔고 작은 사무실과 가게도 들어왔다. 청자동에 오랜만에 활력이 돌았다.

 주원의 땅은 백송빌딩이 있는 골목의 맨 안쪽에 위치했다. 주원의 땅 오른편에는 비어 있는 작은 나대지가 있었고 나대지 오른편인 골목 입구에 백송빌딩이 있었다. 주원의 땅 왼편으로는 커다란 마당까지 갖춘 2층 양옥집이 있는데 사람이 살지 않았다. 그 옆에는 도자기와 그릇을 파는 한옥 갤러리가 있었다.

 주원은 기백이 주원의 땅에 저벅저벅 걸어들어오기 전까지는 기백의 존재에 대해 알지 못했다. 기백이 머리를 다친 다음부터 백송빌딩이 이 동네에서 어떤 위치인지 짐작할 수 있었다. 공인중개사를 비롯해 주변 이웃들이 가끔 땅에 들르는 주원을 잡고 "회장님이 다치셨다면서요?"를 반복해서 물었다. 주원은 다행히 큰 사고는 아니었다고 말했지만 그들은 주원에게 안쓰러운 눈빛을 보냈다. 주원은 기백이 동네 토박이라서 그런가보다 싶어 크게 신경 쓰지 않았다.

문화재 조사가 마무리되고 공사가 시작되면서 주원은 현장 소장과 함께 선물을 들고 인사를 다니면서 공사에 대한 양해를 구했다. 물론 기백에게도 찾아갔다. 기백은 땅을 팔 생각이 아니라면 돌아가라며 문을 닫았다. 주원의 땅 오른편과 왼편에는 각각 나대지와 빈 집이 있어서 직접적으로 피해를 주는 곳은 거의 없음에도 온갖 민원이 꼬리에 꼬리를 물었다. 그건 모든 공사 현장에서 늘 있는 일이니 괜찮았다. 문제는 대부분의 민원에서 '회장님'이 언급된다는 점이었다. 자신을 비서라고 말하는 이들은 '회장님'의 심기가 불편하다는 말로 얘기를 시작했다. 주원이 여러 차례 사과하고 '회장님'의 양해를 부탁한다고 하면 긴 통화가 끝났다.

■

건물 공사가 한창이었던 2023년 5월. 회식을 끝내고 공사비 때문에 심란한 마음에 공사 현장에 들른 주원은 깜깜한 밤 가로등 아래 긴 그림자와 함께 서 있었다. 3층까지 철근이 올라간 건물은 콘크리트 타설을 앞두고 있었다. 저게 완공이 되긴 할까 싶어 한숨을 길게 내쉬던 주원은 등 뒤에서 어떤 기척을 느꼈다. 누군가 순식간에 주원의 등 뒤로 다가왔다.
"여봐. 젊은 사장."
주원은 깜짝 놀라 뒤를 돌았다. 주원의 눈앞에 기백이 서 있었다. 대충 걸치고 나온 트레이닝복이 집에서 막 나온 것 같은 모습이었다. 젊은 사장이라는 말에 주원은 40대 초반이면 젊은 건지 아닌 건지 혼란스러워졌다.

"네. 안녕하세요."

기백은 주원 주위를 천천히 걷기 시작했다. 주원의 머릿속에서 영화 '죠스'의 테마 음악이 재생됐다.

"내가 땅을 팔 기회를 여러 번 줬잖아? 맞죠?"

주원은 남자에게 왜 반말하냐고 반박하려는데 하필 마지막 말에 애매하게 '요'자를 붙이는 바람에 공격할 거리를 잃어버렸다. 기백은 낮지만 힘 있는 목소리로 말을 이어갔다.

"내 머리통에 빵꾸를 내놓고, 내가 심지어 이 땅 사주겠다고 한 것도 거절하고. 그러길래 난 또 무슨 대단한 건물을 짓는가 했더니 이게 다야?"

주원은 기백이 무슨 의도로 느닷없이 이런 말을 하는지 의아했다.

"대단하지 않아요? 제 눈에는 대단한데. 그리고 왜 저한테 자꾸 땅을 팔라 마라 하세요? 제 맘이에요."

주원이 눈을 똑바로 뜨고 살짝 웃으며 대답했다. 기백은 기가 막혔는지 걸음을 멈췄다. 그리고 주원을 향해 큰 소리로 삿대질을 시작했다.

"저 꼴같지도 않은 건물 공사 때문에 내가 어떤 피해를 입었는지 들었어요?"

늦은 밤 골목을 쩌렁쩌렁 울리는 기백의 목소리 때문에 건너편 골목 빌라 몇 집에서 창문 여는 소리가 들렸다. 망신을 주는 게 목적일 수도 있겠다고 주원은 생각했다. 주원은 고개를 흔들어 알코올을 털어냈다.

"들은 바가 없는데 혹시 어떤 피해인지 여쭤봐도 될까요?"

주원은 최대한 사회적 프로토콜에 맞춰 되물었다.

"젊은 사장이라더니 말하는 본새가 어이없네?"

"반말하지 마세요."

"당신, 고소당할 마음의 준비됐어?"

"어떤 내용인지 말씀을 해주셔야 마음의 준비를 하든 말든 하죠. 그리고 고소당할 마음의 준비 같은 걸 어떻게 합니까?"

주원도 소리를 높였다.

"젊은 사장, 당신네 공사 현장에 있는 인부들이 공사를 한답시고 이 골목에서 아주 시끄럽게 굴다가 나한테 아주 소중한 걸 훔쳐가서 없애버렸다고, 알아? 알고는 있어?"

"그게 뭔데요?"

"그건 말해줄 수 없어."

기백은 그때부터 주원이 이해할 수 없는 말들을 늘어놓았다. 주원은 주머니에 있는 핸드폰을 만지작 거리며 경찰에 신고해야 할지 말아야 할지 고민했다. 경찰이 와서 뭘 해줄 수 있을까? 오히려 더 우스워지는 건 아닐까? 경찰을 부르면 지는 게임이다. 당황하면 지는 거다. 그렇다고 딱히 이길 방법이 떠오르지는 않았다.

"말씀을 해주셔야 제가 피해를 보상하든 하죠."

"그건 당신네 직원들한테 물어봐야지. 지금 내가 말해줄 거 같아? 내가 촬영을 다 해놨으니까 법원에서 징역 갈 준비나 해."

"아, 네. 그럼 제가 현장 소장한테 확인하고 통해서 다시 연락을 드릴게요."

"연락이고 나발이고 고소당할 준비나 하라고."

주원을 향해 희미한 미소를 지은 기백이 마지막 말을 툭 던지고 자기 건물을 향해 걸어갔다. 주원은 남자의 등을 향해 소리쳤다.

"저 관리해서 젊어 보이는 거지 사실 그렇게 안 젊거든요?"

쪽팔렸다. 하지 말았어야 했다. 그래도 그 말은 꼭 하고 싶었다. 주원이 진 건 아니었다. 어쨌든 하고 싶은 말은 했으니까 무승부랄까.

기백은 걸음을 멈추고 고개를 돌려 주원은 힐끗 봤다. 그리고 백송빌딩 현관으로 들어갔다. 계단을 올라가는 기백의 속도에 맞춰 계단의 센서 등이 켜졌다가 꺼졌다. 2층, 3층 그리고 4층. 4층에 켜졌던 센서 등이 꺼졌다. 주원은 께름직한 기분이 들어서 4층으로 올라가는 계단에 있는 유리창을 자세히 봤다. 기백이 깜깜한 계단에 서서 창문 밖으로 주원을 쳐다보고 있었다. 기백의 눈빛이 번뜩였다. 주원은 어둠 속에서 자신을 내려다보는 기백에 자기도 모르게 위축됐다.

그때 주원의 눈에 백송빌딩 건물 꼭대기에서 힘차게 휘날리는 커다란 깃발 같은 것이 보였다. 붉은 바탕에 검은 선으로 호랑이 비슷한 문장이 그려진 깃발이었다. 헛것이 보이나 싶어 눈을 깜빡였다. 깃발 같은 건 없었다. 그런데 이번에는 눈앞에 거대한 성(城)이 보였다. 그 누구의 침입도 허락하지 않는 높은 담벼락과 그 위에 뾰족하게 서 있는 성의 한 가운데 기백이 철로 만든 투구를 쓰고 서 있었다. 큰 키에 바짝 마른 몸, 거기에 허름한 트레이닝복, 삼선 슬리퍼를 걸치고 있던 늙은 남자는 간데 없고 고고하게 아래를 내려다보는 성주가 있었다. 주원은 얼굴을 찡그려 있는 힘껏 눈을 꼭 감았다. 그리고 다시 떴다. 성 같은 건 없었다. 대신 백송빌딩 앞에 초라하게 서 있는 주원이 있었다.

주원은 그 순간 이 도시는 수많은 영주(領主)들이 소유하고 있는 성들로 이뤄진 '중세 서울'이라는 걸 깨달았다. 서울에는 지번의 개수만큼이나 많은 영주가 존재했다. 대한민국은 수도 서울에 사는 자와 그렇지 않은 자, 이렇게 나눌 수 있을 만큼 서울이 거의 전부인 나라이기에 사실 중세 서울은 곧 이 나라이기도 했다. 그러나 영주라고 해서 모두 성주가 될 수 있는 건 아니었다.

중세 서울은 철저하게 땅의 크기에 기반한 계급사회였다. 영주들이 갖고 있는 영지의 위치와 크기, 높이에 따라 공작, 후작, 백작, 남작으로 계급이 나뉘어졌다. 개발도상국에서 고도성장기를 거치면서 돈만 있으면 계급을 살 수 있었다. 철저하게 계산해서, 또는 철저하게 운으로 강의 남쪽에 공작의 지위를 얻은 이들은 강의 북쪽 토박이들에게 비웃음을 사기도 했다. 그러나 시간이 흐르면서 강의 남쪽 공작의 자녀들은 조상 대대로 공작이었던 것 같은 삶을 살았다. 강의 남쪽에는 백작이나 남작에 걸맞는 땅을 갖고 있어도 계급은 공작인 이들이 많았다.

중세 서울의 규칙은 간단했다. 작은 땅의 주인은 큰 땅의 주인 앞에 머리를 조아린다. 큰 땅의 주인은 더 큰 땅의 주인 앞에 무릎을 꿇는다. 전쟁의 규칙과 같았다. 더 많은 성을 함락해 자신의 영토를 늘리고 더 높은 자리에 오르고 싶은 영주들은 공격과 방어가 일상이었다. 자신의 성을 지키기 위해 새로 지어진 성에 각종 민원이라는 돌을 던지는 건 예사였고, 자신의 권력을 위협하는 성의 주인들과는 고소고발이라는 질긴 전투도 마다하지 않았다. 작은 빌딩을 '꼬마'라고 낮잡아 부르는 건 어느새 상식이 되었다.

주원은 중세 서울에서 자신의 계급을 유추해보았다. 서울에 발을 들이지도 못한, 일종의 '논외'의 존재로 태어나 악착같이 사다리를 타고 서울로 들어와 아슬아슬하게 변방에 머물다가 눈 앞에 내려온 얇은 동아줄을 잡고 비로소 영주가 된 존재. 주원은 자신이 '건물주'가 되었다는 기쁨에 세상을 다 가졌다고 생각했다. 그런데 막상 영주의 세계에 발을 들여보니 16평 땅을 갖고 있는 주원은 계급의 가장 마지막에 있는 남작 중에서도 꼬마 남작이었다.

주원은 어깨를 잔뜩 움츠린 채 골목에서 빠져나왔다. 주원의 눈 앞에 지금까지 본 적 없는 중세 서울의 풍경이 펼쳐졌다. 서로 다른 크기와 색깔로 휘날리는 깃발들 사이에서 주원은 기죽을 필요 없다고 다독였다. 한주원이라는 개인이 중세 서울의 규율에 꼭 들어가야 하는 건 아니었다. 아무리 중세 서울이라고 해도 지금은 현대의 법체계와 상식 안에 서 작동하는 거니까 주원에게 영향을 주는 건 없을 거라고 몇 번을 되뇌였다.

다음날, 주원은 공사 현장 소장에게 전화를 걸었다.
"백송빌딩 건물주가 말하는 그 소중한 물건이 뭐에요?"
"그거요? 돌멩이요."
"네?"
"자기한테 소중한 돌멩이를 우리가 가져갔다고 며칠 전부터 난리를 쳤어요. 어떤 돌멩이냐고 했더니 자기만 알아볼 수 있는 돌멩이래요."

주원은 기백에겐 자신의 계급이 꼬마 남작도 아닌 '돌멩이'일 수도 있겠다고 생각했다. 돌멩이라. 웃겼지만 주원은 '돌멩이'라는 계급이 마음에 들었다. 주원의 삶은 사실 여기 저기 굴러다니는 돌멩이와 비슷했다.

■

1) 운다. 펑펑 운다. 바닥에 앉아 목놓아 운다. 그리고 웃는다. 웃다가 운다. 울다가 웃는다.
2) 웃는다. 미친듯이 웃는다. 뛰어다니면서 춤을 춘다. 그러

다가 눈물이 흐른다. 눈물을 흘리면서 춤을 춘다.

　주원은 사용승인을 받은 건물로 이사를 가는 순간에 대해 수없이 많이 상상했다. 피땀눈물로 지은 이 건물 안에 짐을 다 들여놓고 현관문이 닫히면 어떤 기분일까. 수없이 생각해본 결과 시나리오는 크게 두 가지였다. 울다가 웃거나, 웃다가 울거나. 어느 쪽이든 상상만해도 심장이 터질 것 같았다.
　그러나 현실에서의 주원은 눈물을 흘리지도, 춤을 추지도 않았다. 새 집으로 들어오던 날, 주원은 1층 현관문 안쪽에 러기지 두 개를 밀어넣어두고 현관문을 등진 채 털썩 주저앉았다. 건전지가 닳아버린 로봇 장난감처럼 아무런 감정도 느껴지지 않았다. 가만히 있으니 아무런 소리도 들리지 않았다. 빈 공간을 가득 채우고 있는 공기는 오롯이 주원의 것임에도 주원은 숨이 막히는 것 같았다. 눈물도 웃음도 허락되지 않았다. 진공 포장지에 들어간 것처럼 멍했다. 새 것의 감각은 이런 것일까. 흠집 하나 없는 물건과 엉망진창인 인간 둘만 오롯이 존재하는 순간, 주원은 물건 앞에 한없이 작아지는 의외의 무력감을 느끼며 한동안 움직이지 못했다.
　주원은 며칠 동안 새 집을 길들이려고 애썼다. 동선을 정해 길을 내고 벽을 손바닥으로 쓸어 자신의 냄새를 묻혔다. 주원은 새 집의 거의 모든 곳에 누워봤다. 아무데나 머리를 대고 이리저리 고개를 돌리며 집의 새로운 각도를 찾아냈다. 그럴 때마다 집은 새로운 표정을 지었다. 집 안을 샅샅이 훑어보고 나니 집 주변의 풍경이 궁금했다. 출근할 때, 또 퇴근할 때 이 골목의 풍경 안에서 이 건물이 어떻게 적응하고 있는지 확인했다. 그럴 때마다 백송빌딩이 미웠다. 작지만 반듯한 주원의 건물이 백송빌딩의 눈치를 보는 것 같은 기분이 들었다. 사실 그랬다. 주원의 건물이 아니라 주원이 기백의 눈치를 보고 있는 게 사실이었으니까.

돌멩이를 돌려달라던 기백은 이후 아무런 연락이 없었다. 주원은 어쨌든 이웃이라 오가면 마주칠 수 밖에 없는 동네 토박이와 다시 한번 붙는 건 자신에게 불리하다는 걸 알았다. 주원은 건물에 살기 시작하면서 집밖으로 나갈 때마다 살짝 고개를 내밀어 기백이 있는지 없는지 확인했다. 그렇게 2주 정도는 기백의 그림자와도 마주치지 않았다.

어느새 전입자로서의 긴장이 풀리면서 주원은 집을 포함해 집을 둘러싼 모든 것들에 익숙해졌다. 집안의 공기는 음악으로 다스렸고 계단이 많은 집에 딱인 슬리퍼도 골랐다. 주원은 새 집에 쓰레기가 쌓이는 게 싫었다. 살림을 갖추기 위해 어쩔 수 없이 생기는 쓰레기는 정확하게 분류해 쓰레기를 배출하는 날에 잊지 않고 집 앞에 내놓았다. 쓰레기를 집밖으로 내놓으면 집이 잘 관리되고 있는 것 같은 기분이 들었다.

그 날도 그랬다. 일요일 늦은 오후, 주원은 재활용 쓰레기 봉투를 들고 현관문을 열었다. 집 앞에 쓰레기 봉투를 내려놓고 잠시 집 앞 블록에 앉아 빠르게 어둠이 깔리고 있는 텅 빈 골목을 바라봤다. 제목을 알 수 없는 노래를 흥얼거리고 있는데 어디에선가 부스럭 대는 소리가 났다. 주원은 소리가 나는 방향을 짐작할 수 없어 빠르게 주변을 둘러봤다. 주원의 집 오른쪽에는 텅 빈 땅이 있고 왼쪽에는 텅 빈 양옥집이 있어서 길고양이가 아니라면 소리가 날 일이 없었다. 왼쪽 빈 땅 쪽에서 소리가 들렸다. 누군가 빨간색 플라스틱 의자에 앉아 신문지 같은 얇은 종이를 부스럭대고 있었다.

깜짝 놀란 주원은 재빨리 현관문을 열고 집 안으로 들어왔다. 경찰에 신고를 해야 하나 싶어 핸드폰을 들고 3층으로 올라갔다. 3층 창문에서 텅 빈 땅이 살짝 보였다. 주원은 3층 불을 켜지 않고 창문으로 다가가 커튼을 살짝 열었다. 빨간색 플라스틱 의자에는 아무도 없었다. 주원은 의자 주변으로 시선을 돌렸다. 어떤 남자가 왼쪽 발을 앞으로 내밀어 걸으면서 오른쪽 발날을 안쪽으로 세운 채 질질 끌었다. 다리를 다친 건가? 다쳤으면 병원에 가지 왜 저기서 저러는 거지? 주원은 혼란스러웠다. 남자는 발로 뭔가를 그리기라도 하는 것처럼 그렇게 걷다가 멈춰섰다. 그리고 땅 밖으로 나와 멀쩡한 걸음으로 골목을 걸었다. 남자의 뒷모습을 바라보던 주원은 실루엣의 주인을 기억해냈다. 천기백이었다. 기백은 백송빌딩 입구에 잠시 서서 고개를 돌려 주원의 건물 쪽을 바라봤다. 주원은 깜짝 놀라 몸을 숨겼다.

오싹했다. 자신의 건물과 백송빌딩 사이에 DMZ처럼 존재하는 빈 땅에 왜 기백이 들어와 앉아 있었던 걸까. 의자의 방향은 주원이 앉아 있던 쪽을 향하고 있었다. 주원이 아닌 건너편 양옥집을 바라보고 있었거나 아니면 그 너머에 있는 북한산 쪽을 바라보고 있었을지도 모른다. 그렇다고 해도 마지막에 왜 주원의 건물을 바라본 걸까. 시선을 눈치챘나. 주원의 머리가 복잡해졌다.

다음 날 아침, 주원은 현관문 밖으로 고개를 빼꼼히 내밀어 주변을 둘러봤다. 빨간 플라스틱 의자는 온데간데 없었다. 헛것을 봤나. 아니다. 분명히 봤다. 땅을 들여다봤다. 기백이 발로 남긴 흔적은 그대로 있었다. 회오리처럼 둥글게 작아지는 선과 계단을 닮은 직선이 뒤섞여 있었다. 해변 모래사장에 가면 할 법한 발장난 같았다. 주원은 핸드폰으로 사진을 찍어두었다.

주원은 그날부터 인간 CCTV가 되어 골목에서 일어나는 모든 일들을 관찰했다. 현관 앞에 달아둔 CCTV의 시야는 좁았다. 주원은 출근하기 전에, 그리고 퇴근하고 나서 3층의 불을 끈 채 창문 커텐 사이에 숨어 골목을 응시했다. 맨눈으로는 잘 보이지 않는 게 많아 창문 구석에 핸드폰을 연결한 삼각대를 세우고 핸드폰 카메라로 줌을 두 배 이상 당겨서 관찰했다. 주원은 특히 기백이 다시 옆 땅에 들어오는지 살폈다.

며칠이 지나도록 골목에는 아무 일도 없었다. 골목 안으로 들어오는 사람들 중 수상한 사람은 없었다. 택배 배달원이나 미화원, 우체국 직원 등 자신의 일을 하는 사람들과 백송빌딩을 오가는 사람들, 그리고 맞은편 도자기 갤러리에 오가는 사람들이 전부였다. 기백은 건물 밖으로 거의 나오지 않았고 나와도 골목 안쪽으로 들어오지 않았다. 주원의 시선은 종종 건물에 난 창문으로 옮겨갔다. 그럴 때면 주원은 자신이 히치콕 영화 '이창'의 제임스 스튜어트가 된 기분이었다. 제임스 스튜어트처럼 우아하게 망원경을 들고 볼 수 있었다면 멋졌을텐데. 주원은 영화 속 그레이스 켈리를 동경했지만 그레이스 켈리가 되고 싶진 않았다. 그보다 그레이스 켈리 같은 역할을 해줄 사람이 필요했다.

다시 며칠이 지났다. 아무 일도 없었다. 퇴근하고 저녁을 먹은 다음 오후 9시쯤 창밖을 응시하던 주원은 문득 이런 바보 같은 짓은 그만둬야겠다고 생각했다. 삼각대를 접고 일어서려는데 골목 쪽에서 뭔가가 부딪히는 것 같은 움직임이 감지됐다. 골목 입구에 검은색 SUV의 보닛 오른쪽과 흰색 SUV의 보닛 왼쪽이 맞닿아 있었다. 두 대 모두 라이트를 켜고 있는 걸 보니 접촉사고인 것 같았다.

주원은 재빨리 핸드폰으로 창밖을 내다봤다. 갑작스러운 일이라 영상으로 녹화하는 것까진 생각하지 못했다. 그런데 아무도 자동차에서 내리지 않았다. 사고가 나면 보통 바로 나와서 확인하지 않나? 운전자들 대신 주차장에서 기백이 걸어나왔다. 기백은 흰색 자동차의 운전석 창문을 마구 두드리며 뭐라고 말을 하는 것 같았다. 흰색 자동차의 전면 유리창 안으로 두 명이 앉아있는 게 보였다. 운전석 문이 열렸다. 운전석에서 나온 사람은 도자기 갤러리 사장 이양옥이었다.

문화재 조사 때문에 골머리를 앓고 있던 작년의 어느 날, 주원이 골목을 빠져나가려는데 누군가 주원에게 인사를 건넸다. 30대 중후반쯤으로 보이는 남자였다. 포마드를 발라 왼쪽으로 가르마를 낸 머리에 플란넬 셔츠를 입은 남자는 발의 날 모양에 맞춰 갸름하게 잘빠진 로퍼를 신고 있었다. 남자는 활짝 웃으며 골목 입구 백송빌딩과 마주보고 있는 한옥의 간판을 가리켰다. 간판에는 이렇게 써 있었다. 'GALLERY 玉'. 자신의 이름 '이양옥'에서 '옥'을 딴 이름이라고 했다.

주원은 몇 번이나 지나다녔지만 단 한번도 자세히 들여다보지 않았던 갤러리 간판을 바라보며 양옥에게 좋은 이름이라고 말했다. 양옥은 새 건물에 대한 기대가 크다면서 언제든 자신이 필요하면 들르라고 했다. 주원은 친절한 이웃을 향해 활짝 웃었다. 갑작스러운 호의였지만 싫진 않았다. 주원은 짧은 인사라고 생각했고 지나가려고 했는데 양옥은 주원을 놔주지 않았다. 혹시 새 집에 어울릴만한 도자기를 고민하고 있다면 자신이 추천해주겠다면서 달항아리가 요즘 인스타그램에서 인기가 많다고 했다. 주원은 '안 사요'라는 말을 꽉 누르고 알겠다고 말했다.

검은색 자동차는 세차를 한지 오래됐는지 휠에 흙이 잔뜩 묻어있었다. 양옥의 흰색 자동차는 매일 세차를 하는 것처럼 먼지 한 톨 없었다. 흰색 자동차 외관에 골목 가로등 불빛이 은은하게 흘러내렸다. 검은색 자동차 운전석 문이 열렸다. 운전석에서 챙이 넓은 모자를 쓰고 재킷 위에 등산용 점퍼를 입고 안경을 쓴 중년의 남자가 내렸다. 양옥은 중년의 남자를 향해 입을 열었다. 주원은 무슨 얘기가 오가는지 궁금했지만 들을 수 없었다. 창문이 닫혀있기도 했고 설령 열려있더라도 소리가 들릴만큼의 거리는 아니었다.

양옥이 모자를 쓴 남자에게 말을 하고 있는 도중에 기백이 양옥에게 삿대질을 했다. 기백의 삿대질에 양옥은 포마드 바른 머리카락을 쥐어뜯듯 흐뜨리면서 격렬하게 반응했다. 모자를 쓴 남자는 한 발 뒤로 물러났다. 기백은 양옥의 자동차 조수석을 향해 다시 한번 삿대질을 했다. 양옥이 운전석 문을 닫으며 조수석에 앉은 사람을 가리려는 듯한 제스처를 취했다. 기백은 양옥에게 다가가 양옥의 얼굴에 자신의 얼굴을 들이밀었다. 그러자 양옥은 얼굴을 돌리며 손으로 기백을 밀어냈다.

주원은 간절하게 자막을 원했다. 자막이 없으면 도저히 이해가 되지 않는 상황이었다. 살짝 부딪힌 수준의 가벼운 접촉사고는 서로 적당히 미안하다고 말하고 돌아가지 않나? 주원이 알지 못하는 운전자들의 문화가 있나? 자동차 안에서 서로에게 손가락 욕이라도 했나? 양옥과 기백은 계속 옥신각신하는 것 같았다. 모자를 쓴 남자가 둘 사이를 비집고 들어가 양옥의 자동차 문을 열고 양옥을 운전석 안쪽으로 살짝 밀었다. 그러자 양옥은 괴로운 표정을 하고 막 샴푸를 마친 머리카락에서 물을 털어내듯 고개를 마구 흔들었다. 기백은 그런 양옥을 향해 목청을 높였다. 양옥도 비슷한 데시벨로 맞섰다.

주원은 순수하게 궁금했다. 어둠 속 관찰자이자 음지의 감시자로서가 아니라 철저하게 구경꾼으로 왜 저렇게 싸우는지 알고 싶었다. 소리만 들어도 알 것 같은데 소리가 안 들리니 답답했다. 주원은 몸을 일으켜 신중하게 창문을 열었다.

"…너무 하잖아!"

양옥의 울부짖는 목소리가 들렸다. 아무리 사고 현장이라고는 해도 마주보고 지내는 이웃에게, 그것도 나이가 한참 많은 '회장님'에게 반말을 하는 게 의아했다. 접촉 사고 말고도 갈등이 많았나? 주원은 짐작했다.

기백은 두 손으로 허리를 짚고 자신의 말을 이어갔다. 기백의 목소리는 들릴 듯 들리지 않았다. 모자를 쓴 남자가 한 발 뒤로 물러섰다. 그리고 뒤돌아 담배를 꺼내 불을 붙였다. 남자의 담배 연기가 어둠 속에 꽃처럼 피어올랐다. 남자는 검지와 중지 사이에 끼웠던 담배를 엄지와 검지로 옮겨 잡았다. 15년 동안 피우던 담배를 3년 전에 끊은 주원은 저런 제스처에 담긴 감정 상태를 읽을 수 있었다. 저 남자는 지금 매우 짜증이 난 상태가 분명했다.

호기심이 목구멍까지 끓어오른 주원은 신중한 손동작으로 방충망을 열었다. 몸을 더 내밀면 들릴 것 같았다. 그때 손에서 핸드폰이 미끄러졌다. 한 박자 늦게 자신의 행동을 알아챈 주원은 창문 안쪽으로 황급히 몸을 숨겼다. 핸드폰은 '툭' 소리를 내며 건물 앞 콘크리트 바닥에 떨어졌다. 15초의 정적이 흘렀다. 주원은 주먹을 꽉 쥐고 눈을 꼭 감았다. 이내 두 대의 자동차가 시동을 거는 소리, 이어서 저음을 내며 골목을 빠져나가는 소리가 들렸다.

핸드폰을 비롯한 모든 물건은 중력의 법칙에 의해 낙하한다. 물건을 떨어뜨리는 일은 일상에서 자주 일어나는 일이며, 특히 핸드폰을 떨어뜨리면 대부분의 경우 위로를 받는다. 골목 입구에 있던 사람들도 핸드폰이 박살나는 순간 '주인이 누군지 몰라도 참 안됐네'라고 생각했을 게 분명했다. 다만 그 사람들이 주원을 오해하는 건 아닐까 걱정됐다. 주원은 핸드폰의 카메라 줌 기능을 쓰고 있었는데 녹화 기능을 사용한 것으로 오해하면 어쩌지 싶었다. 사고가 났는데 사고와 상관 없는 사람이 구경하는 건 있을 수 있는 일이다. 다만 그걸 촬영하고 있었다면, 심지어 저 멀리에서 불을 끈 채 촬영하고 있었다면 당사자는 불쾌할 수 있다. 주원은 한편으로 억울했지만 단어를 '촬영'을 '줌 기능'으로 정정한다고 해서 불쾌한 상황에 반전이 있을 것 같지는 않았다.

핸드폰의 낙하를 '떨어뜨렸다'고 받아들이지 않을 수도 있었다. 연인이나 가족 관계에서 다투다가 상대방의 핸드폰을 창밖으로 내던지는 폭력적인 행동도 자주 있으니까. 그러나 그렇게 생각하기에 주원의 창문은 지나치게 고요했다. 핸드폰이 한밤 중에 스스로 창문을 열고 자살을 시도하는 일도 AI 시대에는 생각할 수 있는 시나리오가 아닐까. 여기에 다다르자 주원은 왜 그 순간 몸을 숨겼을까 스스로를 책망하는 것으로 노선을 바꿨다. 오히려 불을 켜고 태연하게 '앗, 실수로 핸드폰을 떨어뜨렸네! 이런 바보 같은 나!' 정도의 표정을 지은 다음에 내려가서 바로 핸드폰 시신을 수습했다면 저런 오해를 사지는 않았을텐데. 아니, 사실 이 모든 일의 시작은 빨간 플라스틱 의자 사건 아닌가? 백송빌딩만 아니었으면 이런 일이 없었을텐데. 아니, 그냥 태어나지 않았다면.

주원은 입술을 꽉 깨물고 1층으로 내려갔다. 현관문을 조심스럽게 열고 골목을 확인했다. 아무도 없었다. 주원은 핸드폰에게 다가갔다. 핸드폰은 초록색 실리콘 케이스를 바닥에 깔고 하늘을 보며 누워 있었다. 핸드폰을 들고 상태를 살폈다. 액정 화면에 금이 갔지만 실리콘 케이스 덕분인지 상태가 괜찮았다. 주원은 핸드폰 화면을 눌러보았다. 핸드폰이 빛을 내며 주원을 반겼다.

주원은 골목을 훔쳐보는 것을 그만뒀다. 빨간색 플라스틱 의자에서 시작된 일련의 사건이 핸드폰 액정에 금이 간 것으로 끝난 게 다행인지 불행인지, 주원은 결론을 내지 못했다.

■

'산세베리아 공인중개사 사무소'에 들어서자 낮고 진한 향이 코를 찔렀다. 주원은 그 향에 재채기를 했다. 여기에 들어올 때마다 겪는 일이었다. 사무소 벽에는 늦가을 인왕산 풍경 사진을 배경으로 한 11월 달력이 걸려 있었다. 주원은 살짝 콧물이 흐를 것 같은 간질간질한 기분으로 안으로 들어갔다.

"사장님! 일찍 나오시느라 힘드셨죠?"

짙은 핑크색 경량 패딩 조끼를 입은 공인중개사 해경이 일어나 주원을 맞이했다. 교직 생활을 하다가 공인중개사가 된 이력을 보여주듯 해경의 또렷한 발성은 제법 연극적 성향을 보였다.

"제발 그 사장님은 그만요. 저 사장 아니고 그냥 회사원이라고 그렇게 말씀 드렸는데. 그냥 주원 씨라고 불러주세요."

"이 동네에서 건물주는 다 회장님 아니면 사장님이라고 하니까 그런 줄 아세요."

해경이 주원에게 고개를 숙이며 속삭였다. 코트 안에 얇은 캐시미어 탑과 시가렛 팬츠를 입은 주원에게 해경은 테이블 맞은 편에 앉아 있는 남자를 소개했다. 남자는 반으로 접어둔 몸을 쭉 펴며 일어났다. 주원도 키가 큰 편인데 남자는 주원보다 한 뼘도 넘게 커 보였다. 타고난 곱슬머리를 손으로 빗어넘긴 남자는 까만색 코트와 셔츠를 받쳐 입은 후디, 코듀로이 바지에 단정한 스니커즈를 신고 있었다. 언뜻 평범해 보이지만 조금만 자세히 들여다보면 세밀하게 조율된 스타일이었다. 남자는 주원에게 간단히 목례했다. 주원은 남자의 얼굴이 쌀쌀한 11월 날씨와 잘 어울린다고 생각했다.

"이쪽 우리 한주원 사장님."

"안녕하세요, 한주원입니다."

"그리고 이쪽은 우리 그 카페 이름이… 그건 중요한 게 아니고, 하여튼 최치수 대표님."

"최치수라고 합니다. 카페 이름은 아직 없고, 직원이 없어서 대표라고 하기엔…."

"사업자등록증 있으면 다 대표님이에요."

해경은 치수와 복화술을 나누었다.

"안녕하세요. 잘 부탁드립니다!"

주원이 활짝 웃으며 인사했다.

"안녕하세요."

약냉방 정도의 찬바람과 함께 돌아온 치수의 대답에 살짝 민망해하며 주원은 자리에 앉았다. 해경은 주원 옆에 의자를 꺼내 앉았다.

"우리 사장님, 우리 대표님 다 바쁘신데 이렇게 자리 해주셔서 너무 감사드립니다. 우리 사장님과는 토지 매입부터 쭉 같이 일해왔어요. 이렇게 아름다운 건물에 그 가치를 더 올려줄 우리 대표님의 사업장이 들어오게 된 것, 이것은 운명이다 라고 감히 말씀 드립니다."

해경의 등 너머에 자리한 산세베리아들이 매일 있는 일이라는 듯 지루한 박수를 보냈다.

"오늘은 사장님, 대표님과 마지막으로 건물 한번 체크하고 계약서에 도장을 찍는 날입니다. 입주 날짜를 가능한 한 빠른 날로 협의한 다음 입주하는 날 잔금 치를 예정이라는 점 다시 한번 말씀드립니다. 그럼, 가실까요?"

해경이 앞장섰고 주원과 치수는 말없이 해경의 뒤를 따라 나섰다. 치수와 말없이 나란히 걷던 주원은 어색함을 참을 수 없어 빠른 걸음으로 해경 옆으로 걸어갔다.

"날씨는 추운데 하늘이 예술이네요. 계약서에 도장 찍기 딱 좋은 날씨네요."

해경이 주원 쪽으로 어깨를 붙이며 말했다.

"그런 날씨가 따로 있어요?"

주원이 고개를 들이밀며 물었다.

"이 일이 뭐랄까, 사람의 터전을 다루는 일이다 보니까 기운에 참 예민할 수밖에 없어요. 근데 오늘은 기운이 참 좋네."

"저 오늘 아침에 빵집 가는데 손에 비둘기 똥을 맞았어요."

주원이 걱정스러운 목소리로 말했다.

"어머! 새똥은 재물운이야. 세상에. 이런 일이 있네. 좋은 일이 일어날 거예요. 내가 해몽을 좀 하거든. 계약이 잘 되려나 봐요."

주원은 왼손 손등을 만지며 자신도 모르게 속으로 웃었다. 해경은 치수의 눈치를 보며 주원의 귀에 속삭였다.

"이번 건은 꼭 성사시킬게요. 믿어주세요. 벌써 3개월이 넘었죠? 우리 사장님 그동안 세입자가 안 구해져서 얼마나 속상하셨어. 그래도 제가 최선을 다했다는 건 알아주셔야 돼요."

건물이 완공되기 한 달 전부터 내건 세입자 공고는 건물 등기가 완료되고 주원이 입주한 다음에도 한참 동안 저 혼자 산세베리아 공인중개사 사무소 유리창에서 팔랑거려야 했다. 온갖 사이트에 다 올려 놓고 동네 공인중개사 여러 곳에 매물을 내놓아도 성과는 없었다. 위치가 애매하다, 넓이도 애매하다, 가격도 애매하다. 모두가 애매하단 말만 반복했다. 그 과정에서 월세를 내렸고, 그 결과 주원의 건물 1층과 지하 1층에 카페를 하겠다는 세입자 후보가 나타났다. 상권도 마땅치 않은 이곳에 어떻게 카페를 하겠다는 건지 모르겠지만, 그건 주원의 관심사가 아니었다.

찻잎이 들어있는 틴케이스. 주원은 자기 건물을 볼 때마다 틴케이스가 떠올랐다. 직사각형의 16평 땅에 지어진 건평 10평 남짓의 지하 1층, 지상 3층의 건물. 단단하게 지었지만 건물이 작아서 그런지 위태로워 보였다. 주원은 위태로움을 가슴 깊은 곳에 구겨 넣고 건물 앞에 서서 건물의 학부모라도 되는 듯 뿌듯한 표정으로 치수를 향해 고개를 돌렸다.

"너무 예쁘죠? 내 새끼라서, 아니 내 건물이라서 그런 게 아니라 아주 똑 부러지게 생겼어요. 그죠?"

치수가 싸늘한 눈빛으로 주원을 쳐다봤다. 치수는 그 어떤 리액션도 없이 아직 도장을 찍기엔 미심쩍다는 표정으로 건물 구석구석을 눈으로 살폈다. 그리고 1층 유리문을 열고 들어갔다. 주원은 나름 '건물주'로서 자신의 위신에 스크래치가 난 것 같은 기분이 들었다.

"저분 지금 작은 건물이라고 무시하는 건 아니겠죠?"

주원이 해경을 바라보며 물었다.

"그게 뭐가 중요해요. 세입자 인성이 월세 주나. 세입자 통장이 주지. 월세만 따박따박 잘 주면 그게 다예요."

주원은 원주율처럼 외우고 있는 대출 금액을 암송하며 열

등감을 찍어눌렀다.

"안녕하세요."

그때 등 뒤에서 여자의 목소리가 들렸다. 주원과 해경이 동시에 돌아봤다. 긴 머리카락의 여자가 볼캡을 눌러 쓴 채 서 있었다. 해경은 뒤돌아보자마자 예의 그 연극적 발성으로 여자에게 다가갔다.

"우리 2층 공방 사장님이시네! 그렇지 않아도 이웃끼리 알고 지내면 참 좋겠다고 생각했는데 딱 오셨어. 이쪽은 저기 골목 입구에 백송빌딩 2층 공방 사장님, 이쪽은 이번에 새로 건물 짓고 오신 회사원 사장님."

"안녕하세요, 저희 공사 때문에 시끄러우셨죠. 제가 일일이 다 인사를 못 드려서 뒤늦게 인사드리네요. 한주원입니다."

"네, 저는 괜찮았어요. 저는 저기 백송빌딩 2층에서 가죽공방 하고 있는 모혜리라고…."

혜리는 말끝을 흐리면서 모자를 더 깊게 눌러썼다. 해경에게 용건이 있나 보다 싶어 주원은 양해를 구하고 치수를 따라 1층 쪽으로 몸을 돌렸다.

"빨리 좀 알아봐 주세요. 저 무조건 바로 나갈 수만 있으면 돼요. 권리금 그런 거 다 필요 없어요. 보증금만 딱 받으면 돼요. 제발…."

"제가 열심히 알아보고는 있는데, 아시다시피 요즘 경기가 안 좋아서 그런가, 찾는 사람이 없네."

혜리의 떨리는 목소리와 해경의 접대용 목소리가 점점 멀어졌다. 2층 공방을 빨리 뺄 수 있게 도와달라는 건가? 사정이 있나 보네. 주원은 생각했다.

치수는 1층에서 뭔가를 골똘하게 생각하며 서 있었다.

"내부 공간을 이렇게 모로 가벽을 쳐서 나눠 사용할까 생각 중인데 시스템 에어컨 위치가 조금 안 맞네요. 뜯어서 다시 설치할 수 있을까요?"

"이 작은 공간에 가벽을 치신다구요?"

"안 되나요?"

"아뇨. 그건 아니구요. 지금 이 위치가 가장 보편적으로 사용할 수 있는 위치라서 이렇게 한 건데 뜯고 다시 설치하려면 아무래도 복잡해져서요. 큰 문제가 아니라면 이렇게 한 계절 사용해 보시는 것도 괜찮을 것 같은데, 어떠세요?"

"안 된다고 하시니까, 안 되는 거겠죠. 그런데 마음에 걸리긴 하네요."

"아니, 안 된다는 건 아니고. 저 그렇게 속 좁은 건물주 아니에요!"

주원은 '건물주'이라는 말을 내뱉으며 아주 작은 카타르시스를 느꼈다. 치수가 주원을 빤히 쳐다봤다. 주원은 치수 눈치를 슬쩍 보고 다시 친절한 건물주 모드로 돌아왔다.

"제가 시공사 소장님과 얘기해 보고 알려드릴게요."

"물이 새거나 그럴 염려는 없죠?"

"문제 없을 거예요."

"모든 집은 무조건 비가 샌다고 생각해야 돼요."

치수는 감정이 조금도 담기지 않은 목소리로 건조하게 말했다. 순간 주원의 목소리가 다시 살짝 높아졌다.

"그렇죠. 비가 샐 수 있죠. 그래도 여기는 1층이니까 제가 어떻게든 1층까지 누수 안 되게 사전에 조치할 거란 얘기에요."

"건물이 사람 마음대로 되는 게 아니라서요."

"네, 맞아요. 맞는 말씀인데요. 아직 일어나지도 않은 일을 저에게 물으시면 제가 마땅히 드릴 말씀이 없어서, 어쨌든 최선을 다하겠다는 말씀만 드릴게요."

주원의 말투가 점점 너그러운 건물주에서 까다로운 부장의 그것으로 변하고 있었다.

"네, 알겠습니다. 최선을 다해주세요."

치수는 지하 1층 계단으로 걸어갔다. 주원은 자꾸 굽는 어깨를 의식적으로 펴면서 치수를 따라 지하 1층으로 내려갔다. 벽 위쪽에 가로로 긴 창문 하나만 존재하는 공간이 지하 1층이었다. 주원은 지하 1층을 만들까 말까 고민을 많이 했다. 그래도 세를 주려면 지하 1층이 있는 게 유리하지 않을까 싶어 부족한 예산에도 강행해서 지었다. 치수는 지하 1층이 좋아서 계약하고 싶다고 했다. 다행이었다.

"여기도 카페로 쓰시려는 거죠?"

주원이 물었다. 질문이 끝나기도 전에 답이 튀어나왔던 지금까지의 대화와는 다르게, 정적이 흘렀다. 우물쭈물하는 치수의 얼굴이 낯설었다.

"음, 창고나 개인 작업실 정도로 쓸까 생각 중입니다. 아직

결정을 못 했어요."

"그러시구나. 뭐 사람을 죽이거나 그러지만 않으면 어떻게 쓰셔도 괜찮아요."

치수의 얼굴이 굳어졌다. 분위기를 좀 풀어보자고 한 농담인데 이렇게 정색할 줄이야. 주원은 치수의 눈치를 보면서 눈동자를 빙그르르 굴렸다. 치수는 지하 1층을 쓱 둘러보고는 건물 밖으로 나갔다.

해경이 심각한 표정을 한 혜리를 돌려보내고 주원과 치수를 향해 걸어왔다.

"제가 공방 사장님과 긴급하게 할 얘기가 있어서요. 같이 둘러봤어야 했는데 죄송해요. 말씀들 충분히 나누셨죠?"

주원과 치수가 고개를 끄덕였다.

"그럼 계약서 도장 찍으러 가실까요?"

주원이 치수, 해경과 나란히 골목을 빠져나가려는데 문득 누군가의 기척이 느껴졌다. 주원은 백송빌딩 위쪽으로 고개를 돌렸다. 아무도 없었다.

"사장님, 제 건물 옆에 빈 땅 있잖아요."

주원이 해경에게 물었다. 해경은 걸음을 멈추고 주원을 향해 뒤돌았다.

"그 땅 주인 바뀌었어요?"

"아, 모르셨구나. 그 땅 얼마 전에 팔렸어요."

"누구한테요?"

"여기 백송빌딩 회장님이요."

4. 손가락

"쓰으읍, 천천히 숨 내쉬세요. 배 가장 안쪽 근육을 명치로 끌어당긴다고 생각하세요. 잘하고 계세요. 오른쪽 엉덩이 근육을 늘 신경 쓰시구요."

일어나자마자 씻지도 않은 채 필라테스 스튜디오에 온 주원은 리포머에 누워 하체 운동을 하고 있었다.

"강사님, 쓰으읍, 제가 올해 마흔둘이거든요. 제 삶의 목표가 뭔지 아세요?"

"끝까지 숨 내보내시구요, 뭔데요?"

"똥내 안 나는 노년이요. 죽기 전까지 제 발로 화장실 가는 게 제 삶의 목표예요. 쓰으읍! 이렇게 죽도록 운동하면 목표를 이룰 수 있을까요?"

필라테스 강사가 슬며시 웃었다.

"그럼 괄약근 한 번 더 조여주세요. 이렇게만 하체 운동 계속하시면 얼마든지 목표 이루실 수 있으세요, 쓰으읍. 오늘은 여기까지 하고 스트레칭 한 다음에 운동 마무리할게요."

주원은 기구에서 일어나면서 창문 밖을 바라봤다. 작고 단단한 알갱이가 타닥 소리를 내며 유리창에 힘차게 부딪혔다.

"어머, 우박이 내려요!"

"우산 가져오셨어요?"

"집이 요 앞이라 뛰어가면 돼요."

운동을 끝낸 주원은 재킷을 입고 나왔다.

"이번 주 목요일에는 몇 시로 해드릴까요? 원래 하던 대로 오전 7시요?"

"오늘처럼 오전 10시 될까요?"

"네. 가능해요. 근데 오늘도 그렇고 회사 안 가세요?"

"일주일 휴가에요. 작년에 제대로 쉰 날이 별로 없어서 구정 전에 연휴 붙여서 쭉 쉬기로 했어요."

"잘하셨어요. 그래야 살죠. 어디 안 가세요?"

"가까운 데만 가려고 해도 다 돈이에요. 그냥 집에 틀어박혀서 쉬려구요."

필라테스 스튜디오에서 나와 건물 1층 현관으로 나온 주원은 생각보다 강한 우박의 기세에 멈칫했다. 쌀알만한 크기의 돌멩이를 하늘에서 쏟아붓는 것 같았다. 이 정도면 맞고 가기엔 타격이 좀 있을 것 같았다. 맞은편 편의점에서 파는 투명 비닐우산이 눈에 들어왔다.

"피 같은 돈 8천 원이냐, 아니면 감기냐. 건강이 비싸지. 싸게 막자."

편의점에서 가장 싼 비닐우산을 사서 나온 주원은 편의점 앞에서 우산을 펴려고 똑딱이 버튼을 열었다. 그런데 똑딱이가 달린 끈이 쭉 뜯어지면서 우산 비닐까지 찢어졌다. 당황한 주원은 바꿔 달라고 해야 하나 싶어 편의점 문을 잡고 잠시 고민했다. 아무래도 힘을 줘서 세게 뜯는 바람에 찢어진 것 같았다. 진상 고객이 되긴 싫었다. 그래서 주원은 틈이 벌어진 우산을 머리 위에 붙이듯이 쓰고 뛰었다. 주원은 목줄기 안쪽으로 들어온 우박 알갱이의 차가운 질감에 소름이 돋았다. 온몸의 피가 얼어 붙을 것 같았다.

골목 근처까지 뛰어왔을 때 우산은 거의 다 찢어져 있었다. 주원은 지금 당장 머리카락에 붙은 우박을 털어내야 감기에 걸리지 않을 것 같다는 강렬한 생존본능을 느꼈다. 주원은 어쩔 수 없이 적진인 백송빌딩 1층 주차장으로 들어갔다. 10초면 충분했다. 주원은 머리카락과 얼굴, 몸에 붙은 우박 알갱이를 털어냈다. 급한 마음에 몸을 막 흔드는데 뭔가가 떨어지는 소리가 들렸다. 불길한 기분이 들어 오른쪽 귀를 만졌다. 망할, 귀걸이에서 큐빅이 사라졌다. 큐빅을 움켜쥐고 있던 14K 골드 귀걸이의 손바닥이 텅 비어 있었다.

주원은 쪼그려 앉아 두 손으로 주차장 바닥을 더듬었다. 아주 작은 큐빅이 박혀 있는 귀걸이지만 그래도 4만 원짜리였다. 어디로 굴러간 걸까. 주원은 오리걸음으로 주차장 구석을 살폈다. 우박을 맞아 잔뜩 젖어 있는 흙과 잡초 사이도 샅샅이 뒤졌다. 손이 더러워지는 게 문제가 아니었다. 8천 원짜리 비닐 우산 말고 1만 5천 원짜리 튼튼한 우산을 살 걸 그랬다는 후회가 차올랐다. 흙더미 사이로 작고 매끄러운 물체가 손에 잡혔다. 커팅면이 있는 큐빅과는 다른 질감이었다. 새끼 손톱의 절반도 채 안 되는 짙은 초록빛 돌멩이였다. 보석이라고 부르면 보석이고, 돌멩이라고 부르면 또 돌멩이에 불과했다. 절반 정도가 부서져 있지만 매끄러운 면이 남아 있었다. 주원은 보석을 주머니에 넣었다. 적진에서 큐빅을 잃어버렸으니 부서진 돌맹이 조각이라도 가져와야 할 것 같았다.

주원은 두 손으로 머리를 가린 채 집을 향해 뛰었다. 흐릿한 시야 너머로 주원의 건물 1층 카페 'Cafe Serenity' 유리문 앞에 걸려 있는 'CLOSED' 패널이 'OPEN'으로 뒤집히는 게 보였다. 치수가 카페 문을 연 모양이었다. 카페를 연 지 2개월이 넘었는데 주원은 한 번도 가본 적이 없었다. 평일에는 출근하느라 시간이 없었고 주말에는 카페가 문을 닫았다. 가끔 오가며 본 카페는 지나치게 평화로웠다. 주원이 본 손님은 열 손가락에 꼽을 수 있을 정도였다. 카페 자체가 손님을 끌려는 의지가 전혀 없어 보였다. 월세 130만 원에 재료비, 공과금, 생활비 하면 적어도 한 달 매출이 300만 원은 되어야 안정적일 텐데 저 카페는 한 달에 20만 원이나 벌면 다행인 것처럼 보였다. 계약할 때 보니 나이가 30대 중반이던데 저래서 모아놓은 돈은 있을런지 괜한 걱정도 했다.

주원은 카페에 무슨 문제가 있는지 한 번 봐야겠다는 생각이 들었다. 주원은 1층 카페 유리문을 열었다.

"안녕하세요."

주원이 치수를 향해 인사했다.

"안녕하세요."

치수는 찢어진 우산을 들고 카페에 들이닥친 주원을 보고 조금 당황한 목소리로 말했다. 아무도 없는 텅 빈 공간에서 주원은 어떤 말로 위로를, 아니 주문을 해야 할지 몰라 잠시 서 있었다. 밖에 우박이 내리네요, 라고 해야 하나 아니면 장

사는 잘 되시나요, 라고 해야 하나.

"주문하세요."

치수가 먼저 입을 열었다.

"카페 오픈하고 바로 들러야지 했는데 먹고 사는 게 바쁘다보니 이제서야 들러요."

주원은 어릴 때부터 최소 10개 이상의 서비스 업종에서 일하며 내면화한 나머지 이제 정체성의 일부가 되어버린 접대용 말투로 말했다. 치수는 주원의 말에 아무런 반응도 하지 않았다. 큰 기대를 하지 않았지만 역시 이런 말투에 치수는 반응하지 않았다. 주원은 그런 치수가 오히려 편했다.

"메뉴는 한 개에요. 따뜻한 아메리카노. 2천500 원입니다."

"하나요? 아이스 메뉴 없어요? 카페라떼나 뭐 그런 것도?"

"없어요."

"왜요?"

"이유는 없습니다."

"그런데 주문은 왜 받아요?"

"두 잔을 주문할 수도 있으니까요."

주원과 치수는 각각 창과 방패로 3합 정도를 겨루고는 무기를 내려놓았다.

"한 잔 주세요."

치수는 영업용 치곤 작은 에스프레소 머신으로 커피를 뽑아 뜨거운 물에 부었다.

"나왔습니다."

"테이블에 앉아 있다가 가도 되죠?"

"네."

주원은 창가 테이블에 앉았다. 의자도 낮은데 테이블도 낮아서 테이블과 무릎이 닿았다. 불편한 게 컨셉인가, 그래도 커피는 맛있겠지. 주원은 커피를 마셨다. 한 모금을 마시자마자 뇌가 말했다. 뱉어! 입속 감각들이 커피를 바로 뱉어냈다. 혹시 치수가 볼까 싶었는데 치수는 카운터에 앉아 고개를 숙이고 있었다. 뜨거운 감각을 뚫고 들어오는 떫은 맛. 커피라는 게 웬만하면 이렇게까지 맛없기 힘들었다.

"집에서 마실게요."

주원은 커피를 들고 서둘러 집에 올라왔다. 그리고 싱크대로 직행해 커피를 버렸다. 역시 카페에 손님이 없는 덴 이유가 있었다. 신기했다. 저렇게 손님이 없는데 월세는 정해진 날 오전 9시가 되면 따박 입금됐다. 카페를 취미로 하나 싶다가도 취미를 저렇게 하기 싫은 얼굴로 하지는 않을 것 같았다. 주원이 알 바는 아니었고 월세만 들어오면 천년만년 손님이 없어도 상관없었다.

주원은 화장실에서 수건으로 젖은 머리를 털고 옷을 갈아입은 다음에 3층 창문으로 걸어갔다. 3층 창문에 인왕산 풍경이 한 눈에 들어왔다. 주원은 우박 때문에 흐려진 하늘 사이로 잠깐씩 모습을 드러내는 인왕산을 눈으로 쫓았다.

주원은 입사 이후 소개팅으로 만난 남자가 찾아가기도 어려운 부암동의 식당에서 약속을 잡는 바람에 처음 인왕산의 존재를 알게 됐다. 웅크리고 있는 모양을 한 인왕산은 위용을 드러내느라 바쁜 대부분의 산과는 다르게 두꺼운 바위 안에 자신의 존재를 숨기려고 하는 것 같았다. 절대적 시간을 견뎌온 바위가 지루한 얼굴로 서울을 내려다보고 있었다. 인왕산을 바라보고 있으면 자신이 그 시간의 일부가 된 것 같았다. 복잡한 고민도 세월에 무뎌진 둥그런 산 앞에서는 별 거 아닌 것처럼 느껴졌다. 주원은 자신을 쫓아낼 궁리만 하는 것 같았던 서울에 처음으로 소속감을 느꼈다.

청자동 땅에 철근을 세우고 3층까지 쌓아 올렸을 때 주원이 가장 먼저 확인한 곳이 3층 창문이었다. 그 창문 안으로 인왕산의 풍경이 한 눈에 들어온 순간, 주원은 벅차올랐다. 이사 온 다음에 주원은 매일 인왕산 풍경을 바라보며 커피를 마셨다. 심란한 새벽이나 딱히 할 일이 없는 주말 오후에는 인왕산에 올랐다. 정상에 올라가는 건 중요하지 않았다. 주원은 대신 인왕산의 구석구석을 탐험했다. 인왕산은 국사당이 있어 무속인이 좋아하는 산이기도 했다. 새벽에 인왕산에 오르면 커다란 바위 안쪽에 초를 켜고 기도를 드리는 무속인들이 있었다. 그런 모습을 보고 있으면 주원의 마음에도 아주 작은 초가 타닥 소리를 내며 켜지곤 했다.

주원은 한참 인왕산을 바라보다가 2층으로 내려가 폭신폭신한 침대로 다이빙했다. 회사에서 일하고 있는 이들을 비웃듯 대낮에 침대 속으로 들어가는 짜릿함이 휴가의 묘미였다. 기분 좋은 따뜻함에 잠이 솔솔 왔다. 주원은 몸을 벽 쪽으로 돌렸다. 그때 주원의 이마에 차가운 성질의 액체가 톡 하면서 떨어졌다.

"아악!"

주원이 소리쳤다. 몸을 일으켜 손으로 이마를 확인하려는데 그 순간 액체가 이마를 타고 쭉 미끄러졌다. 액체는 몇 방울 더 떨어졌다. 주원의 시야가 검붉게 변했다. 빨간색 셀로판지를 낀 것처럼 온 세상이 빨개졌다. 주원은 자기 눈이 잘못된 건지, 세상이 이상해진 건지 확인하려고 화장실로 뛰어갔다. 이마에서 눈까지 검붉은 물이 흐르고 있었다. 퀴퀴한 냄새도 나는 것 같았다. 주원은 얼굴을 물로 마구 닦았다. 이 기분 나쁜 액체가 얼굴에 닿았다는 사실이 불길했다. 손바닥에 물을 받아 눈을 헹구고 또 헹궜다. 정신을 차린 주원은 다시 침실로 향했다. 검붉은 액체가 천장에서 흰색 침구 위로 뚝뚝 떨어지고 있었다.

주원의 얼굴이 창백해졌다. 눈앞에 벌어진 일을 인지하는 데까지 로딩 시간이 오래 걸렸다.

"건물이 생리를 하나…?"

기껏 생각해 낸 건 이런 것뿐이었다. 주원은 비현실적인 광경을 쳐다보다가 정신을 차리고 카메라로 영상을 찍었다. 그리고 공사를 도맡았던 현장 소장에게 전화를 걸었다. 이 건물에 무슨 일이 생긴 건지 빠르게 확인해야 했다.

"지금 거신 번호는 없는 번호입니다. 다시 한번 확인…."

주원은 번호를 잘못 눌렀나 싶어서 전화를 다시 걸었다.

"지금 거신 번호는 없는 번호…."

없는 번호라니. 지난달에만 해도 이런저런 보수 건으로 연락을 하곤 했던 소장이었다. 소장과 함께 공사를 진행해 준 차장에게 전화를 걸었다.

"지금 거신 번호는 없는 번호입니다."

세상이 지금 나를 놀리고 있나? 아, 그런가보다. 왜 이래들. 장난이 심하네. 주원은 애써 한번 웃고 나서 다시 전화번호를 눌렀다. 계속 똑같은 안내 음성만 들려왔다.

액체가 떨어지는 곳에 작은 크기의 냄비를 받쳐두었다. 주원은 그대로 침대에 걸터앉았다. 이게 무슨 일인지 생각하자, 한주원. 누수는 얼마든지 생길 수 있다. 누수일 수 있지. 그런데 물이 아니라 피 같은 액체다. 이런 액체가 건물 안에 있을 수가 있나? 모르겠다. 그런데 시공사가 전화를 안 받는다. 안 받는 게 아니라 전화번호를 바꿨다. 다른 일 때문이겠지. 사정이 있겠지.

필라테스를 끝내고 집에 오는 길에 맞은 우박 알갱이에서 시작된 불길함이 거대한 파도를 끌고 주원을 덮쳐왔다. 그때 현관문 벨이 울렸다. 올 사람이 없는데, 누구지? 주원은 현관 모니터를 바라봤다. 치수가 뭐라고 외치고 있었다. 우박 소리 때문에 치수의 목소리가 잘 들리지 않았다. 치수가 벨을 누른 건 처음이었다. 궂은 날씨를 배경으로 울리는 벨은 망할 영화 '기생충' 때문에 불길함의 클리셰였다. 건물이 피를 흘리는 것만으로도 충분히 무서운데 조용했던 세입자의 방문이라니.

주원은 서둘러 로브를 걸치고 1층 현관으로 내려갔다.

■

직원이 불친절하고 의자가 불편하며 결정적으로 커피가 맛이 없습니다★

왜 포털사이트에는 1인당 아이디를 3개밖에 만들 수 없는 걸까. 치수는 카페 카운터에 앉아 이제 막 만든 세 번째 아이디로 포털사이트 '카페 세레니티' 방문자 리뷰에 글을 남기면서 툴툴댔다. 리뷰에 올라 온 세 번째 글이었다.

치수는 커피를 좋아했다. 바리스타 자격증도 있었다. 그런데 카페 운영에는 관심이 없었다. 손님이 아무도 오지 않는 카페를 만드는 게 치수의 목적이었다. 그러려면 우선 커피가 맛이 없어야 했다. 그래도 찾는 손님에게 무례할 순 없으니 커피값을 2천500 원으로 하고 카운터 앞에 커피가 맛이 없으면 환불해 준다는 안내문을 붙여두었다. 손님들이 커피의 맛에 대해 항의하며 환불을 요구하면 치수는 웃으며 신용카드 결제 취소를 눌렀다.

그렇게 치수는 최선을 다해 카페의 평판을 평균 별점 1점대로 유지하고 있었다. 그런 치수의 노고를 알 리 없는 치수의 엄마와 누나는 혹시 치수가 울적해할까 봐 메시지를 보내면서도 카페에 대한 얘기는 전혀 꺼내지 않았다. 결과적으로 연락이 줄었다. 치수에겐 겹경사였다.

치수는 출근길에 떨어지는 우박을 보고 생각했다. 적어도 2주 정도는 인간이라는 존재가 카페 문을 열고 들어올 일은 없을 거다. 지하 1층 작업실에 틀어박혀 있다가 카페 유리문에 달아놓은 종소리가 울릴 때마다 계단을 뛰어 올라와야 하는 일 따윈 없을 거다. 치수는 생각만 해도 마음이 편안했다.

그런 치수가 기분 좋게 'OPEN' 패널을 뒤집는데 저 멀리서 주원이 나타났다. 이 건물의 지배자이자 독재자, 한주원.

주원은 건물에 아주 작은 흠집도 용납하지 않았다. 치수에겐 피치 못할 사정으로 간혹 못질이 필요한 일들이 있었고, 나중에 가게를 뺄 때 원상복구할 생각으로 사전에 양해를 구했다. 주원은 마지못해 못질을 허락했지만 드릴 소리가 조금이라도 길어지면 전화가 왔다. 그럴 때마다 건물에 대한 걱정을 적어도 30초 이상 늘어놓았다.

건물과 관련된 일이 아니면 주원은 치수나 카페에는 조금의 관심도 없었다. 새벽에 나가서 밤에 들어오는 게 일상인 것 같았다. 주말만 잘 피해 다니면 마주칠 일이 없었다. 그래서 안심하고 있었는데 평일 오전 11시 카페에 주원이 나타났다. 그것도 찢어진 우산을 들고. 주원은 커피를 달라고 했다. 치수는 최악의 커피를 만들었다. 최악의 커피를 만드는 방법은 간단했다. 최고의 커피를 만들 때 '절대 해서는 안 되는 것'들을 조합하면 됐다. 속으로 생각했다. 어떤 질문도 하지 않게 해주세요. 지하 1층에 내려가 보고 싶다든가 하는 얘기는 절대 꺼내지 않게 해주세요. 조용히 나가게 해주세요. 아멘, 나무 아미타불 관세음보살. 세상의 모든 기타 등등의 신이시여, 소원을 들어주소서.

치수의 간절함이 통했는지 주원은 커피를 한 입 마시고 자리에서 일어나 집으로 올라갔다. 치수는 안도의 한숨을 내쉬며 행주를 들고 테이블을 닦다가 의자 아래 떨어져 있는 카드 지갑을 발견했다. 신용 카드에는 한주원의 이름이 적혀 있었다. 이걸 어떻게 돌려주면 좋을까. 치수는 고민에 빠졌다. 최소한의 접촉을 통해 돌려주고 싶었다. 우체통에 넣어둘 수도 있겠지만 우박이 내리고 있고 물건이 지갑이라는 점이 마음에 걸렸다. 어떻게 해도 한 번은 얼굴을 마주해야 했다. 이런저런 시뮬레이션을 돌리다가 직접 부딪히기로 했다. 그냥 현관문에서 만나 돌려주고 끝내는 게 가장 깔끔했다.

치수는 크게 숨을 내쉰 다음 현관문 벨을 눌렀다. 침묵이 이어졌다. 다시 한 번 현관 벨을 눌렀다. 그새 나갔나 싶어 돌아가려는 찰나에 뻣뻣한 목소리의 주원이 현관문 모니터를 통해 말했다.

"무슨 일이시죠?"

"카페에 지갑을 놓고 가셔서 가져왔어요."

"아, 제가 정신이 없네요. 내려갈게요."

주원의 경직된 목소리가 살짝 풀렸다.

주원은 1층 현관문을 빼꼼히 열고 얼굴을 내밀었다. 그런데 카드 지갑을 내미는 치수의 눈에 희한한 장면이 포착됐다.

주원의 정수리 부근에서부터 이마까지 검붉은 액체가 묻어 있었다. 핏자국 같았다.

"저게 혹시 피인가요?"

"1층에도 피가 흘러요?"

주원이 깜짝 놀란 얼굴로 물었다.

주원 얼굴의 핏자국을 인지하자마자 치수가 저 깊은 곳에 숨겨두었던, 절대 꺼내고 싶지 않았던 기억들이 툭 튀어나왔다. 치수의 시야가 흐려졌다. 치수는 정신을 붙들어두려고 현관문을 꽉 잡았다. 흐릿한 치수의 시야에 손에 묻은 검붉은 액체를 보고 소리 지르는 주원의 얼굴이 들어왔다. 주원의 소리가 아득히 멀어져갔다. 치수는 그 자리에 쓰러졌다.

■

"정신이 드세요?"

1층 현관문 안쪽 벽에 기대어 앉아 있던 치수가 주원의 목소리에 눈을 떴다. 치수가 눈을 감고 있는 동안 화장실에서 두피 안쪽과 이마에 남아 있던 핏자국을 다 닦아내고 말짱한 얼굴이 된 주원이 안도의 한숨을 내쉬며 물었다.

"다친 데는 없으세요? 불편하거나 아프거나?"

"없는 것 같아요."

치수가 몸에 힘을 조금 주면서 여기저기 체크하곤 말했다. 치수는 창피했다. 갑자기 쓰러지다니, 쪽팔렸다.

"다행이에요. 제가 남자를 들쳐 업을 수도 없고 해서 여기 앉혀 드렸어요."

치수가 천천히 몸을 일으켰다.

"별일 아닙니다. 저, 이만 가보겠습니다."

"네, 들어가세요."

몸을 돌려 현관문을 열고 나가려던 치수는 문득 쓰러지기 전에 들었던 말이 생각났다. 그리고 자신이 최근에는 단 한 번도 없었던 증상으로 실신했었다는 사실을 자각했다. 피를 보면 나타나는 증상이었다. 치수가 주원 쪽으로 몸을 돌렸다. 아까 분명히 주원의 얼굴에 피가 묻어 있었는데. 치수는 생각했다. 뭘 잘못 봤나?

"괜찮으세요?"

"뭐가요?"

"아까 이마에서 피가…"

"아… 아닌데요?"

"2층에 피가 흐르나요?"

치수의 질문이 끝나자마자 주원의 눈동자가 흔들렸다. 그러면 그렇지. 주원은 당황한 게 분명했다.

"아뇨. 그건 말도 안 되죠."

"아까 저한테 1층에도 피가 흐르냐고 물어보셨잖아요."

"아까 어지러워서 헛것을 들으셨나 보다. 저 그런 말 안 했어요."

주원이 어색한 표정을 짓더니 과장되게 손사래 쳤다.

"분명히 말씀하셨어요."

"에이, 어떻게 건물이 피를 흘려요?"

치수는 주원의 목소리 끝에서 파르르한 떨림을 느꼈다. 치수는 신발을 벗고 현관 안쪽으로 들어갔다.

"죄송한데 제가 한 번 둘러볼게요. 정말 죄송합니다."

치수가 계단을 두 칸씩 성큼성큼 올라갔다.

"아니에요. 그런 일이 어떻게…."

주원은 뒤늦게 치수를 따라 계단을 올라갔다. '쿵' 소리가 들렸다. 주원이 2층 침실에 들어갔다. 침대 위로 떨어지는 핏물 냄비 옆에 또다시 정신을 잃은 치수가 쓰러져 있었다. 치수가 정신을 차릴 때까지 그 짧은 시간 동안 온갖 생각의 공들이 핀볼 게임처럼 시끄러운 소리를 내며 주원의 머릿속을 뛰어다녔다. 그리고 하나의 생각이 네온사인처럼 켜졌다.

이 남자가 건물 안전을 이유로 건물 임대차 계약 해지를 요구하면 어떻게 하지? 보증금 줄 돈도 없고 매달 갚아야 하는 빚이 수백인데?

정신을 차린 치수가 천천히 눈을 떴다.

"심각한 병은 아니죠?"

주원이 치수를 걱정스럽게 바라봤다.

"아닙니다. 괜찮습니다. 근데 저건…?"

치수가 몸을 일으켜 검붉은 액체가 떨어지는 냄비를 바라봤다. 주원의 태도가 갑자기 공손해졌다.

"세입자 님, 아니 최치수 대표님. 제 말 오해하지 말고 들어주세요. 아셨죠? 아셨다면 고개를 끄덕여 주세요."

치수는 유치원 어린이라도 된 것처럼 고개를 끄덕였다.

"좋아요. 이 건물에서 무슨 일이 일어나고 있는지 저도 알지 못합니다. 이 부분에 대해 먼저 사과드려요. 건물주로서 제가 관리해야 하는 부분인데 지금 당장 이해하실만한 답을 드릴 수 없어서 죄송합니다. 여기까지 이해하셨죠?"

치수가 고개를 끄덕였다.

"혹시 지금 1층에도 저렇게 물이 떨어지고 있나요?"

치수가 이번에는 고개를 가로저었다.

"다행이에요. 어떻게 해서든 절대 1층으로 누수가 이어지지 않도록 제가 책임지고 조치하겠습니다. 아셨죠?"

"일반적인 누수는 아닌 거 같은데, 저거 피 아닌가요?"

치수가 손으로 코와 입을 막고 물었다.

"피… 라뇨. 건물 짓다 보면 저렇게 고여 있던 물 같은 게 썩기도 하잖아요. 그런 거겠죠."

"이 냄새는 뭐죠? 냄새 안 나요?"

치수가 쿵쿵거리며 냄새를 추적했다. 주원도 아까 세수할 때 잠시 냄새를 맡긴 했다. 주원의 코는 그때 냄새를 인지한 게 전부였다. 반지하방 곰팡이 친구가 남겨준 고마운 선물, 이제 냄새를 맡는 기능마저 잃어버리게 한 비염.

"경찰에 신고해야 하는 건…?"

주원이 치수의 말을 잘라먹고 억지로 웃었다.

"제가 지금 시공사와 연락 중이니까 곧 해결될 거예요. 치수 씨, 재밌는 분이구나? 혹시나 해서 다시 말씀드리는데 이건 제가 알아서 해결할게요. 그리고 혹시, 또 혹시 이걸로 계약 해지…라거나 그런 걸 고려하고 계시진 않죠?"

눈을 동그랗게 뜬 주원이 빠른 속도로 쏘아붙였다.

자신의 사업장에 별 1개를 주고 있는 카페 사장으로서, 치수는 이 부분을 전혀 고려하지 않고 있었다. 그러나 불안이 덮쳤다. 이게 어떻게 찾은 작업실인데, 지금 누리고 있는 일상을 절대 지켜야 했다.

"가게를 빼는 건 고려하고 있지 않습니다. 그런데 지하 1층 작업실까지 물이 새거나 그러진… 않겠죠?"

치수의 반응이 뭔가 이상했다. 카페 사장이 카페보다 지하 작업실의 누수에 더 신경을 쓴다고? 뭐 그래도 주원에겐 다행이었다.

"전혀요. 절대 그런 일은 없을 거예요. 제가 진행 상황 업데이트해 드릴게요."

치수는 자리에서 일어났다. 2층 누수야 주원이 알아서 해결하면 될 문제였다. 주원은 현관문을 열어 주려고 치수보다 앞서 걸었다. 주원을 따라 계단을 내려가던 치수는 시간이 얼마나 흘렀는지 확인하려고 주머니에서 핸드폰을 꺼냈다. 그때 주머니에서 무언가가 툭 떨어졌다. 그 무언가는 치수보다 앞서 계단을 내려가던 주원에게로 굴러갔다.

톡, 톡, 톡

주원과 치수의 시선이 그 무언가에 집중됐다. 소시지인가? 주원이 그 무언가를 주우려고 허리를 굽혔다. 이게 뭐지? 손가락과 비슷하게 생겼네? 아, 손가락이구나. 어쩐지 손가락과 닮았더라. 그런데 어떻게 손가락만 존재할 수 있지? 손가락은 손에 붙어 있어야 하고, 손은 팔에, 팔은 몸통에 붙어 있어야 하는데?

"꺄아아악!"

주원이 계단 벽에 몸을 붙이며 소리쳤다.

"당신 뭐에요? 왜 손가락이 주머니에서 떨어져요?"

치수가 계단을 뛰어 내려왔다.

"아, 이게 그런 게 아니라!"

주원은 핸드폰을 열어 112를 눌렀다. 그러나 당황한 나머지 초록색 동그라미를 찾지 못했다. 주원은 핸드폰을 손에 꼭 쥐고 현관문을 열고 맨발로 나가려고 했다. 그 순간 치수가 몸을 날려 주원의 핸드폰을 손으로 툭 쳐서 떨어뜨렸다.

"오해…에요, 오해!"

"꺄아아악!"

주원이 다시 소리질렀다. 현관문을 열고 나가려고 했지만 문이 열리지 않았다. 주원은 현관문 작동법을 하얗게 까먹었다. 이걸 미는 거였나, 아니면 버튼을 누르는 거였나. 아무것도 생각나지 않았다. 주원은 그대로 현관문을 등에 대고 바닥에 주저앉아 두 손으로 입을 막았다. 치수가 두 손을 내저었다.

"아뇨! 생각하시는 그런 게 아니라요! 이건 그냥 취미로…!"

"취미로 사람을 토막내? 너 사이코 살인마지? 세입자가 연쇄살인마라니!"

치수는 바닥에서 주운 주원의 핸드폰을 한 손에 들고 연신 고개를 흔들었다.

"제가 무슨 사람을 죽여요! 저 그런 사람 아니에요!"

주원은 어떻게 해서든 살아야겠다고 생각했다.

"저 살려주세요. 경찰에 신고 안 할게요. 저 이 건물 진짜 죽을 만큼 힘들게 지었어요. 개고생했어요. 씨발! 욕은 저한테 한 거니까 오해하지 마시구요. 이 건물, 제 인생 그 자체예요. 이거 지은 지 얼마 되지도 않았는데 죽어버리면 너무 억울하잖아요. 2층에 피 떨어지는 것도 조금 전에 안 거예요. 그런데 시공사 연락이 안 돼요. 없는 번호래요. 저 살려만 주시면 제가 진짜 다 처리한 다음에 조용히 살게요. 이 건물에서 그냥 계셔도 돼요. 다만 지금 저 죽이지 마시고, 여기서 살인 그것만은 자제해주시면 안 될까요? 살인할 장소가 필요하면 제가 따로 알아봐 드릴게요."

치수는 프리스타일 랩을 하는 주원을 한참 바라보았다. 그러다가 기운이 빠진 듯 두 손으로 얼굴을 가리고 주원 맞은편 바닥에 털썩 주저앉았다.

"저 피 공포증이 있어요. 아까 보셨죠, 피만 보면 정신을 잃고 쓰러져요. 이런 제가 어떻게 사람을 죽여요! 제가 사람을 죽이려고 하면 그 사람보다 제가 더 먼저 죽을 거예요. 저는 저 망할 피 공포증 때문에 의대도 포기하고 반백수로 살고 있다구요!"

치수가 주원 못지않은 간절함을 담아 소리쳤다. 가족을 제외한 다른 사람에게 피 공포증 얘기를 하는 건 거의 15년 만인 것 같았다.

"그럼 저 손가락은…?"

주원이 치수에 대한 빗장을 살짝 내리며 물었다.

"제가 다 말할게요. 그런데 지금 경찰에 신고하거나 하면 우리 둘 다 서로 난감해지는 상황이잖아요. 맞죠? 2층 천장에서 피 흐르는 거 저것도 수상하잖아요?"

주원은 이 건물의 가치나 평판을 떨어뜨리는 것이라면 그게 무엇이든 사수할 마음의 준비가 되어 있었다. 이 건물은 주원 그 자체였으니까.

"네, 신고 안 할게요. 약속해요."

"그럼 서로 안 하는 걸로 하고, 저 따라오세요."

치수는 주원을 데리고 현관문 밖으로 나가 1층 카페 유리문으로 들어갔다. 그리고 지하 1층으로 내려가는 문을 열었다. 치수가 불을 켜자 흡사 인간 도축실 같은 풍경이 나타났다. 잘린 목, 팔, 발목, 다리 등 신체 부위가 스테인리스 스틸 작업대 위에 적나라하게 놓여 있었다. 주원은 코와 입을 틀어막은 채 눈을 동그랗게 떴다.

"제 취미가 더미 만드는 거예요. 가짜 시체, 알죠? 화학 약품으로 가짜 인체 만드는 게 취미예요. 여기가 작업실이에요."

주원은 주변을 둘러봤다. 작업대 위에는 실리콘과 본드를 비롯해 염료, 붓 등 도구가 놓여 있다.

"이게, 취미라구요?"

코맹맹이 소리로 주원이 물었다.

"냄새 안나요. 그리고 냄새를 못 맡으시는 것 같던데…? 이게 진짜 시체면 이 건물 반경 500m가 아마 썩은 냄새로 가득했을 거예요. 지금 나는 냄새는 본드 냄새에요."

"어, 진짜네?"

주원이 조심스럽게 코에서 손을 뗐다. 주원은 작업대 위의 신체 부위를 천천히 들여다봤다. 그리고 눈앞에 있는 게 시체가 아니라는 걸 천천히 납득하기 시작했다.

"아빠가 살인 사건으로 돌아가셨는데 그때 유족 대표로 부검에 들어가 본 적이 있어요."

주원이 시체를 하나씩 들여다보며 그 어느 때보다도 차분한 목소리로 말했다.

"아빠가 딱 이렇게 생긴 작업대 위에 누워 있었어요. 내 눈에는 분명히 아빤데, 아빠 냄새 대신 말로 표현 못하겠는 그런 냄새가 났어요. 그 냄새를 잊지 못하겠어요. 근데 그 냄새가 안 나네요. 이건 비염 때문인가? 생긴 거는 진짜 시체 같다. 우리 아빠 것도 하나 만들어주면 안 돼요?"

주원이 천진난만한 눈빛으로 치수에게 물었다. 치수가 어색하게 웃었다.

"지하에서 이런 작업을 하니까 나한테 말을 안 한 거구나.

감쪽같네. 어쩜 이렇게 똑같이 만들지? 영화 쪽 일했어요?"

"아뇨."

"그런데 이게 어떻게 취미에요?"

치수는 긴장이 풀린 듯 작업대 옆 의자에 앉았다.

■

치수는 살면서 자신의 주민등록초본을 본 적이 없었다. 봤다고 해도 주민등록초본과 주민등록등본과의 차이를 알아내긴 쉽지 않았다.

서울특별시 용산구 동부이촌동 9-45 한강타운맨션 401호
서울특별시 용산구 동부이촌동 9-23 로얄팰리스 아파트 1304호

첫 번째 주소는 '최혁재의 자녀'로, 두 번째 주소는 '최치수의 본인'으로 등록되어 있었다. 이 간단한 사실은 치수의 37년 인생을 설명해 주기에 충분했다.

치수는 태어나서 딱 한 번 이사를 가봤다. 태어나서부터 쭉 살았던 오래된 맨션에서 바로 옆에 지어진 30층짜리 아파트로 딱 한 번. 로얄팰리스 아파트는 자기 명의였다. 그 아파트의 꼭대기 펜트하우스에는 부모님이 살고 있었고, 옆 동에는 누나 가족이 살고 있었다. 태어나서 단 한 번도 동부이촌동을

벗어나 본 적이 없는 치수는 동부이촌동에서 유치원, 초등학교, 중학교, 고등학교를 나왔다.

치수는 할아버지부터 아버지, 어머니까지 모두 의사인 집안에서 태어났다. 서울 용산역 맞은편에 있는 15층 규모의 '최병원'이 집안의 것이었다. 치수에게 의사가 되라고 강요한 사람은 아무도 없었다. 치수는 매우 자연스럽게 할아버지와 아빠, 엄마처럼 되고 싶었고, 그래서 의사를 동경했다. 네 살 터울의 누나와 나란히 의대에 들어가고 전문의가 되는 건 당연한 수순이었다. 치수는 공부를 잘했다. 사실 치수가 공부를 못할 이유를 찾는 게 더 어려웠다. 자연스럽게 공부에 집중할 수 있는 모든 환경이 갖춰져 있었다. 그렇게 치수는 서울대 의대에 입학했다.

치수의 인생은 과거와 현재, 미래까지 모든 것이 투명했다. 그 어떤 난관도 없을 것 같은 인생이었다. 첫번째 난관을 가져다 준 사건은 의대 본과 1학년 때 들어간 해부학 실습 시간에 일어났다. 치수는 실습용 시체를 마주하자마자 그 자리에서 정신을 잃었다. 처음엔 피곤해서 그랬나보다 했다. 그런데 치수의 실신은 계속됐다. 치수의 부모는 치수의 온몸을 스캔했지만 그 어떤 문제도 찾아내지 못했다. 문제가 있다면 그것은 현대의학이 아직 정복하지 못한 뇌와 정신의 깊은 곳 어딘가에 숨어있는 게 분명했다.

피 공포증인 히모포비아와 시체 공포증인 네크로포비아. 의사에겐 허락되지 않는 두 개의 증상이 20대 치수에게 닥쳐왔다. 치수는 공포증을 이겨내기 위해 상담부터 정신과 진료까지 온갖 노력을 했다. 그러나 헛수고였다. 치수의 인생은 급작스럽게 불투명해졌다. 모두가 괜찮다고 했지만 치수는 전혀 괜찮지 않았다. 이유가 뭘까. 아무리 생각해도 알 수 없었다. 치수는 왜 생겨났는지 알 수 없는 블랙홀로 점점 더 깊이 빨려 들어갔다. 치수는 오랫 동안 휴학했고 몇 년 후에 제적됐다.

치수의 계좌는 늘 채워져 있었다. 치수의 가족은 치수를 재촉하지 않았다. 치수의 정신 건강을 최우선으로 생각했다. 치수에게 아파트를 얻어주고 혼자 편하게 지내도록 했다. 그럼에도 치수는 한 달에 한두 번씩 자기 몰래 비밀 가족회의가 열리고 있다는 걸 알고 있었다.

치수는 30대에 접어들었고 자신의 아파트에 틀어박혀 몇 년을 보냈다. 여행한답시고 여기저기 떠돌아다니면서 또 몇 년을 보냈다. 미친 듯이 돈을 써보기도 하고 건설 현장에서 일용직 노동자 코스프레도 해봤다. 그럴 때는 지독한 외로움에서 벗어난 것 같아 기분이 좀 괜찮았지만 그때뿐이었다. 30대 중반이 된 치수는 예술에 빠져들었고 영화에 관심이 생겼다. 그것도 쉽지 않았다. 치수는 지인의 영화 촬영 현장에 놀러 갔다가 특수 분장으로 만든 시체 더미를 보고 기절했다. 죽고 싶을 만큼 수치스러웠다. 가짜 시체를 보고도 기절하는 자신이 혐오스러웠다. 치수는 겉잡을 수 없이 커지는 자기 혐오와 최소한 맞서보기라도 해야겠다고 생각했다. 뭐라도 시도하지 않으면 미쳐버릴 것 같았다. 그렇게 치수는 용산구 남영동에 위치한 특수분장 학원의 문을 두드렸다.

치수가 특수분장 학원에 다니는 건 비밀이었다. 화학 약품으로 만들어 낸 가짜 피와 가짜 살, 온갖 가짜들에 익숙해지다 보니 적어도 가짜 시체를 보고 기절하지 않게 됐다는 사실이 좋았다. 스스로 이것 저것 만들 수 있게 되면서 대단한 사람이 된 것 같은 우쭐함도 생겼다. 손재주도 있었다. 더미 작업을 할 때만은 '의사가 되지 못한 나'를 잊어버릴 수 있었다.

치수는 작업실이 필요했다. 그렇다고 이 취미를 공개하거나 이걸로 돈을 벌 생각은 전혀 없었다. 누구에게도 이 취미에 관해 설명하고 싶지 않았다. 가족에게 말하면 치수 몰래 또 비밀스러운 가족회의를 할 게 뻔했다. 치수가 가족을 안심시키면서 사회 속으로 조금은 들어간 것처럼 보일 수 있는 가장 쉬운 방법은 카페를 차리는 거였다. 치수는 바리스타 학원에 다녔다. 커피를 만드는 것도 꽤 재밌었다. 여러 요인을 통제하면서 계속된 실험을 통해 최고의 커피라는 결과값을 만드는 과정이 흥미로웠다. 치수의 가족은 그런 치수를 보며 안도했다.

치수는 용산구와 가까운 듯 멀어 오히려 들르지 않게 되는 그런 애매한 곳을 찾았다. 1층과 지하 1층을 쓸 수 있고, 사람들이 찾을 것 같으면서도 절대 들어오지 않을 골목 안쪽에 있는 곳, 그곳이 주원의 건물이었다. 건물주인 주원은 몇 달째 이어지는 공실 사태를 종결시켜 줄 수만 있다면 작업실의 용도 같은 건 따지지 않고 바로 임대를 허락할 인물로 보였다.

치수는 그렇게 10평짜리 비밀을 갖게 됐다. 그리고 이제 그 비밀은 더 이상 치수 혼자만의 것이 아니게 됐다. 치수와 주원, 둘이 그 비밀의 주인이었다.

치수는 담담하게 자신의 이야기를 털어놓았다. 치수는 얘기를 하는 중간 중간에 주원을 살폈다. 제아무리 친구가 없고 사회생활이 전무하다시피 한 치수라도 누울 자리를 보고 발을 뻗어야 한다는 것쯤은 알았다. 주원은 치수의 눈을 바라보며 치수의 이야기에 같이 웃고 같이 안타까워 했다. 치수는 주원이 매 순간 치수의 이야기에 집중하고 있다는 걸 확인하면서 다음, 그 다음으로 넘어갔다.
"근데 이런 얘기가 재밌어요?"
"부잣집에서 태어났는데 운명의 장난처럼 고생하는 얘기만큼 솔깃한 게 어딨어요. 저는 어렸을 때 '소공녀'를 그렇게 좋아했어요. 인생이 롤러코스터처럼 뚝 떨어질 때 그 가속도만큼의 고통을 상상해보세요. 아찔하죠. 그럴 땐 날 것의 자기 자신이 튀어나오거든요. 그것과는 약간 다르지만 비슷한 맥락에서 치수 씨 얘기는 재밌어요. 마르지 않는 샘물과도 같은 돈이 있는 사람이 꿈을 잃고 방황하다가 땅 밑으로 숨어드는 얘기, 짜릿하지 않아요?"
치수는 주원의 얘기에 같이 웃어야 할지 아니면 화를 내야 할지 알 수 없었다.
"앗, 치수 씨한테는 아닐 수도 있겠다. 어쨌든 저한테는 그래요."

아마도 주원의 인생은 자신과 다른 종류의 것이었나보다, 치수는 짐작했다. 치수를 안쓰러워하며 값싼 위로를 던지곤 뒤돌아서 상대적 만족감이라는 더러운 냄새를 풍기곤 했던 몇몇 사람들을 생각하면, 자신이 느낀 그대로를 쿠션 없이 얘기하는 주원이 이 순간만큼은 누구보다 가깝게 느껴졌다. 치수는 여러 감정을 담아 주원을 향해 살짝 미소를 지었다.

"치수 씨 이렇게 웃을 줄도 아는 사람이구나. 그런데, 그러면, 아, 그 2층 빨간 물도 치수 씨 재료 그런 게 어떻게 흐르고 그런 건가?"

주원이 가볍게 툭 던지듯 물었다.

"그럴 리가요."

치수의 표정이 굳었다.

"이제 다 말해도 돼요. 나 놀라게 하려고 그런 거죠? 화 안 내요. 나 장난 좋아하면 좋아하지 막 정색하고 그런 사람 아니에요."

"정말 아니에요."

"그럼… 그건 뭘까요?"

주원의 눈동자가 빛을 잃었다. 주원 눈동자 너머로 롤러코스터 한 대가 바닥을 향해 돌진했다.

5. 세입자

"오늘 하루가 참 길어요."

꼭 닫아둔 흰색 커튼 사이로 어두운 밖의 풍경을 바라보며 주원이 말했다. 주원은 암막 커튼을 선택하지 않은 것을 후회했다. 사람은 들키고 싶지 않은 일이 생기면 깊은 어둠 속으로 들어가게 되어있다. 지하 1층으로 파고 들어간 치수처럼.

"네? 뭐라구요?"

치수가 손에 들고 있던 드릴을 멈추고 쓰고 있던 방진 마스크를 잠시 내린 채 물었다.

"아무것도 아니에요! 계속 작업하세요!"

주원은 시멘트 가루로 가득한 3층 거실 구석에 쪼그려 앉아 치수를 향해 계속하라고 손짓했다. 마스크를 썼는데도 코가 간질댔다. 치수는 콘크리트용 해머 드릴로 3층 벽 이곳저곳을 뚫고 있었다.

지하 1층 구석에 놓인 드릴을 보고 벽을 뚫어본 적 있냐고 한 주원의 질문에 치수가 고개를 끄덕이면서 시작된 난장판이었다. 방황하던 시절 건설 현장 일용직을 꽤 했던 터라 그렇다고 대답했을 뿐인데, 주원은 드릴을 들고 3층으로 올라갔다. 치수도 자연스럽게 따라 올라갔다.

3층 벽체 안에 무슨 일이 일어나고 있는지, 썩은 핏물이 어디에서 시작된 건지 알아야겠다는 게 주원의 요청 사항이었다. 치수는 주원의 지시에 따라 냄새가 나는 곳을 찾아가며 드릴을 움직였고 벌써 두 시간이 훌쩍 지났다. 치수는 난데없이 남의 집 벽을 드릴로 뚫고 있는 상황을 납득하기 어려웠다. 그러나 오늘 하루에 일어난 모든 일들이 이런 종류의 것들이었기에, 치수는 자신을 설득하기 포기했다. 포기하고 나니 치수는 주원이 시키는 대로 움직이고 있었다.

오랜만에 잡은 드릴은 무겁고 버거웠다. 치수의 체력은 빠르게 바닥나고 있었다. 핸드폰을 들여다보고 있던 주원이 일어나 1층 현관으로 내려갔다.

"짜장면 하나, 짬뽕 하나, 탕수육 하나 시켰어요. 우리 먹고 해요."

'우리'라고 하기에 주원은 손가락을 까딱하는 것 말고는 하는 게 없다고 치수는 생각했지만 그 생각을 입밖으로 꺼내진 않았다. 지하 작업실에서 인생 얘기를 털어놓은 다음부터 이상하게 주원에게 말려들었다. 나쁘진 않았다. 오히려 재밌었다. 식탁에 차려진 탕수육과 짬뽕을 먹으며 치수는 오랜만에 밥이 맛있다고 생각했다.

"현장 소장은 아직도 연락이 안 돼요?"

"시공사 대표 번호까지 다 사라졌어요. 무슨 일이 있는 건 분명해요. 그 일이 이 핏물과 상관이 없어야 할 텐데."

"그럼 다른 업체 불러서 제대로 뚫어보면 안 돼요?"

"그러다가 이상한 거라도 나오면요?"

"이상한 거요?"

"네. 진짜 이상한 거요."

주원이 머뭇거리며 말했다.

"어디까지 뚫어볼 생각이에요?"

"저 핏물에 대한 작은 정보라도 알아낼 때까지? 이렇게 아무것도 모르는 상태로 누군가를 부를 순 없어요. 자기 집 벽을 맘대로 뚫는 건 문제가 안 되잖아요? 제가 뭐라도 알아낸 다음에 대비책을 세우고 도움을 요청할 거예요."

주원이 주머니에서 치수가 더미로 만든 손가락을 꺼내 식탁에 올려두었다.

"기념으로 하나 가져도 되죠? 어쩐지 힘이 될 것 같아요."

치수는 고개를 끄덕였다. 치수는 조심스럽게 지켜온 비밀의 존폐가 저 손가락에 달려있을지도 모른다는 생각이 들어 잠시 아찔했지만 안 된다고 하지 않았다. 주원과 치수 부모 사이에는 그 어떤 접점도 없으니 괜찮을 것 같았다. 치수는 이 취미를 가족에게만큼은 절대 알리고 싶지 않았다. 문제없는 아들 노릇을 쭉 하고 싶었다. 한편으로는 자신이 만든 더미가 처음으로 인정받은 것 같아서 기뻤다.

이상하게도 치수는 자신의 비밀을 아는 유일한 사람이 주원이라는 사실이 썩 나쁘지 않다고 생각했다. 주원은 치수의 과거나 지하 작업실의 비밀에 대해 조금도 동정하지 않았다. 오히려 그런 치수를 부러워 했다. 스무 살 이후 깊은 바닷속 한 가운데에 버려졌다고 생각했는데 오랜만에 빛줄기를 찾아낸 기분이었다.

드릴로 뚫어놓은 벽 쪽에서 뭔가가 바닥으로 떨어지는 소리가 들려왔다. 주원과 치수는 동시에 그쪽을 바라봤다. 벽체에 금이 가면서 일부가 무너졌다. 콘크리트 먼지가 일었다. 주원과 치수는 손을 크게 저어 먼지를 헤치며 벽체로 다가갔다. 먼지가 옅어지면서 벽체 안에서 어떤 실루엣이 드러났다.

불투명하지만 둥그런 형태를 가진 것. 주원은 미간을 잔뜩 찌푸려 저게 무엇인지 알아내려고 했다. 랩으로 여러 겹 쌓여 있어서 내용물이 잘 보이지 않았다. 랩으로 둘둘 말아서 벽 안에 넣어둘만한 게 뭐가 있지? 주원은 사상 최대의 퀴즈쇼 결승 무대 위에 올라간 것처럼 떨렸다. 사실 주원의 머리는 이미 답을 알고 있었지만, 주원의 정신이 받을 충격을 고려해 최대한 시간을 끌고 있었다. 불투명한 랩 사이로 익숙한 모양이 눈에 들어왔다. 나란히 있는 두 개의 구멍과 그 아래 구멍, 그리고 가로선… 아, 인형이네. 누가 인형으로 장난을 쳤나봐. 주원은 어떻게든 답을 맞히지 않으려고 노력했지만 주원의 머리는 더 이상 시간을 끌지 않았다.

절반쯤 미라가 된 사람의 머리, 정답.

주원은 괴성에 가까운 소리를 지르다가 두 손으로 입을 막았다. 다리가 후들거렸다. 주원은 뒤로 넘어졌다. 치수가 재빠르게 주원의 허리를 잡은 다음 천천히 바닥으로 눕혔다. 주원은 눈을 꼭 감았다. 침묵이 흘렀다.

"맞…죠?"

주원이 텅 빈 눈으로 천장을 바라보며 물었다.

"네."

치수는 벽체 속의 머리가 디미가 아닌 게 분명한데도 실신하지 않은 자신을 의심하며 벽체에 다가갔다. 아무리 봐도 진짜였다. 치수는 벽에 시체가 있다는 사실에 놀라면서도 자신이 시체를 보고도 기절하지 않았다는 사실을 곱씹었다.

"이 건물에 세입자가 한 명 더 있었네요."

치수가 말했다.

주원은 몸을 일으켜 바닥에 앉았다. 3층 벽에 시체가, 그것도 머리만 묻혀 있다니. 주원은 입주한 그날부터 세입자가 있었다는 사실을 믿을 수 없었다. 주원이 혼자 노래를 하거나 춤을 출 때도, 골목을 관찰하다가 핸드폰을 떨어뜨렸을 때도 벽 속에서 주원을 바라보고 있었겠지.

2층과 3층을 오가며 건물의 이곳 저곳을 살피던 치수가 바닥에 앉아 있는 주원 앞에 섰다.

"머리만 묻어둔 것 같아요. 이 위치와 2층 천장에서 떨어진 핏물의 위치가 연결돼요. 콘크리트 안에 묻어도 시신이 부패하는 과정에서 가스가 나오는데 그 가스가 랩 안에 차면서 빵빵해졌고 콘크리트에 틈을 만든 것 같아요. 그러다가 저기 왼쪽 아래 구멍이 뚫리면서 거기로 안에 남아 있던 핏물이 나왔네요. 설마 머리 말고 다른 게 또 묻혀있는 건 아니겠죠?"

주원은 어지러웠다.

"제가 신고할게요."

"잠깐! 잠깐만요!"

치수가 소파에서 핸드폰을 찾는데 주원이 자리에서 벌떡

일어나며 소리쳤다.

"우리, 잠깐 생각이라는 걸 좀 해요. 아니 제가 생각을 좀 하고, 그러고 나서 신고할게요."

주원은 거실을 빠르게 걷기 시작했다. 거실을 빙글빙글 돌며 양손으로 관자놀이를 꽉 눌렀다. 움직일 때마다 바닥에 콘크리트 먼지가 일었다. 주원은 걷고 또 걸었다. 걸음에 맞춰 주원의 뇌가 최선을 다해 달리고 있었.

5분이 지났을 무렵 주원은 걸음을 멈추고 중얼댔다.

"경찰에 신고해야죠. 맞아요. 근데 그러면 어떻게 될까. 건물에 폴리스 라인이 처지겠죠. 과학수사팀이 와서 건물 전체를 조사할 거구요. 토막난 시체가 신축 건물에서 발견됐다는 기사가 내일 아침이면 뉴스에 나올지도 몰라요. 방송국에서 카메라를 들고 올 거고 동네 사람들이 다 나와서 사진 찍고 그러겠죠. 이 건물 가치가 바닥으로 떨어질 거예요. 경찰에서 아마 이 건물을 다 뜯어보겠죠. 시체 다른 부위가 묻혔을 지도 모르니까. 그럼 건물은 아작나는 거죠. 제가 이 건물에 들인 돈이 사라지는 거예요."

치수의 머릿속에 영화에서 많이 본 장면들이 돌아갔다. 고통스럽지만 다 맞는 말이었다.

"저는 바로 용의자가 될 거예요. 시체가 나온 건물의 주인이니까 의심스러운 건 당연하죠. 제 건물에 시체가 들어있을 줄은 몰랐다고 한들 누가 믿어주겠어요? 저는 아니니까 언젠가 용의자에서 벗어나겠지만 그러려면 또 다른 용의자가 생겨야 할텐데 과연 경찰이 쉽게 잡을 수 있을까요? 경찰도 직장인이고 실적을 올려야 하니까 뭐라도 하겠죠. 시간이 걸릴 거예요. 이 모든 걸 회사에서 알게 되겠죠. 그럼 저는 어떻게 해요? 지금 부장이라서 다음엔 어떻게든 임원 달아야 하는데 꼬리표 붙으면 끝이에요. 의심은 한번 고개를 들면 어디로 어떻게 자라날지 통제할 수 없어요. 가뜩이나 여자라고 다들 내려보는데 이런 일이 알려지면 승진을 안 시켜도 되는 쉬운 핑계가 생기는 거죠. 범인이 잡힌다고 해도, 그래도 다들 사건이 일어난 기사만 보지 정정 기사나 후속 기사에는 관심 없어요."

주원의 몸이 심하게 떨렸다. 어떤 환영에 사로잡힌 것 같았다. 치수는 그런 주원이 안쓰러웠다. 그렇지만 다른 방법은 없었다.

"주원 씨, 지금 이렇게 불안해 하는 거 충분히 이해해요. 그래도 신고는 해야 하잖아요."

주원이 치수를 바라봤다.

"이 건물은 제 인생 전부에요. 땅값에 세금까지 6억에, 주택담보대출이 3억이고, 건축비만 3억이 들어갔는데 그 중 1억이 신용대출이에요. 그러니까 4억이 빚이라는 얘기죠. 한 달에 나가는 이자만 300이 넘어요. 이모 전세자금도 이 건물에 들어가 있어요. 친구한테 갚을 돈도 남았어요. 저한테도 큰 돈이지만 그 친구한테는 정말 큰 돈이에요."

치수가 벽을 쳐다봤다. 이 건물에 무슨 일이 일어나고 있는 걸까. 통제할 수 없는 사건 앞에서 치수도 무기력해졌다.

"사람들은 이성적이지 않아요. 그게 뭐든 죽음과 연결되어 있다면 재수 옴 붙을까봐 두려워하죠."

"그렇지만…."

주원이 치수의 말을 끊었다.

"당장 치수 씨도 이 건물에서 나가고 싶지 않아요? 그런데 빼줄 보증금이 없어요. 제가 진짜 돈이 없어요. 건물주라는 게 말이 좋지 사실 저 진짜 돈이 1원도 없어요. 앞으로 한 5년은 1원도 없을 텐데 이렇게 되면 저는 옛날에 그랬던 것처럼 또 길바닥으로 쫓겨날지도 몰라요."

치수는 다시 핸드폰을 들었다. 주원이 핸드폰을 쥐고 있는 치수의 손을 꽉 잡았다.

"지금 치수 씨가 전화하면 치수 씨도 조사를 받아야 할 거예요. 인생 전체의 행적을 경찰에 다 얘기해야 할 텐데. 지하는 어떻게 설명할 거예요? 부모님은 치수 씨가 카페 하면서 안정되게 30대를 보내고 있다고 믿을 텐데?"

치수는 미간을 찌푸렸다. 치수에게 그 문제는 주원의 승진처럼 절박한 문제이긴 했다.

주원은 냉장고로 걸어가 냉수를 유리컵에 따르고 물을 한숨에 들이켜고 치수에게도 한 잔을 내밀었다. 그리고 3층 불을 껐다.

"불은 왜 꺼요?"

"잠깐만 이렇게 있을게요. 그래도 돼죠?"

어둠 속에서 치수가 고개를 끄덕이는 게 보였다.

깜깜한 거실, 창문을 통해 들어오는 달빛이 유일한 이곳에서 주원과 치수는 소파 아래 바닥에 무릎을 세우고 앉았다. 치수는 어두워진 벽체를 바라보다가 처음 해부학 실습을 하기 전에 교수님이 시켜서 했던 대로 잠시 눈을 감고 고인을 추모했다.

치수는 핸드폰을 켜서 검색창을 띄웠다.

'집에서 시체가 발견되면 어떻게…'

치수의 핸드폰에서 '시체'라는 단어를 발견한 주원은 치수에게 작게 소리쳤다.

"그만, 검색 그만해요! 누구든 용의자를 잡으면 가장 먼저 하는 게 핸드폰 검색어 기록 쭉 보는 거, 몰라요? 검색어 쭉 보면 조서나 다름없다던데, 진짜들 이렇게 하는구나?"

"저는 그냥 궁금해서…."

치수가 민망한 듯 핸드폰을 주머니에 넣었다.

침묵이 찾아왔다.

"미안해요. 무안 주려던 건 아니었어요."

"괜찮아요. 예민한 거 이해해요."

침묵이 지나갔다.

"저분은 누굴까요? 어쩌다가 여기에 묻히게 된 걸까요?"

치수가 물었다.

"저분을 뭐라고 불러야 하나, 세입자라고 부를까요?"

"네. 저 말고 세입자가 또 생겼네요."

치수가 속삭이듯 말했다. 주원은 이런 식의 입주 계획은 없었을 세입자의 삶에 대해 잠시 생각했다. 가슴이 뜨거워졌다. 주원이 이내 머리를 털었다. 이럴 때일수록 정신을 차려야 한다. 이 건물은 사건 현장이다. 주원의 마음에 있는 저울이 제멋대로 흔들렸다. 치수가 그런 주원을 흘낏 바라봤다. 마음이 무거웠다. 주원의 걱정도 충분히 이해할 수 있었다.

"어차피 지금 시간도 늦었으니까, 바로 경찰이 온다고 해서 당장 범인을 잡을 것도 아니고, 경찰도 잠은 자야 하니까, 우리 마음 가라앉히고 내일 아침에 신고해요."

치수가 작은 소리로 말했다. 주원이 천천히 몸을 일으켜 보일러를 껐다.

"혹시 모르니까 공기는 차갑게 하는 게 좋을 것 같아요."

치수가 고개를 끄덕였다.

"우리 누나가 변호사 많이 알 텐데, 물어볼까요?"

치수가 물었다.

"그것까지 포함해서 내일 결정해도 될까요?"

주원의 말에 치수는 긴 한숨을 내쉬고는 알겠다는 듯 고개를 끄덕이며 자리에서 일어났다.

"치수 씨? 어디 가요?"

"집에 가야죠."

치수의 말이 끝나기도 전에 주원의 절박한 손가락이 치수의 바지 끝을 살짝 잡았다.

"제가 지금 할 얘기를 아주 조금의 오해도 없이 들어주실 수 있나요?"

주원이 까만 눈망울로 치수를 올려다보며 물었다.

"네."

"너무 무서워요. 저 새로운 세입자 선생님과 단둘이 이 건물에 있는 거요."

"아…."

"그렇다고 여기에 세입자를 놓고 나갈 순 없잖아요. 무슨 일이 생길 수도 있으니까. 2층에 작은 방이 하나 있거든요? 거기서 주무시면 안 될까요? 제가 갈아입을 옷이랑 칫솔이랑 로션 그런 거 다 제공해 드릴게요. 제발요."

치수는 잠시 고민했지만 차마 거절할 수 없었다. 주원의 눈빛과 손끝을 뿌리치는 건 쉽지 않았다. 난데없이 나타난 세입자와 한 집에 있어야 하는 건 누구에게나 공포일테니까.

치수는 주원이 준 옷으로 갈아입고 작은 방 이불 위에 누웠다. 마지막으로 다른 사람의 집에서 밤을 보낸 게 언제였는지 기억도 나지 않았다. 고단했는지 눈이 저절로 감겼다.

"치수… 씨?"

건넌방에서 주원이 치수를 불렀다.

"아무 얘기나 좀 해주시면 안 될까요? 신경안정제 먹었는데도 그래도 계속 불안해서요."

"제가 좋아하는 드립 커피 만드는 법 얘기해줄까요?"

주원은 오전에 잠깐 입만 대고 버린 아메리카노를 떠올리며 의아하다고 생각했다.

"제가 마신 그 커피요?"

"아뇨. 그거 말고 진짜 커피 만드는 법이요."

"진짜 커피가 따로 있어요?"

"오늘 커피는, 미안해요. 일부러 그렇게 만든 거예요. 다시 오지 말라고."

"와, 어쩐지."

치수는 원두의 종류를 하나씩 설명했다. 에티오피아와 케냐는 땅이 어떻게 다른지, 브라질의 땅에는 어떤 특징이 있는지 단어 하나하나를 곱씹으면서 얘기했다. 커피 맛을 표현하는 단어들에 관해서도 하나씩 설명했다.

주원은 치수의 목소리는 낮고 깊은 편이구나 생각했다. 하루 종일 얘기하면서도 치수의 목소리를 제대로 인지하지 못했다. 치수의 목소리에서 다크초콜릿 맛이 났다. 치수는 최선을 다해 주원을 안정을 시키려 노력했다. 그러나 치수의 목소리는 주원에게서 점점 멀어졌고, 주원은 불안 속으로 더 깊게 잠수했다.

이 건물에서 무슨 일이 일어나고 있는지 짐작할 수 없었다. 주원은 예측불가능한 상황이 고통스러웠다. 주원은 익숙한 방식으로 이 사건에 접근해 보기로 했다. 문제를 정의해보자. 문제는 세입자가 이 건물에 묻혀있다는 것이다. 세입자를 둘러싼 일들에 대해서 주원은 전혀 알지 못하고 주원과 상관이 없다. 시공사가 얽혀 있을 가능성이 높아도 단언하긴 어렵다. 몰래 묻어놓았을 수도 있으니까.

중요한 건 세입자가 누군가에게 살해당한 것인지, 그렇다면 범인은 누군지를 밝히는 것이다. 범인만 밝혀낼 수만 있다면 세입자가 이 건물에서 발견된 것은 그다지 중요하지 않을지도 모른다. 범인을 밝혀내는 데 필요한 증거를 만약 주원이 찾아낸다면? 그리고 증거와 함께 세입자를 경찰이 발견할 수 있도록만 한다면? 그렇다면 꼭 신고를 하지 않아도 되는 거 아닐까? 세입자를 어딘가로 옮겨서 자연스럽게 경찰이 발견하게 되기까지의 과정은, 물론 주원의 생각대로 되지 않을지도 모른다. 그래도 그게 차선 아닐까.

지금 이 상태로 경찰에 신고할 경우 이 건물은 시체가 묻혀 있었던 건물이라는 딱지가 붙은 채로 존재하게 될 것이다. 층마다 벽을 다 허물어버릴 수도 있다. 허물어진 건물을 복구하는 데 드는 돈은? 결국 주원의 주머니에서 나와야 한다. 주원은 또다시 지긋지긋한 재정적 위기에 부딪히게 될 거다. 그 고통을 다시 통과하는 건 죽기보다 싫었다. 20년 가까이 쌓아온 사회적 지위와 평판이 순식간에 사라지는 것도 참을 수 없었다.

"치수 씨!"

주원은 갑자기 몸을 반쯤 일으킨 다음 치수를 불렀다. 구원자는 치수밖에 없었다.

"네?"

"딱 이틀만요!"

치수가 눈을 치켜떴다.

"이틀만 빌려주세요! 치수 씨, 저랑 이틀만 좀 더 알아봐 줄래요? 그 다음에 바로 신고할게요. 제발요!"

주원의 목소리가 벽을 타고 치수의 귓바퀴에 속삭였다.

치수는 몸을 뒤집어 엎드린 다음 머리를 베개로 감쌌다. 치수는 그저 카페에 놓고 간 지갑을 돌려주려고 현관문 벨을 눌렀을 뿐인데, 현관문 안쪽에 이토록 괴상한 사건의 거미줄이 쳐져 있을 줄은 꿈에도 몰랐다. 거미가 주원인지, 벽 속 세입자인지 아니면 세입자를 숨겨놓은 사람인지는 알 수 없었지만, 늘 혼자였던 치수는 한번쯤 이런 거미줄에 엉겨붙어보고 싶기도 했다. 발버둥이 아니라 자발적 댄스일지도 모른다고 생각하며, 치수는 소리쳤다.

"딱 이틀이에요!"

■

사람들은 자신의 욕망과 결핍을 잘 숨기고 있다고 착각하지만, 사실 대부분의 사람은 자신의 욕망을 이마에 붙이고 다닌다. 머리부터 발끝까지, 입고 두르고 신은 모든 것들은 정직하게 그 사람의 내면을 드러낸다. 사람들은 욕망과 결핍을 채우기 위해 돈을 쓰고 그것을 만천하에 전시한다. 사람들이 '취향'이라고 부르는 대부분의 요소는 그들이 동경하는 것을 정직하게 가리킨다. 동경은 결핍된 욕망의 거울상이다.

치수에겐 친구가 많지 않았다. 한 동네에서만 살았고 치수의 친구들도 치수와 비슷한 환경인 경우가 많았다. 유치원 때부터 보고 자란 치수와 친구들은 서로를 잘 알았다. 30년을 넘게 치수를 봐온 친구들은, 그래봤자 세 명이지만, 그럼에도 치수에 대해 '어떤 애인지 잘 모르겠다'고 말했다. 그중에서도 '취향이 없는 애'라는 말은 치수에 대한 정확한 표현이었다. 그러나 그 표현은 치수에 대한 오독이었다.

치수는 두 가지 의미에서 눈이 밝았다. 먼저 좋은 걸 알아볼 수 있었다. 어렸을 때부터 좋은 원단의 옷을 입고 신선한 재료의 음식을 먹으며 자라온 덕이 컸다. 다음으로 치수에겐 사람들의 욕망을 단번에 읽을 수 있는 눈이 있었다. 영민했던 치수의 누나 덕에 가질 수 있는 눈이었다. 치수의 누나는 자신의 결핍을 전시하는 걸 싫어했고, 모르는 이에게 쉽게 읽히는 걸 싫어했다. 그건 자존심의 영역이기도 했다. 치수도 그랬다. 치수는 특히 스무 살 이후부터는 자신의 욕망이 사람들의 눈에 보이지 않길 원했다. 그리고 그렇게 되는 데 성공했다. 그렇다고 치수가 욕망이 없는 건 아니었다. 치수는 그 대신 아주 작더라도 자기를 드러낼 수 있는 단 하나의 아이템에 집착했다. 티셔츠 안에 넣어 보이지 않아도 치수 자신은 느낄 수 있는 목걸이라던가, 어렵게 구한 빈티지 단추라던가 그런 것들을 좋아했다.

그런 치수에게 주원은 이상한 존재였다. 시끄러우면서 조용했다. 주원의 건물은 까다로운 치수의 마음에 쏙 들었다. 그 어떤 주장도 하지 않는, 괜찮은 자재로 단단하게 지어진 건물이었다. 그 건물을 지은 주원도 비슷했다. 일본의 저가 브랜드 하나로 머리부터 발끝까지 무장했지만 뜯어보면 주원에게 딱 맞는 제품들이었다. '보여지는 나에 대해서는 관심 없어'라고 얘기하는, 그래서 치수의 취향-욕망 판독기가 작동하지 않는 그런 사람이 주원이었다. 주원은 대신 그 모든 욕망을 조금도 우회하지 않는 직설적인 말로 전했다. 평소라면 일찌감치 선 긋고 나왔을 치수가 주원에게 설득당해 주원의 집에서 하룻밤까지 보내게 된 건 주원의 그런 면 때문이었다.

아직 해가 뜨지 않은 겨울 아침, 치수는 상황에 맞지 않은 묘한 상쾌함을 느끼며 눈을 떴다. 창밖에는 추적추적 비가 내렸다. 주원이 잠든 침실에서는 아무런 소리도 들리지 않았다. 치수는 조용히 3층으로 올라가 세입자가 잠들어 있는 벽으로 다가갔다. 어지럽지 않았다. 어쩌다가 15년이 넘도록 넘지 못했던 허들을 한 번에 넘을 수 있게 된 걸까. 나이가 들어서? 아니면 극한의 상황에 닥쳐서? 자신에게 무슨 일이 일어나고 있는지 치수 자신도 이해하지 못했다.

세입자의 모습을 들여다보던 치수는 왼쪽 아래에 랩이 뚫린 곳에 집중했다. 오랫동안 콘크리트 안에서 봉인되어 있던 세입자가 핏물을 내보내 자신을 드러낼 수 있었던 건 그 작은 구멍 때문이었다. 뚫린 비닐 안쪽에서 치수는 작은 단검을 발견했다. 부드러우면서도 강한 곡선으로 장된 손잡이와 짧지만 날카로운 칼날을 가진 단검. 그건 귀걸이였다. 세입자는 왼쪽으로 기울어 있었는데 왼쪽 귀에 있던 귀걸이의 단점 장식이 비닐을 뚫은 것 같았다.

무르지 않도록 은에 구리를 섞은 스털링 실버 재질. 가격이 상당하고 생산량도 얼마 되지 않아 구하기 힘든 일본 브랜드 '메두사' 제품이 분명했다. 치수는 메두사 제품을 좋아해서 일본에 가면 몇 시간 줄을 서서 목걸이나 펜던트를 사오곤 했다. 세입자가 하고 있는 귀걸이는 메두사의 카탈로그에서 본 적이 있는 귀걸이였다. 그런데 없는 게 하나 있었다. 짙은 초록빛의 공작석, 말라카이트. 말라카이트가 들어가 있어야 할 단검 손잡이 한가운데가 비어 있었다.

대중성이 없어서 가품도 거의 없는 이 브랜드의 제품을 세입자에게서 발견하다니. 치수는 같은 브랜드의 제품을 좋아했던 사람이라는 단 하나의 사실만으로도 벽 속의 세입자와 동질감을 느꼈다. 만약 세입자가 이 귀걸이를 하고 카페에 들어왔다면 치수는 최선을 다해 커피를 만들어줬을 거라고 생각했다.

2층 침실 문이 열리는 소리가 들렸다. 씻고 나온 주원은 노트와 펜을 들고 3층으로 올라왔다.

"잘 잤어요?"

"네. 주원 씨는요?"

"어제 일이 꿈은 아니죠? 현실이죠?"

"네."

주원은 피곤이 가득한 표정으로 식탁에 앉아 메모장을 꺼냈다. 치수도 주원을 따라 식탁에 앉았다.

"세입자가 입주한 시기는 특정할 수 있을 것 같아요. 3층 콘크리트 타설할 때 묻었을 테니까 6월 초일 거예요. 제가 간밤에 문자를 다 뒤졌거든요."

주원은 새벽에 현장 소장과의 메시지 창을 모두 확인했다. 콘크리트 타설하는 날 상량식을 해야 한다면서 현금으로 100만 원을 달라고 했던 내용이 나왔다. 한옥도 아닌 콘크리트 건물을 짓는 데 상량식이 필요하다는 걸 주원은 이해하지 못했다. 소장은 상량식을 하면서 주변 이웃들한테 떡을 돌리고 남은 돈으로 인부들 다 같이 회식도 하는 거라고 했다. 결국 주원에게 좋은 일이라는 논리였다. 주원은 이미 예산에 다 들어가 있는 내용인데 추가로, 그것도 현금으로 달라는 얘기를 여전히 이해할 수 없었지만 안 주면 행여 건물에 피해가 가지 않을까 해서 돈을 줬다. 그 대화 아래로 스크롤을 내렸더니 백송빌딩 건물주와 돌멩이에 대해 나눈 대화가 나왔다. 이게 다 비슷한 시기였구나, 주원은 생각했다.

"벌써 9개월이 지나서 뭐 증거나 그런 걸 찾긴 어렵겠죠?"

주원은 3층 창가에 서서 골목을 내려다보며 물었다. 방범용 CCTV는 이 골목의 시작 부분 왼쪽에 달려 있었으나 주원의 건물이 위치한 곳까지 닿지 않았다. 그 외에 백송빌딩 3층 옥상에 설치된 CCTV가 있었고, 갤러리 옥 담장에 설치된 CCTV도 있었다. 오래 전이라 CCTV 영상이 남아있을 가능성은 매우 낮았다. 그래도 확인은 필요했다.

"치수 씨, CCTV요."

"네."

치수가 주원 옆으로 다가왔다.

"백송빌딩 CCTV는 절대 보여줄 리가 없어요. 갤러리 옥 CCTV는, 예전에 문화재 발굴하다가 저 앞 도자기 갤러리 대표와 인사를 한 적이 있는데, 도자기 보는 척 하면서 CCTV 얘기를 꺼내볼 수도 있을 것 같아요."

그때 흰색 SUV 자동차 한 대가 보였다. 자동차는 골목 입구에서 잠깐 멈췄다. 자동차 운전석과 조수석 문이 동시에 열렸다. 운전석에서 우산을 펴면서 내린 사람은 양옥이었고, 조수석에서 내린 사람은 백송빌딩 2층 공방 혜리였다. 혜리는 두 손으로 빗물을 막으면서 양옥의 자리로 옮겨 탔다. 자동차는 1층이 주차장인 필로티 구조의 백송빌딩 안쪽으로 들어갔다. 그렇게 양옥과 혜리는 각자의 건물로 사라졌다.

"저 두 사람, 왜 같이 출근하는 거죠?"

주원이 치수에게 물었다. 치수는 고개를 갸웃했다.

"카풀 같은 건가? 아니면 커플…?"

주원과 치수 사이에 잠시 정적이 흘렀다.

주원은 자신이 온갖 '사내'들을 겪어서 그런지 한 공간 안에서의 비밀스러운 관계에 대한 촉이 좋았다. 주원은 한때 상사였던 상무를 떠올렸다. 30대 후반에 대기업 임원이 된, 젊고 능력 있는 걸로 유명했던 그 상무는 조직원들과도 격이 없이 지냈다. 주원과도 마찬가지였다. 어느 날 상무가 새로운 캠핑 장비를 샀다면서 조직원들 중 원하는 사람들을 모아서 캠핑을 간 적이 있다. 주원도 적당한 사회생활을 위해 따라갔다.

하루 종일 신나게 놀고 집에 돌아가는 길, 남은 짐과 장비를 옮기는데 그 상무가 자신이 몇몇 팀원들과 남은 짐을 다 차에 싣고 내려갈 테니 먼저들 하산하라고 했다.

주원은 천천히 걸어 내려가다가 문득 자동차 쪽을 돌아봤다. 여자 대리 한 명이 너무나 자연스럽게 조수석에 타고 있었다. 남자 과장은 상무와 트렁크를 정리하고 있었다. 주원의 직감이 말했다. 상무와 대리가 사귄다고. 조수석 문을 열고 탈 때 그 익숙함이 신호였다. 직장 상사의 자동차를 타는 모습이라고 하기엔 지나치게 자연스러웠다. 그리고 몇 달 뒤, 기혼이었던 상무는 미혼이었던 대리와 부적절한 관계가 밝혀져 퇴사했다.

주원은 사람과 사람 사이의 온도를 읽어내는 데 전문가였다. 차에서 내리고 타는 양옥과 혜리의 움직임은 무척이나 자연스러웠지만, 그 상황은 자연스럽지 않았다. 그런 아이러니가 비밀스러운 관계의 핵심이었다. 그런데 저 둘 사이의 온도는 연인의 것이라고 하기엔 조금 낮았다. 헤어지기 직전인가? 연인이 아니라면 왜 골목 입구에서 우산을 푹 내려쓰고 내리지? 왜? 여긴 회사도 아니고 골목일 뿐인데? 누구에게 숨겨야 하는 거지? 부적절한 관계일 수도 있다. 그렇다고 텅 빈 골목길에서까지? 백송빌딩에 달린 CCTV가 보였다. 혹시 저기에 찍히면 안 되기 때문에?

"지금 누군가 치수 씨와 제가 유리창에 나란히 서 있는 걸 보면 어떻게 생각할까요?"

주원이 치수에게 물었다.

"의아하게 생각하겠죠?"

"이 시간에 같이 있다는 사실만으로 오해하는 사람이 있을 수도 있어요. 사실 우린 지금 일종의 일을 하는 건데 말이죠."

"그렇죠."

"그럼 저 둘도 어떤 일을 같이 하는 걸지 모르잖아요? 도자기 공방과 가죽 공방이니까?"

주원은 신호를 보내는 직감의 입을 틀어막고 싶었다.

혜리와 대화를 해 본 건 딱 한 번이고, 지나가면서 두어 번 눈인사를 한 적은 있다.

"치수 씨 1층 계약하던 날 기억나요?"

"네."

"그때 제가 2층 공방 사장과 얘기를 잠시 나눴거든요. 그때 2층 공방 사장이 가게 가능한 한 빨리 빼달라고 부동산에 얘기하는 거 들었어요. 그런데 아직도 안 빠졌으니까 출근을 한 거겠죠?"

"3개월이 넘었는데도 들어올 사람을 못 찾았다구요? 조건이 그렇게 안 좋은가."

주원의 머리 속에 비오기 직전의 먹구름이 밀려왔다. 형태도 색깔도 알아보기 어려웠지만 불길한 것만은 확실했다. 주원이 이 땅을 산 다음부터 계속해서 반복되는 단어, 백송빌딩. 백송빌딩과 관련된 모든 일들은 늘 주원을 불안하게 했다.

벽 속의 세입자가 백송빌딩과 연결되어 있다는 증거는 어디에도 없었지만 주원은 증거가 없다는 사실이라도 확인하고 싶었다.

주원이 소파에 놓여져 있던 코트를 거칠게 집어들어 소매에 팔을 넣었다. 주원은 귀가 찢어지는 것같은 고통이 느껴졌다. 큐빅을 잃어버리고 날카로운 손가락만 남은 귀걸이에 코트 소매 끝 라벨이 걸린 것 같았다. 큐빅를 잃어버린 귀걸이를 귀에서 빼놓는 걸 깜빡해 일어난 사단이었다. 주원이 소리를 지르자 치수가 주원을 진정시킨 다음 귀걸이에서 라벨을 조심스럽게 떼어냈다.

"괜찮으세요? 귀가 빨개졌어요."

주원이 귀걸이를 빼고 귀를 문질렀다.

"얼얼하긴 한데 다치진 않았어요. 어제 뛰어다니다가 큐빅이 빠졌는데 계속 끼고 있었네요. 정신이 없긴 없나봐요."

치수는 주원의 손에 들려 있는 귀걸이를 뚫어져라 쳐다봤다. 그리고 주원에게 말했다.

"세입자도 저런 귀걸이를 하고 있어요."

"이거 대한민국에서 제일 평범한 귀걸이거든요."

"그게 아니라, 이리 와보세요."

치수는 아침에 발견한 메두사 귀걸이를 주원에게 보여줬다. 그리고 핸드폰을 검색해 이 귀걸이의 원래 모습도 보여줬다. 소고기 마블링을 닮은 물결이 아름다운 보석을 보다가 주원은 어제 입었던 재킷 주머니를 뒤졌다.

"이거 맞아요?"

주원이 잃어버린 큐빅 대신 주워온 초록색 보석을 손바닥에 올려놓고 치수의 눈앞에 가져갔다. 치수가 부서진 보석을 조심스럽게 두 손으로 집었다. 치수는 손에 든 보석의 커팅면과 핸드폰 화면, 그리고 세입자의 귀걸이를 번갈아 쳐다봤다. 그리고 주원에게 물었다.

"이거 어디서 났어요?"

"주웠어요. 백송빌딩 주차장에서요."

치수가 숨을 잠시 멈췄다.

"이게 흔한 거예요?"

"대한민국 전체에 이걸 갖고 있는 사람 10명도 안 될 거예요. 제가 알아요."

"에이, 말도 안돼요. 이거 그냥 흔한 거 같은데?"

치수가 답답하다는듯 고개를 저었다. 주원의 시선이 세입자를 향했다. 한참을 생각하던 주원은 말을 시작했다.

"제가 다녔던 초등학교 옆에 작은 전문대가 하나 있었어요. 그 대학에 있는 운동장이 더 좋아 보여서 친구들과 거기서 놀았어요. 참 신기했던 게 있었어요. 운동장 주변부에 나무와 풀 같은 게 있었는데 거기에 가면 귀걸이가 하나씩 떨어져 있는 거예요. 어릴 때는 그게 너무 예뻐서 주워서 가졌어요. 그때는 왜 귀걸이가 한 쪽씩만 떨어져 있는지 알지 못했어요. 어른이 되어서 알게 됐죠. 여자의 귀걸이는 과격하게 움직여야만 떨어진다는 걸. 그 생각이 들자마자 소름이 끼쳤어요. 이 운동장 구석에서 무슨 일이 있었을까. '비포 선라이즈' 같은 일들만 있었을 리는 없잖아요."

주원의 머릿속에 한 줄기 바람이 불었다. 먹구름이 천천히 움직이기 시작했다. 주원은 수납장에서 작은 크기의 화이트보드를 꺼냈다.

"이런 게 왜 집에 있어요?"

"일중독자들은 집에 화이트보드 하나쯤 있어야 마음이 든든해요."

치수가 주원을 의아하다는 듯이 쳐다봤다. 주원은 화이트보드를 벽에 걸어놓고 설명을 시작했다. 치수는 식탁에 앉아 주원의 설명을 들었다.

2022년 6월 11일 : 문화재 조사 – 손가락 발굴, 백송 천기백 부상
2023년 5월 30일 : 백송 천기백 습격
2023년 6월 3일 : 상량식 – 3층 콘크리트 타설(*세입자 입주?)
2023년 10월 ?일 : 접촉 사고
2024년 2월 9일 : 세입자 발견

세입자 귀걸이 보석 – 백송빌딩 주차장
백송빌딩 천기백 – 갤러리 옥 이양옥 – 2층 공방 모혜리 – 모자 쓴 남자?

주원은 회사에서도 알아주는 브리핑 실력으로 치수에게 그간의 사건들을 쭉 설명했다. 치수는 '돌멩이' 부분에서 헛웃

음을 터뜨렸다.

"어이없죠? 돌멩이라는 게 진짜 말도 안 되는 소리잖아요. 그 전부터 계속 건물을 팔라고 그러지 않나. 그냥 건물뽕이 차오른 노인네인가보다 하고 말았는데, 그 다음부터 찜찜한 일들이 계속 일어났어요. 근데 그거 알죠? 내가 이상한 건가 싶은 그런 거? 근데 지금 이렇게 쭉 얘기하다 보니까 소름 끼쳐요. 그렇지만 극도의 스트레스로 인한 뇌내망상의 가능성도 높아요. 그런 거 같으면 치수 씨가 말려줘요."

치수는 손가락으로 식탁을 두드렸다. 집중할 때 나오는 버릇이었다. 그런데 아무리 식탁을 두드려도 머리가 돌아가지 않았다. 치수는 중요한 사실을 깨달았다.

"밥 좀 먹고 하면 안 될까요?"

주원이 핸드폰으로 시간을 확인했다. 시계는 오후 12시 22분을 가리키고 있었다.

"전문 직장인이 점심시간을 까먹다니, 자존심 상해!"

치수가 그런 주원을 보고 웃었다. 주원은 냉장고로 걸어갔다. 햇반 두 개를 전자레인지에 돌리고 뼈가 발라져 나온 생선구이 패키지를 꺼낸 다음 반찬 가게에서 사온 반찬들을 뜯어서 접시 위에 올렸다. 2분도 안 되어 차려진 식탁이었다. 보일러를 꺼둔 지 한참 되어서 냉장고가 되어버린 식탁 위에 오랜만에 모락모락 김이 피어났다.

"이렇게 뚝딱 밥상이 차려지네요? 심지어 맛있어 보여요."

"대기업과 반찬 전문가들이 애써서 만든 거예요. 맛있게 드세요."

주원은 수저를 들기 전에 벽에 있는 세입자를 향해 목례했다. 치수도 따라 했다.

한동안 아무 말도 하지 않고 밥만 먹던 주원은 어느 정도 허기짐이 가시자 유리컵에 물을 따르며 말 했다.

"정말 만약만약에 세입자가 우리 골목에서 살해됐다면, 왜 하필 내 건물에 묻혔을까요? 그것도 머리만?"

"아직 모르죠. 머리만 묻은 건지, 아니면 다른 부위도…."

치수가 젓가락을 내려놓았다.

"법의학을 잘은 모르지만 오래 전에 들었던 걸로 추론해볼게요. 이 장소에서 사고인지 살인인지 모를 어떤 사건이 일어났고 시체를 훼손해 묻었을 수는 있겠죠. 그런데 3층 벽 한가운데 저렇게 머리를 묻은 건 자연스럽지가 않아요. 감추겠다는 게 아니라 보여주겠다는 의도에 가깝죠. 꼭 보여주겠다는 게 아니라고 해도 어떤 의도가 있는 것 같아요. 숨겨야 하는 사람이 이렇게 묻는다는 게 앞뒤가 맞지 않아요."

치수는 말 중간부터 다시 손가락으로 식탁을 두드렸다. 주원이 치수의 말을 이었다.

"귀걸이가 발견된 골목 근처, 그러니까 백송빌딩이나 갤러리 부근에서 사건이 일어났다면요? 그래도 이상하잖아요? 왜 골목에서 떨어진 이 건물에 묻었을까요? 치수 씨 말대로 보란 듯이 벽 한가운데?"

치수가 세입자를 쳐다봤다.

"우리가 의도대로 움직이고 있는 거라면요? 어디서 어떻게 어떤 사건이 일어났는지 모르겠지만 '보란듯이' 묻었으니까 우리가 이렇게 보고 있는 거 아닐까요?"

"내가 이걸 보면 어떤 행동을 하게 될까요?"

"신고하거나, 신고하지 않거나 둘 중 하나겠죠."

주원이 두 손으로 머리를 감싸며 낮은 목소리로 읊조렸다.

"내가 신고하지 않을 거라는 걸 알고 있었어."

주원과 치수는 자신들의 발 밑에 펼쳐진 게 거미줄이 아니라 늪이라는 걸 깨달았다. 주원이 의자에서 벌떡 일어나 코트를 다시 손에 쥐고 2층으로 내려갔다.

"저 어디 좀 갔다 올게요!"

주원이 소리쳤다.

"어디요? 같이 갈까요?"

치수의 말이 채 닿기도 전에 1층 현관문이 쿵 소리를 내며 닫혔다.

■

추운 겨울을 제외하곤 보통 문을 반쯤 열어놓는 산세베리아 공인중개사 사무소에서는 항상 CCM이 흘러나왔다. 해경은 대학생 딸에게 CCM 플레이리스트 업데이트를 자주 요청했다.

'부동산이 무슨 스타벅스야? 플레이리스트 관리를 왜 해.

대충해! 지겨워 죽겠어'

딸이 메시지 창에 소리칠 때마다 해경은 답답하다는 듯 이렇게 답장했다.

'정직과 믿음의 아우라가 쉽게 만들어지는 줄 알아? 너 용돈 제때 받을 생각이면 잔말 말고 해'

CCM은 공인중개사로서 갖춰야 할 여러 가지 덕목 중에 '정직'을 강조하기 위한 배경음악이었다. CCM과 함께 근처에 있는 청자교회의 집사임을 보여주는 교회 봉사 활동 단체 사진을 액자에 끼워 책상 위에 올려두었다. 해경은 CCM이 부동산을 보러 온 고객들이 누구나 마음 깊은 곳에 갖고 있는 불신과 의심을 거두는 효과가 있다고 확신했다.

누구보다 CCM이 지겨운 건 해경이었다. 손님이 없을 때 해경은 줄 이어폰으로 유튜브에서 트로트 프로그램 우승자의 라이브 영상을 봤다. 그러다가 '띠링' 소리와 함께 사무실 문이 열리면 해경은 급하게 통화를 끊는 척하며 손님을 맞이했다.

빗줄기 때문에 닫아놓은 유리문이 살짝 열렸다. 주원이 고개를 내밀었다. 해경은 한 손으로 이어폰 마이크를 잡고 또 다른 손으로 종이에 아무 말이나 쓰면서 말했다.

"아, 사장님 너무 죄송한데, 지금 고객님이 사무실에 오셔서 제가 다시 전화 드려도 될까요? 감사합니다."

절대음감을 가진 사람이면 단박에 음계가 '솔'이라는 사실을 알아맞힐 만큼 기분 좋은 해경의 목소리가 주원을 반겼다.

"지금 바쁘신 건 아니죠? 지나가다 들렀어요."

"어머! 우리 신축 사장님, 오랜만이에요. 건물주 되시고 나서 얼굴에 아주 광채가! 그런 얘기 많이 듣죠?"

주원은 고개를 돌려 공인중개사 벽에 걸린 거울을 바라봤다. 이 죽일 놈의 미모는 초췌할 때만 빛이 났다. 새벽까지 술을 마시고 잠을 거의 못 잔 날, 야근 때문에 죽도록 피곤한 날마다 광채가 난다는 얘길 들었다. 애써 꾸민 날에는 대체로 꽝이었다.

"네, 그런 얘기야 매일 듣죠!"

해경은 웃으면서 주원을 사무실 소파에 앉혔다. 그리고 따뜻한 현미녹차를 내왔다.

"1층 세입자분 월세는 잘 들어와요?"

해경이 걱정스러운 목소리로 물었다.

"지나다니면서 가끔 이렇게 보는데 손님이 영 없더라구. 금방 가게 접는다고 그러는 건 아닌가 해서요."

"그렇지 않아도 제가 고민이 좀 있어서 찾아왔어요."

주원이 눈썹을 힘껏 끌어내리며 말했다.

"세입자와의 관계가 쉽지 않네요. 아니, 세입자분은 젠틀하셔요. 그런데 은근히 부딪히는 게 많아요. 건물 관리라는 게 아무나 하는 게 아닌가 봐요."

"건물주가 다 놀고 먹는 줄 알지만 그 땅, 그 건물 가치 지키는 게 보통 일이 아니라니까요. 특히나 세입자와 잘 지내는 건물주 찾기가 힘들어요. 우리 사장님도 이제 이해하시는구나."

"우리 골목에 있는 다른 건물들은 어때요? 백송빌딩은 지난번에 2층 세입자 분이 나가고 싶다 그런 얘기 들은 것 같은데 아직도 안 나가신 거 같더라구요. 큰 건물이라서 세입자 관리가 더 어려울 텐데, 그 건물주 분은 어떻게 관리하신대요? 노하우라도 있나…?"

주원이 천진난만한 표정으로 말을 꺼내자 해경이 사무실 유리 너머를 슬쩍 봤다. 그리고 고개를 살짝 숙였다. 주원이 해경 쪽으로 몸을 기울였다.

"백송빌딩 회장님이랑 혹시 무슨 일 없으셨죠?"

"무슨 일이요?"

"이거 사장님한테만 말씀 드리는 거니까, 그냥 한 귀로 듣고 한 귀로 흘리세요. 아유, 나 진짜 이런 말 해도 될지 몰라. 내가 교육자 출신이자 또 하나님의 종, 교회 집사잖아요. 아무래도 이런 데 조금 더 예민한데, 그래도 내가 우리 사장님 위해서 말씀드리는 거예요. 이해하시죠?"

"그럼요."

"백송빌딩 회장님이 건물에 대한 집착이 좀 심해. 누구나 자기 땅, 자기 건물 너무 소중하지. 근데 그 회장님은 좀 유난이야. 나도 동네 어르신들한테 들은 얘기예요. 그 회장님이 원래 그 땅 주인이었던 아버지한테 살가운 편은 아니었나봐. 회장님이 둘째 아들이고 그 위에 형이 하나 있었다더라고. 그 아버지가 지금 백송빌딩 자리 한 70% 정도 되는 땅에 언제 지어졌는지도 모르는 쓰러져 가는 한옥에 살았어요. 수리를 전혀 안 해서 골조가 다 썩고 보일러도 안 갈아서 나무 장작으로 불을 지피면서 살았대요. 물려받은 땅 말고는 아무것도 가진 게 없었던 거지. 그 아버지도 그렇고 형도 그렇고 벌이가 없었대요. 그런데도 그 땅만 꼭 쥐고 있었다지. 그런데 아버지가 갑자기 심장마비로 돌아가신 거야. 그리고 유언장을 까보니까 그 땅을 형한테 준다고 한 거야. 자세한 가족사야 나도 모르지. 불화 없는 집이 어딨어요. 문제는 그나마 돈을 벌겠다고 애썼던 사람은 회장님 하나였던 거야. 회장님이 그걸로 법정에서 상속 다툼을 벌이고 난리였어요. 그런 경우 많긴 하지. 그런데 그 집은 좀 심했다 그러더라고. 근데 그 형이 갑자기 자살했지 뭐야. 그것도 자기 아버지가 묻힌 선산 꼭대기에서 뛰어내렸어."

해경이 한숨을 내쉬었다. 주원도 탄식했다.

"그 형이 결혼을 안 해서 그 땅은 고스란히 지금 회장님한테 갔지. 그게 20년 전이었으니까, 벌써 꽤 됐네."

해경이 안타깝다는 표정을 지으며 현미녹차로 목을 축였다. 그리고 말을 이어갔다. 주원은 연신 고개를 끄덕였다.

"그렇게 회장님이 그 땅 주인이 되고 나서 한옥 싹 밀어버리고 그 위에 백송빌딩을 지은 거예요. 회장님이 스무살 때부턴가 그보다 어릴 때부턴가 공사판에서 생고생을 했대. 그러다가 건설 회사를 차렸는데 한창 부동산 붐일 때 서울 외곽에 빌라, 다세대 주택을 지어서 현금을 쓸어 담았다고 하더라구요. 상속 받은 땅 옆 필지를 하나 매입해서 60평 땅에 3층짜리 백송빌딩을 지었어요. 4층은 그 다음에 증축한 거고. 그때 백송빌딩과 우리 사장님 건물 사이에 있는 땅도 사겠다고 했는데 그 나대지 주인이 절대 안 판다고 그랬대요. 점쟁이가 그 땅은 갖고 있으라고 했다나. 회장님 쪽이랑 그 나대지 주인쪽이랑 쌓인 게 많았나봐요. 그 땅 주인이 백송이라면 아주 치를 떨어요. 회장님이 이 동네가 자기 구역인 것처럼 안하무인으로 말하고 그랬거든. 그래서 회장님 골탕 먹이려고 그 땅을 비워둔 거야. 그럼 뭐해. 그 주인분 작년에 돌아가시자마자 그 집 딸이 바로 백송 회장님한테 팔았지. 제가 그 매매도 다 맡아서 해드렸어요. 이 동네 어르신들이 아무래도 저를 많이 신뢰하셔요들."

해경이 턱을 살짝 들며 뿌듯한 표정을 지었다. 반면 주원의 표정이 굳어갔다. 주원은 빨간색 플라스틱 의자를 떠올렸다. 자기 땅에서 여기에 뭘 할지 고민하고 있었던 거라고 하면 이해는 됐다.

"그럼 그 빈 땅에 뭐 할 거래요?"

"나도 그게 궁금해서 여러 번 물어봤는데 암말이 없으셔요. 주차장 하실 생각이냐고 물어봤는데 딱히 대답도 없고. 왜냐하면 백송빌딩이 주차 때문에 난리야. 저 건물이 2층과 3층이 사무실 임대고 증축한 4층에 회장님 댁이 있는데, 사실 댁이랄 것도 없이 저 양반 혼자야. 부인은 사별했고 딸 하나 있는데 미국으로 가서 왕래가 거의 없다더라고. 임대 가능한 사무실이 세 갠데, 요즘 사람들 다 자동차 갖고 다니고 사무실이니까 손님도 오고 그럴 거 아냐. 이 동네가 아무래도 주차가 어렵잖아요. 근데 들어오는 차를 일일이 다 체크하고 손님 차는 빼라고 하고 난리도 아냐. 그러니까 진득하니 있는 세입자가 없지."

해경이 사무실 유리창으로 바깥을 다시 확인하더니 주원을 향해 얼굴을 내밀고 속삭였다.

"지금 백송 2층 공방 빼고는 다 공실이에요. 월세 수입이 확 줄었을텐데 어쩌려고 저러시는가 몰라. 그 옆 땅도 근저당이 이빠이 잡혀 있어요."

주원은 기백의 인생사가 제법 중세 서울의 영주답다고 생각했다. 차남이라는 이유로 자신을 무시하던 아버지와 형을 물리치고 높은 성을 지었지만 그 성에 갇혀서 광인이 되어버린 이야기는 고전이었다. 문제는 이 이야기가 주원의 현실과 맞닿아있을지도 모른다는 점이었다. 20년 동안 청자동을 점령해온 남자가 주원의 땅을 노리고 있었는데 주원이 거절하자 다른 방법으로라도 주원의 땅을 갖겠다는 소름끼치는 계획의 일부가 3층 세입자일지도 모른다는 짐작이 점점 확신으로 바뀌었다. 주원의 심장이 빠르게 뛰었다.

"그런데 처음이 물어보신 게… 뭐였죠?"

해경의 질문에 주원이 움찔하면서 대답했다.

"아, 2층 공방 세입자분이요."

"맞다, 내 정신 봐. 2층 공방 사장님도 들어와서 계속 힘들고 그랬나 봐요. 그래도 잘 지냈어요. 이 동네가 공방하기엔 딱

좋거든. 근데 갑자기 와서 빼달라더라고. 집이 일산이래. 애 엄
만데 애 일찍 어린이 집에 데려다 놓고 8시에 출근하려면 차
가 막혀서 힘들다고.”

혜리와 양옥이 같은 차를 타고 도착한 시간은 11시 쯤이었
다. 일산에서 경복궁까지 3시간이 걸리나? 주원이 고개를 갸
웃했다.

“문제는 그걸 회장님한테 얘기 안 하고 나한테 먼저 온 거
야. 난 당연히 얘기가 된 줄 알았지. 그걸 회장님이 나중에 알
고 아휴, 말도 마. 그 일이 벌써 한참 전이었지? 나 회장님한테
된통 혼났어. 그리고 아무 말도 없길래 뭐 계속 있기로 했나보
다 했죠.”

“갤러리 옥 있잖아요. 거기 그 사장님이 건물주예요? 지나
가다가 몇 번 인사한 적이 있거든요. 그냥 궁금해서요.”

주원이 해경에게 이양옥의 이름을 쓱 들이밀었다.

“거기 도자기 갤러리 대표님은 뭐랄까, 참 옷도 말끔하니
잘 입고 성품도 좋고 참 젠틀맨인데 약간은… 한량이다? 아,
나쁜 뜻은 아니고. 무슨 말인지 아시죠? 그래서 장사 수완이
좀 별론가 싶어. 그 자리에 벌써 한 7년 있었지, 아마? 거기 건
물주는 해외에 계시는 참 좋으신 사장님인데 그 대표님이 매
번 월세도 연체하고 월세 최소한으로 올리는 것도 힘들다고
징징댄다고 힘들어해요. 그래도 세입자 새로 찾고 또 그러는
게 귀찮아서 주인은 그대로 두는 거지. 내가 사정을 빤히 다
아는데도 가끔 이렇게 얘기해 보면 돈 문제는 전혀 없는 것처

럼 말해요. 그런 사람들 너무 많지. 근데 그분은 갤러리 명함을 참 좋아하는 거 같아요. 도자기 중에 백자를 주로 취급한다는데, 사실 난 봐도 저게 왜 비싼지 모르겠더라. 어쨌든 경복궁, 서촌, 갤러리 이러면 또 있어 보이잖아? 그죠? 여튼 그분은 워낙 재밌으신 분이니까 오가며 잘 지내보세요. 어머, 이렇게 보니까 둘이 또 잘 어울리는 것 같기도 하고…?"

해경의 눈빛이 변했다.

"저랑요? 전혀, 절대요. 근데 그분 싱글이세요?"

"네네. 요새 비혼주의 그런 거 있잖아, 그런 게 아닐까 싶어요. 내가 뭐 어쩌라는 건 아니고, 나이든 사람들은 조금이라도 젊은 사람들 보이면 또 이렇게 저렇게 연결해 보고 싶고 그래. 참 주책이죠?"

"저는 제가 알아서 잘 만나니까 전혀 신경 쓰지 마세요."

주원이 웃으며 말했다.

"그래요. 그냥 이웃이면 또 그걸로 충분하지. 그 갤러리 대표님은 사람들과 다 잘 지내셔요. 아, 그 백송빌딩 회장님만 빼고."

"왜요? 둘은 또 안 좋아요?"

"그 갤러리에 차 끌고 오는 손님들이 가끔 잘 모르고 백송빌딩 주차장에 주차하고 그랬나봐. 그때마다 백송 회장님이 동네 떠나가라 소리를 지르고 그랬어요. 생각해보니까 요즘엔 통 그런 얘기 못 들었네. 이 동네는 조용해도 또 소문이 빠르거든."

해경이 현미녹차를 한 입 들이켰다.

"그렇구나. 세상에 참 쉬운 게 없네요. 어머, 벌써 시간이 이렇게 됐네. 바쁘신데 제가 눈치 없게 시간 뺏은 건 아니죠?"

주원이 종이컵을 정리하면서 하소연하듯 말했다.

"섭섭하게 왜 그런 말을 해요. 앞으로도 종종 놀러 와요. 그리고 세입자 관련해서 고민 있으면 언제든 찾아오구. 제가 또 중간에서 잘 얘기해줄 수도 있고 혹시, 만약에 정말 혹시 새로운 세입자 찾아야 되면 앞장서서 또 찾아드릴 수도 있고. 서로 이렇게 돕고 사는 거죠! 여기 다 이웃인데."

주원이 일어나자 해경의 뒤쪽에 자리한 산세베리아들이 아쉬운 듯 짧은 한숨을 쉬었다. 해경은 나가는 주원의 뒷모습을 보고 수다를 너무 떨었나 싶어 잠시 후회했다. 그래도 요즘 손님이 없어 시간 보낼 거리도 없었는데 뒷얘기를 했더니 기분이 좋아졌다. 해경은 이어폰을 끼고 이내 유튜브 속 트로트 가수의 눈짓에 빠져들었다.

6. 그레이스 켈리

"나라고 방법이 있냐? 6개월을 뒤졌고 흥신소도 못 찾은 걸 내가 어떻게 찾아? 니 서방은 니가 알아서 해, 씨발!"

치수는 갤러리 옥 담벼락 아래 무릎을 꿇고 앉아 운동화 끈을 메고 있었다. 지나가면서 두어번 창문 너머로 본 양옥은 젠틀맨이라는 가면을 쓰고 있었기에 유리문 사이로 비집고 나오는 거친 말투의 주인이 양옥이라는 게 낯설었다. 한편으로는 양옥의 저 말투가 보통 남자의 말투라는 점에서 충분히 그럴 수 있겠다고 생각했다. 양옥은 누군가와 통화를 하고 있었다. 통화가 끝나야 치수가 자연스럽게 안으로 들어갈 수 있었다. 치수는 제자리에서 운동화 끈 풀고 묶기를 반복했다.

산세베리아 공인중개사 사무소에서 돌아온 주원은 온갖 정보를 풀어놓기 시작했다. 속사포로 내뱉는 주원의 말을 치수는 전부 이해할 수 없었지만, 기백-양옥-지혜의 관계가 얽혀 있고 세입자와도 연결되어 있는 것 같다는 건 알 수 있었다. 주원은 세입자에 대해 더 알 수 있는 방법이 없을까 중얼댔다. 치수는 자신이 할 수 있는 것들에 대해 생각했다. 본능적인 오지랖일까 주원에 대한 동정심일까 그것도 아니면 의협심일까. 치수는 주원의 집에 발을 들인 순간부터 완전히 새로운 내면의 의사결정 구조를 경험하고 있었다. 치수는 자신이 양옥에게 가서 뭐라도 알아오겠다고 했다. 이 상황에서는 주원이 움직이기보다 새로운 인물인 자신이 나서는 게 안전할 것 같았다. 주원은 자신이 가겠다면서 치수를 말렸지만 못 이기는 척 양옥에게 알아와야 할 것들을 짚어줬다.

양옥의 통화가 끝나자 치수는 몸을 일으키면서 속으로 열을 샜다. 그리고 이제 막 걸어온 사람처럼 자연스럽게 갤러리로 들어갔다. 한옥 특유의 서늘함에 치수의 코가 시렸다. 낡은 갤러리 벽은 백자를 비롯해 온갖 도기, 찻잔으로 가득했다. 양옥은 치수를 발견하자마자 활짝 웃었다.

"안녕하세요!"

양옥은 갤러리 구석에 있는 사무실 의자에서 일어나면서 통화할 때와는 전혀 다른 목소리와 말투로 인사했다. 갈색 뿔테 안경에 빈티지한 느낌의 조끼, 짙은 보라색 코듀로이 재킷과 체크무늬 목도리, 감색 바지에 무늬 있는 초록색 양말, 그리고 날렵한 로퍼까지 다 엉망진창이었다. 치수는 양옥의 인스타그램이 문득 궁금해졌다.

"편하게 둘러보세요."

"안녕하세요. 저는 위쪽 건물 1층에서 카페를 하는…."

치수의 자기 소개가 끝나기도 전에 양옥은 부드러운 제스처로 악수를 청했다. 치수는 남의 손을 만지는 게 불편했지만 그래도 양옥에게 맞춰주려고 손을 내밀었다.

"최치수입니다."

"네, 몇 번 뵌 적 있네요. 저기 카페 사장님이시구나. 어쩐 일로 이렇게 내방해주셨습니까?"

양옥이 특유의 능글맞은 표정으로 치수를 빤히 바라보며

말을 건넸다.

"한 가지 여쭤볼 게 있어서요. 지금 잠깐 괜찮으신가요?"

"제가 가진 돈은 없어도 딱 하나 시간은 누구에게도 부럽지 않을 만큼 많습니다."

양옥이 치수의 등을 살짝 밀면서 제법 큰 크기의 백자 앞으로 걸어갔다.

"요게 어제 막 들어온 달항아리인데, 역시 알아보셨구나. 잘생겼죠? 요런 모양이 요즘 외국에서도 그렇게 인기가 많아요. 미국 부자들이 다 사가는 아이템이죠. 재테크로도 아주 좋아요. 맑은 빛과 둥근 맛이 아주 기가 막힌…."

치수가 양옥의 말을 끊었다.

"죄송한데 다른 용건이 있어서요."

양옥은 순간 솟구치는 짜증을 최대한 잠재우려는 듯 입술을 앙 다물었다. 그리고는 부드럽게 웃으며 갤러리 한쪽에 마련해 둔 사무실로 안내했다. 치수는 양옥이 테이블 위에 올려 둔 소품들을 빠르게 스캔했다. 에르메스 가죽 트레이와 구찌 유리컵, 루이스폴센 데스크 조명 등 취향 없음을 단적으로 보여 주는 제품들이 놓여 있었다. 가죽 트레이와 조명은 가품이 분명했다. 유리컵은 어디서 훔쳐온 것처럼 따로 놀았.

"제가 한 달 전쯤 요 앞 골목 입구에 전기 자전거를 세워놨는데 도둑을 맞았어요. 자전거가 찍혔을 만한 CCTV가 갤러리 옥 CCTV밖에 없는 것 같아요. 그게 제법 비싼 자전거라서, 정말 죄송한데 CCTV 확인을 좀 부탁드려도 될까요?"

"네. 확인해 드릴 수 있죠. 어려운 일도 아닌데요. 이웃끼리 이 정도야 부탁도 아니니까 편하게 말씀하세요."

양옥이 노트북을 열고 치수를 향해 싱긋 웃었다.

"보자, 보자. 정확히 며칠 몇 시쯤이죠?"

"1월 22일 오후 3시 전후였어요."

양옥이 CCTV 영상 저장 폴더에서 '20230122'라는 제목의 영상 파일을 찾았다. 그리고 이 파일을 휴지통으로 옮겼다.

"아하, 이런. 찾아보니까 없네요. 저희가 보관 기간이 길지 않아서 아슬아슬하게 날짜가 지났어요. 도움이 못 되어서 어쩌죠? 조금만 일찍 오시지."

"아닙니다. 찾아봐 주신 것만으로도 감사드려요."

일어나려고 허리를 펴던 치수는 주원이 당부한 체크리스트를 황급히 떠올렸다. 치수가 다시 의자에 앉자 이번엔 양옥이 몸을 일으켰다.

"그럼 작년 CCTV는 당연히 없겠죠?"

이어진 질문에 양옥은 다시 의자에 앉았다.

"작년 영상은 없죠. 그때 무슨 일 있으셨어요?"

"아뇨. 그냥 궁금해서 여쭤봤어요. 아, 그리고 하나만 더 여쭐게요. 여기 주차는 어떻게 하세요? 저는 차가 없지만 손님 중에 간혹 차 가지고 오는 사람들한테 주차 안내가 참 난감해서요."

"그게 이 동네의 장점이자 단점이죠. 주차가 불편하니까 차가 없어 조용한 건 좋은데 막상 손님이 오거나 내가 움직일 때는 참 답이 없어요."

양옥이 어깨를 으쓱했다.

"요 앞 백송빌딩 주차장이요. 유료 주차나 그런 건 안 받는 거죠?"

치수는 양옥의 얼굴을 관찰했다. 기백의 이야기가 나오자 양옥의 얼굴에 잠시 당황한 기색이 스쳐 갔다.

"그 회장님은, 이런 말 이웃 어르신한테 참 죄송하지만, 그 땅에 백송빌딩과 상관없는 건 먼지 한 톨도 안 들이는 분이세요. 주차는 어림도 없죠."

"역시 어렵겠네요. 저는 백송빌딩 건물주 분에 대해 아는 게 전혀 없어서요. 아, 생각해보니까 하나 들은 게 있네요."

치수는 이렇게 쓸데없는 얘기를 할 때 어떤 표정을 지어야 하는지 난감해하면서 말을 이어갔다.

"제가 세들어 있는 건물 주인분이 백송빌딩 분과 갈등이 좀 있었다고 하더라구요."

양옥의 눈빛이 미묘하게 달라졌다.

"그러시구나. 언제 왜 무슨 일로 문제가 있었는지도 들으셨어요?"

양옥은 어린아이 다루듯 치수를 살피며 물었다.

"계속 땅을 팔라고 했대요. 건물을 짓고 있었는데도 그랬다고 했어요. 그리고 작년 봄, 그러니까 5월 말이었다고 했나? 한창 공사 중일 때 갑자기 찾아와서 말다툼이 있었다고 하더라구요. 자세한 내용은 못 들었어요."

"그런 일이 있으셨구나. 제가 있었을 때 그런 일이 있었으면 바로 나가서 중재했을 텐데. 저도 그분 성정을 잘 알아서 어땠을지 알 것 같네요."

양옥은 잠시 말을 멈췄다가 고개를 살짝 기울이며 말을 이어갔다.

"혹시 그 건물주 분 연락처를 좀 여쭤봐도 될까요?"

치수가 난감하다는 표정을 지었다.

"알긴 하는데 연락처를 막 드려도 될지…."

"저랑도 오가면서 인사도 나누고 해서 아마 이해해주실 거예요. 뭐, 편하게 하세요."

양옥이 또 다시 치수를 달래듯 말했다. 치수는 핸드폰을 꺼내 책상에 놓여져 있는 양옥의 명함에 적힌 핸드폰 번호로 주원의 전화번호를 보냈다.

"제가 바쁘신 분 너무 오래 붙들고 있었죠? 죄송해요."

"아닙니다."

양옥은 치수를 문 앞까지 배웅했다.

"혹시 나이가 어떻게 되세요? 또래 같아서요."

"86년생입니다."

"또래라고 하기엔 젊으신데요? 저는 83입니다. 이 골목에 그래도 저희 또래가 꽤 있네요. 언제 한번 식사라도 해요. 계모임처럼."

치수가 넉살 좋은 말투로 양옥에게 말했다.

"네. 맞다, 백송빌딩 2층에 공방하시는 분도 또래 같던데 혹시 아세요?"

양옥의 눈빛이 흔들렸다.

"전혀 몰라요."

"아, 그러시구나. 그럼 제가 먼저 그 분과 친해져야겠네요. 저 좀 오지랖인가요?"

양옥이 눈빛이 더 크게 울렁였다.

"아뇨, 이런 분이 계셔야 또 동네 분위기도 살고 그런 거죠."

양옥이 대답했다. 치수는 인사를 하고 바로 돌아섰다. 양옥도 빠르게 문 안쪽으로 사라졌다.

양옥은 갤러리로 들어오자마자 핸드폰으로 달력을 열었다. 2023년 5월 말부터 6월 초까지의 날짜를 손으로 한 번씩 눌렀다. 양옥은 의자에 앉아 핸드폰을 보며 뭔가를 골똘하게 생각했다.

"5월 30일, 6월 1일, 그리고 6월 2일…. 설마? 이 미친 노인네가…?"

양옥은 핸드폰을 들어 전화를 걸었다.

"야, 느낌이 왔다. 어딨는지 알 것 같다."

"어디?"

전화기 너머로 여자 목소리가 들려왔다.

"지금부터 잘 들어."

"오빠 헛다리 짚은 게 한두 번이야? 맨날 느낌이 왔다면서 맞은 적이 한 번이라도 있어? 이게 지금 몇 개월째야?"

전화기 너머의 여자가 신경질적으로 말했다.

"넌 말이 너무 많아. 그냥 하라면 좀 해라. 너랑 나랑 살길 찾아야 할 거 아냐. 너 이대로 인생 끝내고 싶어? 난 절대 안 돼. 아니, 내가 그렇게 안 만들 거니까 시키는 것 좀 해라."

"그래서, 뭐 하면 되는데?"

통화는 한동안 계속됐다.

"치수 씨."

주원의 목소리가 나즈막히 들려왔다. 주원의 손이 자신의 등을 쓸어내리고 있었다. 치수는 천천히 눈을 떴다. 갤러리 옥에서 돌아오면서 치수는 체한 것처럼 속이 불편했다. 카페에 들어가 얼음물을 마시고 카페 의자에 앉아 천장을 바라봤다. 이어 바닥을 바라봤다. 그리고 기억이 없었다. 엎드려 있는 걸 보니 이렇게 한동안 잠을 잔 것 같았다.

치수는 몸을 일으켰고 주원은 치수의 맞은 편 의자에 앉았다. 창밖에는 벌써 어둠이 내려와 있었다.

"치수 씨, 이제부턴 제가 할게요. 참 민폐죠? 죄송해요."

치수가 주원의 말을 귀로 흘려버리면서 입을 열었다.

"이양옥을 만났는데 작년 5월 얘기에 관심을 보였어요. 백송빌딩에 대해서는 적개심이 강했고, 2층 공방 주인에 대해서는 전혀 모른다고 하던데요?"

"그렇지 않아도 이양옥한테 전화가 왔어요. 치수 씨와 헤어지고 바로 전화한 것 같더라구요."

"뭐래요?"

"딴 얘기 하다가 작년 5월에 백송빌딩 천기백이랑 무슨 일이 있었냐고 캐묻더라구요. 날짜를 물어보길래 5월 30일라고 했죠. 그랬더니 혹시 상량식 떡 돌리기 전이냐고 물어봤어요. 6월 3일에 3층 콘트리트 타설 마치고 상량식을 하면서 떡을 돌렸거든요. 그랬더니 그런 일이 있었으면 자기한테 진작 말하지 그랬냐면서, 자기가 알았으면 바로 중재를 했을 거라고 그러더라구요. 그 얘길 하는 이양옥, 엄청 신나 보였어요."

그 얘길 듣고 있던 치수도 신이 났다. 자신이 뭔가 중요한 역할을 한 것 같아서 뿌듯했다.

"저 오늘도 여기 있을게요. 그래야 마음이 편할 것 같아요."

"저 정말 괜찮아요. 집에 가세요."

"그럼 집에 가서 옷만 갈아입고 다시 올게요."

치수가 주원을 보면서 웃었다. 주원은 저 웃음을 이용하고 싶었다. 그렇지만 더이상 치수를 끌어들이면 안 된다는 것도 잘 알았다.

"오지 마세요. 저 올라가요, 마음만으로도 충분히 고마워요. 이제부턴 무슨 일이 있어도 치수 씨가 이 일과 관련되지 않도록 할 거예요."

치수는 주원의 말이 진심이라는 걸 알 수 있었다. 이런 얘기를 진심으로 하는 주원이기에 치수는 주원이 신경쓰였다. 주원의 낮은 목소리와 집중하는 눈빛, 그리고 그 어떤 것도 감추지 않는 태도는 때로 상대로 하여금 주원을 믿어버리게 하는 힘을 갖고 있었다. 그런 주원이기에 경찰에 신고를 한다고 해도 모든 일이 주원이 예견한 최악의 시나리오대로 돌아가지 않을 수도 있지 않을까. 치수는 집에 가서 옷을 갈아입고 돌아와서 주원과 더 얘기해 봐야겠다고 생각했다.

주원이 일어나자 치수도 카페 불을 끄고 같이 일어났다. 서로 다른 생각을 하며 카페 문을 열고 나간 둘 앞에 머리가 긴 여자가 서 있었다. 혜리였다.

"카페 영업 끝났어요."

치수가 말했다.

"1층 카페 사장님이시죠? 저는 백송빌딩 2층에서 가죽 공방하는 모혜리라고 합니다. 건물주 분은 지난 번에 한 번 인사드린 적 있어요. 그쵸?"

혜리가 치수와 주원을 향해 인사했다. 주원은 그때 봤던 혜리라고 믿을 수 없을만큼 밝고 경쾌한 목소리에 당황했다.

"가죽 공방 사장님, 안녕하세요. 그런데 이 시간에 무슨 일이세요?"

반가워하는 목소리와 전혀 그렇지 않은 표정으로 주원이 물었다.

"마침 두 분이 같이 계셨네요. 제가 각각 찾아뵈려고 했는데. 아, 혹시 두 분이… 어머머! 제가 몰랐네요."

주원과 치수는 눈을 마주쳤고 동시에 손사래를 쳤다.

"아뇨, 혹시 생각하시는 어떤 그런 단어가 있다면 그건 절대 아니에요."

"저희는 그냥 건물주와 세입자 사이인데 건물 관련해서 할 얘기가 있어서 제가 잠시 들른 거예요."

치수와 주원이 번갈아 말했다.

"그러시구나."

혜리가 손에 들고 있던 리플릿 한 장을 내밀었다.

"제가 종종 주민분들 대상으로 일일 가죽 공방 클래스를 열어요. 작은 가죽 소품 만들어보는 거예요. 재능 기부 같은 거죠. 두 분이 생각나서 찾아왔어요. 연락처를 따로 몰라서 실례를 무릅쓰고 와봤는데 다행히 같이 계시네요. 클래스가 내일 오후 3시에 있는데 혹시 시간 괜찮으면 오시겠어요?"

주원과 치수가 서로를 바라봤다.

"그렇지 않아도 아까 저기 갤러리 옥 대표님과 동네 또래들 한번 모이자 그런 얘기 했는데, 마침 오늘 딱 이렇게 찾아와주셨네요."

치수가 말했다.

"아, 그랬나요? 갤러리 대표님도 가끔 일일 클래스 오시고 그래요."

혜리 역시 양옥의 이야기가 나오자 눈빛이 흔들렸다. 혜리를 모른다던 양옥의 말이 생각난 치수는 둘이 말을 맞출 시간이 없었구나 생각했다.

"그러시구나! 저는 내일 3시에 시간 괜찮은데 아마 사장님은 카페 열어야 해서 시간 안 되실 거예요, 그렇죠?"

"마침 내일 오후 3시부터 카페 문 닫을 계획이었습니다. 저도 갈게요. 초대해 주셔서 감사드려요."

주원이 치수를 흘겨봤다. 혜리가 먼저 몸을 돌려 골목을 내려갔다. 치수도 문을 잠그고 혜리 뒤쪽으로 걸어내려갔다. 주원은 둘의 뒷모습을 바라보다가 몸을 돌려 현관문 앞에 섰다. 비밀번호를 입력하고 열린 문으로 들어가려는데 누군가 문틈 사이로 발을 넣었다. 주원이 놀라 뒤돌았다. 혜리였다.

"뭐하시는 거예요?"

주원이 날카로운 목소리로 소리쳤다.

"어머, 제가 미쳤나봐요. 집 안이 궁금했거든요. 죄송해요."

말로는 미안하다고 하면서 혜리는 주원의 집 현관 쪽으로 몸을 들이밀었다. 혜리는 한 손에 핸드폰을 든 채로 코를 움직이며 냄새를 빨아들였다. 냄새의 근원을 찾으려는 듯 두리번거리며 2층 쪽을 올려봤다. 혜리는 자신을 빤히 바라보는 주원의 시선을 눈치챘다.

"제가 무례했죠. 먼지 냄새가 나서요. 공방을 하다 보니 이런 냄새에 유독 예민하네요."

주원의 심장이 순간 내려앉았다. 혹시 세입자의 냄새를 맡은 건 아닐까. 불안해진 주원은 태도를 바꿨다.

"별 거 없어요. 싸게 지었거든요. 근데 어쩌나, 오늘은 집 정리를 못해서 아무래도 다음에 제가 정식으로 초대하는 게 나을 것 같아요. 벽에 못을 좀 박으려고 드릴을 꺼냈는데 거기서 먼지 냄새가 나는가 봐요."

주원은 혜리를 현관문 밖으로 밀어내면서 등 뒤로 문을 닫았다.

"그랬구나. 실례가 많았습니다. 내일 뵐게요."

혜리가 뒤돌아 백송빌딩 쪽으로 걸어갔다.

주원은 3층으로 올라가 세입자 앞에 무릎을 모으고 앉았다. 주원은 해경의 설명과 양옥의 전화, 혜리의 방문을 통해 확신을 얻었다. 천기백, 이양옥, 모혜리 셋이 3층 세입자의 죽음과 관련이 있는 게 확실했다. 주원은 기백이 죽이고 양옥과 혜리가 유기를 도왔을 가능성에 대해 생각했다. 생각이 서로의 꼬리를 잡으며 주원의 머리를 어지럽혔다. 주원은 눈을 감고 집중했다. 이 사건에서 주원이 빠지거나 2선으로 물러날 수 있는 방법이 뭘까. 아무리 생각해도 답은 하나였다. 세입자를 옮기고 종이에 셋의 이름을 남겨놓으면 된다. 그 다음부터는 경찰이 수사하겠지. 이 건물이 사건에서 멀어질 수 있는 딱 거기까지만 하면 된다.

■

주원은 라텍스 장갑을 끼고 세입자가 묻혀 있는 벽 앞에 한참을 서 있었다. 세입자 앞쪽에는 이불과 베개, 수건이 깔려 있었다. 식탁에는 말라카이트 조각과 주원이 셋의 이름을 왼손으로 쓴 종이를 넣은 지퍼백, 그리고 등산용 배낭이 놓여 있었다. 배낭은 재활용으로 모아둔 온갖 택배 뽁뽁이와 수건으로 채워져 있었다. 계획은 간단했다.

세입자를 꺼내 가방에 넣는다.

주원은 용기를 내 두 손을 세입자에게 가져갔지만 허공만 가르고 말았다. 이번엔 크게 숨을 들이쉬고 천천히 내쉬었다. 또 실패였다. 주원은 자기 자신이 파렴치하다고 생각했다. 세입자는 죽었지만 그래도 사람이다. 제아무리 주원 자신의 인생이 달려있다고 해도 상대를 물건처럼 꺼내고 옮기는 게 사람이 할 수 있는 일인지 자문했다. 생각 위에 또 다른 생각이 올라타면서 주원의 몸은 점점 무거워졌다. 주원은 다시 주저앉았다. 막막했다.

소파에 올려놓은 핸드폰이 진동했다. '1층 세입자'라는 이름이 떴다. 주원은 핸드폰을 껐다. 파렴치함 같은 건 다른 사람과 나눈다고 줄어들리가 없었다. 현관문 두드리는 소리가 났다. 주원은 제발 치수가 돌아가주길 바랬다. 치수가 필요하기 때문에 더 간절하게 돌아가길 바랬다. 현관문 초인종이 울렸다. 주원은 모니터 속 치수를 물끄러미 바라보다가 버튼을 눌러 문을 열었다.

머리부터 발끝까지 검은색 옷을 골라 입은 치수가 3층으로 올라왔다.

"치수 씨."

주원이 단단한 목소리로 치수를 불렀다.

"세입자 분이요."

"네."

"우리가 옮길 수 있을까요?"

"네?"

"밖으로 옮겨놓고 빠른 시간 안에 발견되도록만 하면, 그러면 우린 이 사건에서 빠질 수 있잖아요. 그럼 모든 게 다 제자리로 돌아가는 거예요. 저도, 치수 씨도."

주원의 목소리는 단호했다. 치수가 멈칫했다. 제자리가 어디였지, 치수는 생각했다.

"일이 더 커질 수도 있어요."

치수가 한숨을 쉬었다. 계획대로만 된다면 최선이 없는 지금 그게 차선이 될 수는 있었다. 한동안 가슴을 졸이며 지내야겠지만 말이다.

"어디로 옮겨요?"

주원은 세입자가 이사갈 곳을 바라봤다. 창 너머로 인왕산이 보였다.

라텍스 장갑은 치수의 손에 끼워졌다. 치수는 수술에 들어가는 집도의 마냥 두 손을 하늘로 향하게 하고 세입자 앞에 섰다. 3층 전체를 냉장고로 만들어둔 덕분에 발견한 다음부터 지금까지는 형태 변형이 거의 없었다. 치수가 세입자를 꺼내고 주원이 바로 밑에서 받아 가방에 넣는 과정이 물 흐르듯 흘러가면 큰 변형이나 훼손 없이 옮길 수 있을 것 같았다.

"아자아자! 할 수 있다, 최치수. 넌 할 수 있어!"

마음의 소리가 입 밖으로 튀어나왔다. 주원은 치수에게서 갑작스럽게 귀여움을 발견했지만 지금 그딴 걸 발견하고 있을 때가 아니라는 건 알고 있었다. 주원은 이를 꽉 물었다.

치수가 세입자를 지탱하고 있던 벽체 일부를 뜯어내고 두 손을 세입자 뒤쪽으로 넣었다. 세입자와 치수 사이에 랩이 몇 겹 있었지만 치수는 세입자의 두개골을 느낄 수 있었다. 더미로 만든 두개골과는 완전히 다른 느낌이었다. 치수는 집중해서 세입자를 꺼냈다.

"그대로 넣기만 하면 돼요. 알겠죠? 치수 씨? 집중!"

치수는 고개를 위아래로 힘차게 끄덕였다. 치수는 주원이 벌려놓은 가방 안으로 세입자를 천천히 넣었다. 성공했다. 치수의 다리에 힘이 풀렸다. 주원은 시간을 확인했다. 밤 10시 반이었다. 이 동네에서 이 시간에 돌아다니는 사람은 거의 없었다. 인왕산 근처는 더욱 그랬다.

"11시에 출발하면 될 것 같아요. 이건 제가 해요."

주원이 말했다.

"같이 가요. 무슨 일이라도 생기면 어떻게 해요."

"아니에요. 이건 제 일이고 여기까지 끌고 온 것도 저니까 이제 제가 혼자 할게요. 그게 맞아요."

치수가 소파에 걸터 앉았다. 주원이 치수의 말을 들을 것 같지 않았다.

"그럼 제가 여기서 기다릴게요. 다녀오는 거 확인만 하게 해줘요. 그래야 제 마음이 편해요."

"알겠어요."

주원은 평소 잘 입지 않는 헐렁한 바지에 부해 보여서 옷장에 처박아두었던 검은색 롱패딩을 꺼냈다. 롱패딩에 달린 모자까지 뒤집어쓰니 체형은 물론 성별도 알아보기 힘들었다. 168cm인 주원의 키가 한몫했다. 주원은 마스크를 쓰고 가죽 장갑을 꼈다.

일주일에 한 번은 산책하곤 했던 인왕산 자락길을 떠올렸다. 산 아래 있는 자락길 뒤쪽에 버려져 있다시피 한 나무 계단이 떠올랐다. 대낮에 가도 제법 오싹한 기분이 드는 계단이었다. 오가는 사람은 물론 CCTV도 없었다.

치수는 주원을 따라 현관까지 배낭을 들고 내려왔다. 무게가 제법 나갔다. 치수는 주원의 팔에 배낭 어깨끈을 하나씩 끼웠다. 주원은 무게 중심을 앞으로 두려고 고개를 숙였다. 주원은 오른손을 들어 치수에게 흔들고 제법 씩씩한 걸음걸이로 나갔다.

주원은 침묵하는 어둠과 얼음장 같은 공기를 뚫고 한 걸음씩 걸었다. 골목 중간쯤을 걸어나가는데 작은 돌멩이가 주원의 앞에 떨어졌다. 곧바로 또 하나의 돌멩이가 주원의 롱패딩 어깨 부분을 치고 떨어졌고 또 다른 돌멩이가 주원의 모자 위를 스쳤다. 깜짝 놀란 주원이 팔로 얼굴을 막았다. 돌멩이가 날아오는 쪽을 바라봤다.

백송빌딩 4층 테라스에 기백이 서 있었다. 기백은 왼손에 돌멩이를 가득 쥐고 오른손으로 돌멩이를 던지고 있었다. 돌멩이는 점점 더 세게 주원에게 날아들었다. 예전에 보았던 깃발보다 더 크고 화려한 깃발이 기백 옆에서 휘날리고 있었다. 성문 앞에 잠복하면서 적을 기다리는 성주의 위용이었다. 기백은 모든 걸 다 알고 있다는 듯한 표정으로 주원을 내려봤다.

주원은 그 자리에 멈췄다. 주원이 이대로 인왕산으로 달려가면 기백은 길다란 창을 들고 뛰어올 것 같았다. 일단 후퇴가 답이었다. 주원은 세입자를 등에 업은 채 서둘러 건물 안으로 뛰어들었다. 치수가 현관으로 내려왔다.

"무슨 일이에요?"

치수가 물었다.

"돌을 던져요!"

"누가요?"

"천기백이요!"

치수는 하얗게 질린 주원의 가방을 받아들었다.

"다 알고 있었어요. 이 집에서 일어난 모든 일을 보고 있었어요. 나는 천기백이 예상한대로 움직이고 있었던 거예요. 이런 씨발!"

주원이 소리를 질렀다.

"나한테 왜 이러는 거야! 내가 뭘 잘못했는데!"

주원은 쿵쿵 소리를 내며 계단을 올라갔다. 주원은 처음 세입자를 발견했을 때처럼 3층 거실을 걸어 다녔다.

"간단한 거였어요. 이 건물을 팔면 되는 거였어. 그냥 돈 받고 팔면 끝인데 나 혼자 난리법석을 치고 있었던 거야. 나 진짜 등신인가봐. 그쵸? 맞죠? 나 그냥 이대로 나갈래요. 이 건물에서 아무것도 가져가고 싶지 않아. 지금 바로 천기백 찾아가서 팔아버릴래요."

치수가 주원을 멈춰 세웠다.

"주원 씨가 나한테 이렇게 말한 적 있죠. 어차피 지금 시간도 늦었고 이 시간에 부동산 매매를 한다는 건 말이 안되는 거니까, 우리 내일 해요. 오늘은 우선 자고 내일 오전에 산세베리아 통해서 얘기해요."

주원이 고개를 끄덕였다.

"그리고 주원 씨 진짜 자기밖에 모르는 거 알아요? 이 건물 팔면 나한테도 영향이 있을 거라구요. 카페야 상관없는데 지하 작업실 옮길 데를 찾긴 해야 하잖아요. 나도 세입자인데 너무해요. 3층 세입자 말고 저에게도 관심을 좀 주세요."

"미안해요."

주원이 고개를 숙였다.

치수는 주원에게 따뜻한 물로 샤워하고 침대로 들어가는 게 좋겠다고 했다. 주원은 2층으로 내려갔다. 치수는 벽에 세워둔 가방을 쳐다봤다. 세입자를 가방 안에 이대로 두는 건 위험했다. 치수는 가방을 냉장고 앞으로 가져갔다. 냉장고를 정리해 자리를 확보하고 세입자를 꺼내 그대로 넣었다. 치수는 미안한 마음에 세입자의 얼굴을 냉장고 안쪽으로 돌렸다. 그때 세입자의 뒤통수 쪽에서 하얗고 네모난 무언가를 발견했다. 반듯한 직사각형 모양이었다.

"이게 뭘까요?"

젖은 머리카락을 수건으로 감싼 주원이 냉장고를 들여다보면서 물었다.

"종이 같지 않아요? 세입자를 랩으로 쌀 때 끼워놓은?"

"행운의 편지라도 보냈나."

"꺼내 볼 거예요?"

주원이 고개를 흔들었다. 건물을 기백에게 바치기로 결심한 지금 이 건물에 대해, 세입자에 대해 더 알고 싶지 않았다. 주원은 냉장고 문을 닫았다.

"나한테 보내는 메시지 같은 걸까요? 내 이름이 쓰여 있으면 어떡해요?"

냉장고 문에서 손을 떼지 못한 채 주원이 물었다.

"꺼내 볼래요?"

치수도 궁금했다. 천기백이라는 사람은 얼마나 뒤틀려 있는지 확인하고 싶었다. 주원이 냉장고 문을 다시 열었다.

치수는 라텍스 장갑을 끼고 한 손에 커터칼을 쥐었다. 얼굴을 냉장고 안으로 들이밀고 커터칼로 랩을 한 겹 한 겹 잘랐다. 길쭉하게 잘린 랩 사이로 손가락을 넣어 종이 모서리를 찾았다. 종이는 비닐 봉지 안에 들어 있었다. 치수는 마지막으로 비닐 봉지를 가르고 종이를 꺼냈다.

종이는 네 번 접혀 있었다. 펼친 종이를 식탁 위에 올려놓았다. A4 용지 절반 크기의 종이에는 한 눈에 알아보기 어려운 글씨가 휘갈겨져 있었고 그 아래에는 역시 알아볼 수 없는 모양의 그림이 그려져 있었다.

치수가 한 글자씩 읽었고 주원은 노트에 한 글자씩 적어내려갔다.

한울님 일서 백훈회께서 말씀하셨다. 모두의 몸에 일서의 혼이 깃들어 있으니, 부모는 일서이며 자식 역시 일서이다. 속세의 연은 눈을 현혹할 뿐이니 다 끊어내고 오직 일서를 받들어 현세에 복을 받으라. 나는 모든 것을 일서께 바치니 이제부터 나의 왕은 일서이니라. 모두 일서께 조아리고 모든 것을 내어드리라. 고난은 곧 시험이니 너희들 모두 감내하라.

이 땅의 주인인 일서께 모든 것을 돌려드리오니 이곳에 바친 여인의 머리와 여인의 육신으로 강림하시어 새로운 하늘을 열어주십시오.

주원이 노트에 적힌 문장을 소리내 읽었다. 마지막 문장을 읽자마자 주원의 입에서 풍선 바람 빠지는 소리가 났다. 두려움과 공포가 맥이 빠진 채 입술 사이로 흘러나오는 소리였다.
"여인의 육신이라는 게 설마… 나는 아니겠죠?"
주원이 웃으며 치수를 쳐다봤다. 웃는 것 말고는 딱히 뭘 해야 할지 알지 못했다. 내용만 보면 영국에서 시작돼 전세계를 떠돌고 있는 '행운의 편지' 그 이하였다. 애들 장난만도 못했다. 그런데 이 내용이 토막난 머리와 같이 묻혀 있었다면 얘기가 완전히 달라졌다. 주원은 눈앞에 펼쳐진 이 상황을 어떻게 받아 들여야 할지 난감했다. 진심으로, 정말 진심으로 이런 이유 때문에 사람을 죽이고 묻었다고?
치수는 문장을 속으로 읽고 또 읽었다. 한국어인데 이해가 되는 문장이 하나도 없었다. 그 아래 그려진 그림도 마찬가지였다. 안에서부터 밖으로 원을 그리는 회오리 모양의 그림이 세 개 그려져 있었고 그 옆에 꺾여 올라가는 계단 그림이 그려져 있었다. 어렸을 때 처음 연필을 잡으면 한번씩 그려보는 모양이었다.

"이건 무속인 건가요? 아니면 사이비 종교?"

치수가 주원에게 물었다. 종이를 들여다보던 주원이 갑자기 자리에서 일어나 서랍장을 뒤졌다. 서랍장 안쪽에서 뜯지 않은 종이 봉투를 여러 개 꺼냈다. 봉투 겉면에는 한국 문화재 발굴 조사 재단이라고 적혀져 있었다. 봉투를 열고 두툼한 보고서 종이 뭉치를 꺼내 빠르게 훑어 내려갔다.

주원은 깨진 돌 안에서 발견됐다는 문서를 확인했다. 문서에 쓰여 있는 문장과 종이에 쓰여 있는 문장은 정확히 일치했다. 마지막 문단은 문서에 없었다. 추가된 것 같았다. 주원은 한동안 말없이 벽을 쳐다봤다. 기백의 광기가 어쩌면 건물이 지어진 이 땅보다 더 넓은 곳으로부터, 동시에 이 땅의 가장 깊은 곳으로부터 온 것일지도 모른다는 생각이 주원의 뇌를 강하게 때렸다.

■

현록은 연구실 의자를 한껏 뒤로 젖히고 책상에 발을 올렸다. 오전 11시였지만 두꺼운 모포를 덮고 있으니 몸이 노곤해졌다. 전날 밤에 페이스북을 읽다가 잠을 설친 탓이었다.

현록은 방학이 싫었다. 인구 절벽으로 인해 대학은 서울에서 먼 곳에서부터 도미노처럼 문을 닫았다. 돈도 없고 명예도 없는데 이제 정년 보장도 어려운 교수라는 직업의 장점 딱 하나는 방학이었다. 현록이 방학을 싫어하게 된 건 이번 겨울 방학이 처음이었다.

대치동으로 이사한 다음부터 현록과 가족의 인생은 예상치 못한 방향으로 틀어졌다. 고등학교에 들어가기 전 중학교 3학년 마지막 방학이 입시에 있어 가장 중요한 시기라고들 했다. 이 시기를 어떻게 보내느냐에 따라 고등학교 내신이 좌우된다는 얘기를 5년 전부터 귀가 아프게 들었던 현록과 현록의 아내는 반포와 대치동의 학부모들에게 점심과 커피를 사면서 정보를 모았다. 그 정보를 바탕으로 수많은 학원을 돌며 상담을 받았고 그렇게 학원과 과외를 전반적으로 업그레이드했다. 아들은 적응을 잘 하는 것 같았다. 의욕도 내보였다. 그런데 어느 순간 표정이 달라졌다.

현록와 아내는 아들에게 키가 커지는 주사와 성장을 늦추는 주사를 함께 맞추며 어떻게든 아들의 호르몬을 다스려 공부에 집중시키려고 했지만 쉽지 않았다. 아들의 사춘기는 제법 거칠게 시작됐다. 대기업 차장인 아내는 어차피 부장 승진도 안될 것 같으니 자신이 전업 주부가 되어 아들을 돌보겠다고 했다. 대학 입시까지 앞으로 남은 3년 동안 교육비로 퇴직금 정도는 필요하지 않겠냐고 했다. 워킹맘이라서 그동안 똑똑한 아들을 제대로 뒷바라지 하지 못했다는 죄책감도 컸다. 이제라도 속죄하고 싶어했다. 현록은 그 말에 동의했다. 한편으로 아내가 가정주부로 눌러앉을 거란 생각에 쾌재를 불렀다. 그렇지만 현실은 녹록치 않았다. 아내의 퇴직금을 이렇게 교육비로 풀어버리면 둘의 노후 자금은 자신의 연금이 전부였다. 돈, 문제는 돈이었다. 기백이 준 현금 다발이 없었다면, 생각만해도 끔찍했다.

현록은 아내에게 기백과 관련된 얘기를 하나도 꺼내지 않았다. 돈 문제는 현록이 처리해왔기 때문에 갑자기 들어온 목돈에 대해서도 아내는 알지 못했다. 벌이가 아내보다 부족한 현록이 돈 관리를 전담하기로 한 건 10년 전쯤 지겨운 부부싸움 끝에 찾아낸 합의점이었다.

싸움의 시작은 현록이었다. 현록은 교수만을 바라보며 20대와 30대를 보냈다. 오로지 아내의 월급에 기대어 석박사에 강사 생활을 이어가다가 늦은 나이에 얻은 교수라는 자리는 자부심이여야 했다. 그런데 막상 되고 나니 별 게 없었다. 세상이 그 어떤 관심도 주지 않는 사학과 고고학 전공 교수는 비참했다. 대기업에서 차장 자리까지 오른 아내에 비하면 한없이 초라했다. 그 모든 비참함과 초라함을 긁어모아 '돈 밖에 모르는 여자'라고 아내를 공격하는 게 낙이었다. 아내는 그럴 때마다 백 번이고 천 번이고 현록을 버리고 싶었지만 아들 때문에 그러지 못했다. 제법 공부 머리가 있는 아들에게 '교수 아들'이라는 태그를 붙여놓고 싶었다. 그래서 돈과 관련해 현록과 그 어떤 얘기도 하지 않는 편을 택했다.

현록의 가정을 지탱하는 단 하나의 기둥은 '서울대에 가야 할 아들'이었다. 그 목표를 이루기 위해 현록과 아내는 대치동 입성까지 모든 환경 설정을 마쳤다. 아들은 현록의 아내가 짜놓은 완벽한 시간표와 동선에 따라 움직이기만 하면 됐다. 그런데 아들은 그러지 않았다. 입력한대로 출력되지 않았다. 현록의 아들은 부모를 놀리기라도 하듯 학원 건물 안으로 들어가면 사라졌다. 그리고 핸드폰을 껐다. 학원에서는 아들이 화장실에 간다고 하고선 돌아오지 않았다고 했다. 숨바꼭질을 하듯 아들을 찾고 혼내고 다시 학원에 보내고 잃어버리고 찾고 싸우는 일들이 반복됐다. 아들은 10년 전 현록 부부가 지겹게 싸웠던 것과 비슷한 레파토리로 자신의 부모에게 소리쳤다.

"엄마아빠는 쓰레기야! 내가 어떻게 되든 상관 없지! 돈 밖에 몰라! 씨발! 죽어! 죽어버려!"

아들은 수학 학원의 좁디 좁은 화장실에서 학원을 같이 다니는 여학생과 성관계를 하다가 선생에게 발각됐고, 그 수학 학원을 다니지 못하게 됐다. 현록과 아내는 할 말을 잃었다. 현록의 아내와 아들은 서로를 경멸했다. 아들은 한층 더 저급해진 언어로 대꾸했고 현록의 아내는 회사도 그만두고 아들에게 헌신하기로 한 바보 같은 자기 자신에 대한 분노까지 아들에게 쏟아부었다. 방학은 지옥이 됐다. 현록은 아내에게 학교 일이 있다고 거짓말을 하고 집에서 도망쳐 학교 연구실에서 낮 시간을 보냈다. 비겁했지만 아버지에게도 틈은 필요하다고 자조했다. 방학에는 학교가 조용했다. 함부로 문을 두드리는 학생들도 없었다. 두어 시간 동안 연구실에서 낮잠을 자는 게 현록의 유일한 행복이었다.

막 잠이 들려는데 철문을 두드리는 소리가 났다. 현록은 화가 치밀었다. 설령 총장이라도 열어줄 생각이 없었다. 현록은 이럴 때 침묵이 답이라는 걸 알았다. 모포를 얼굴까지 덮었다. 철문이 다시 한번 소리를 냈다.

"강현록 교수님! 안녕하세요! 제발 문 좀 열어주세요! 꼭 여쭙고 싶은 게 있어서 왔어요!"

여자 목소리였다. 목소리와 말투에서 제법 나이가 느껴졌다. 현록은 침묵으로 일관했지만 또 다시 철문이 흔들렸다. 문 밖에 서 있는 사람의 간절함이 안에서도 느껴졌다.

"백훈희라는 사람 아세요? 아시죠? 백훈희!"

현록이 벌떡 일어났다. 저 이름이 또 나를 찾아오다니. 현록은 소리내 울고 싶었다.

주원이 간밤에 보고서를 읽고 처음 떠올린 사람은 미정이었다. 미정이라면 주원이 궁금해하는 걸 술술 얘기해줄 것 같았다. 그런데 미정은 재단 소속 직원이었다. 조직 안에 들어간 정보는 통제할 수 없었다. 다른 이름을 찾았다. 보고서 내용 중 '자문위원 의견서'라는 문서에 두 명의 이름이 적혀 있었다. 그 중 보고서 문서를 쓴 손글씨 필체와 같은 이름이 눈에 띄었다. 정안대 고고학 강현록.

주원은 9시가 되자마자 정안대 사학과 과사무실에 전화를 걸었다. 방학이라 지각을 하는 건지 전화를 받지 않았다. 9시 10분에 다시 전화를 걸었다.

"사학과 과사무실입니다."

남자가 지루한 목소리로 전화를 받았다. 주원은 현록에게 연락해야 하는데 혹시 번호를 알 수 있냐고 물었지만 남자는 같은 톤으로 개인 정보는 알려드릴 수 없다고 했다. 혹시 지금 어디 계신지는 알 수 없냐고 물었다. 남자는 방학이라 알 수 없다고 하더니 잠시 후에 말을 덧붙였다.

"교수님 요즘에는 거의 매일 학교에 나오세요."

남자는 자신이 말하면서도 의아하다는 듯한 뉘앙스를 풍겼다.

"그럼 혹시 제가 지금 찾아가면 뵐 수도 있을까요?"

"오늘 안 오실 수도 있어요."

"오실 수도 있잖아요."

"그렇죠."

"감사합니다. 정말 감사드려요. 복 받으실 거에요. 진심으로요."

주원은 바로 옷을 챙겨 입고 택시를 불렀다. 정안대학까지 1시간 반이 걸린다고 나왔다. 주원은 가는 내내 차 안에서 졸았다.

현록이 문을 빼꼼히 열었다. 주원이 허리를 숙여 인사했다.

"안녕하세요, 교수님. 저는 한주원이라고…."

"백훈희를 어떻게 아세요?"

현록이 다짜고짜 물었다.

"청자동 문화재 조사에 자문위원으로 참여하셨더라구요. 돌에서 유골이랑 문서 나온 데요. 제가 그 땅 주인이에요."

현록은 그 자리에서 굳어버렸다. 주원은 목을 길게 빼고 연구실 안을 들여다봤다. 교수가 어떤 사람인지에 대한 작은 정보라도 필요했다. 연구실 안쪽 옷걸이에 챙이 넓은 모자가 걸려 있었다. 챙이 넓은 모자를 쓴 남자? 주원은 아무말 하지 않고 현록에게서 한 발 뒤로 물러나 현록의 실루엣을 확인했다. 주원의 직감이 말했다. 현록은 접촉 사고 현장에 있던 그 남자였다.

현록은 주원의 눈 앞에서 문을 닫았다. 그 돈이 뭐라고 괜히 미쳐버린 노인네한테 놀아나는 게 아니었다. 알려달라는 것만 알려주면 끝나는 줄 알았다. 아니었다. 미친 노인네는 자기의 삶에 현록을 끌어들였다. 현록은 돈을 받았고 받은만큼 기백이 듣고 싶어하는 얘기를 해주었다. 그런데 기백은 그 이상을 원했다. 현록은 기백에 맞춰 널을 좀 뛰었다. 그럴 때마다 찝찝한 기분을 떨칠 수 없었다. 현록은 몇 달 전부터 기백의 전화번호를 차단하고 연구실에 와도 문을 열어주지 않았다. 그렇게 한두 번 더 오더니 발을 끊었다. 현록은 기백에게서, 아니 백훈희에게서 도망치는 데 성공한 줄 알았다. 그런데 아니었다.

주원이 꽉 닫힌 철문 문틈에 대고 빠르게 말을 이어갔다.

"교수님 이러시는 거 이해해요. 저라고 즐거워서 여기까지 왔겠어요? 저 살리려고 왔어요. 교수님! 도대체 이게 다 뭔지 알려주세요. 간단하게라도 괜찮아요. 천기백, 그 사람이 절 죽이려는 것 같아요. 둘 다 이름도 너무 이상해. 천기백, 백훈희 무슨 끝말잇기도 아니고. 교수님, 제발 저 좀 살려주세요."

현록은 철문 옆 벽에 머리를 들이박았다.

"자동차 수리는 하셨어요?"

주원이 철문 너머의 현록을 상상하며 슬쩍 물었다. 현록은 철문에 귀를 가져갔다. 주원은 현록의 반응을 알 수 있었다.

"접촉 사고 났었잖아요. 그때 백송빌딩 앞에서. 제가 봤어요. 두 분이 친하신가봐요. 예전부터 알고 지내던 사인가요?"

현록은 기백이 보여줄 게 있다고 자신의 집으로 오라고 했던 날이 기억났다. 작년 가을의 일이었다. 현록은 백송빌딩 4층에 있는 기백의 집 현관에 들어섰다. 그러나 움직일 수 없었다. 눈 앞에 펼쳐진 집 안 풍경 때문이었다. 기백의 집은 천장과 바닥과 벽을 제외하고는 텅 비어 있었다. 식탁이나 의자, 텔레비전이나 소파, 침대나 옷장 같은 가구가 하나도 없었다. 있는 거라곤 거실 구석에 개켜둔 이불과 부엌의 미니 냉장고, 김치냉장고와 수저 그릇, 컵이 전부였다. 기백은 현록의 눈이 휘둥그레진 것을 전혀 개의치 않았다. 기백은 현록을 거실 밖 베란다로 데려갔다. 현록은 베란다에 가서 다시 한번 놀랬다. 베란다는 온갖 물건들로 가득했다. 의자도 두 개나 있었고 음

료수와 컵라면, 빵 봉지, 칫솔, 치약, 빨래 건조대에 널린 옷들로 가득했다.

기백과 현록은 외투를 입은 그대로 베란다에 섰다. 기백의 건물 4층에서는 청자동을 비롯해 동네 풍경이 한 눈에 보였다. 기백은 자신의 할아버지 때부터 내려온 이 땅에 대한 자부심 이야기를 한참 떠들었다. 그리고 주원의 땅을 가리키며 웃었다. 모든 게 다 계획대로 돌아가고 있다면서 현록이 하늘에서 자신에게 보내준 은인이라고 했다.

현록은 '계획'이라는 게 뭘 의미하는지 묻고 싶었다. 계획은 보통 행동하기 전 단계에서 세우기 마련이다. 기백이 백훈희와 관련해서 어떤 행동을 하려고 한다는 얘기였다. 현록은 기백이 백훈희에 더 몰입할 수 있도록 도우면서도 선을 지켜야 한다는 걸 강조했다. 현록의 그런 노력은 헛수고였다. 기백이 이미 선을 한참 넘어 혼자 달려가고 있는 것 같았다. 현록은 뒤돌아 그 길로 기백의 집에서 나왔다. 기백은 현록을 쫓아 1층까지 내려왔다.

여기에서 벗어나야 한다는 생각에 사로잡힌 현록이 자동차에 시동을 걸고 가속페달을 밟았다. 주차장을 빠져나가려는데 오른쪽에서 자동차 한대가 덜컥 현록의 자동차를 향해 달려들었다. 자동차 두 대는 급하게 브레이크를 걸었고 다행히 접촉 사고 정도로 끝났다. 이 접촉 사고는 분명 상대 운전자의 과실이라고 현록은 생각했다. 그런데 상대 운전자가 먼저 나와 사과를 하지 않았다. 현록은 상대가 나올 때까지 기다렸다. 그때 어디선가 기백이 튀어나와 상대 운전자에게 화를 냈다. 현록도 가만히 있는데 기백이 상대를 향해 운전을 똑바로 하라며 반말로 소리쳤다. 상대도 문을 열고 나와 맞받아쳤다. 둘은 아는 사이였다.

현록은 둘 사이에 오간 대화를 다 기억하진 못했지만 사고와는 전혀 상관 없는 일이 둘 사이에 있었고 그래서 서로를 죽일듯이 노려보며 거친 말들을 내뱉고 있다는 걸 알 수 있었다. 듣고만 있어도 불쾌해졌다. 기백은 현록에게 이 사고는 상대 운전자 잘못이고 자신이 해결하겠다고 했다. 현록은 그러지 마시라고 했지만 기백은 말을 듣지 않았다.

그 대화는 뭔가가 땅으로 떨어지는 소리가 나면서 끝났다. 현록은 그때 고개를 왼쪽으로 돌렸었다. 왼쪽은 문화재 발굴 조사를 했던 땅에 세워진 건물 방향이었고 그 소리는 그 건물에서 흘러나온 것 같았다. 그 소리를 듣자마자 기백과 상대 운전자는 나중에 얘기하자며 대화를 끝냈다. 기백은 백송빌딩 안으로 사라졌다. 현록도 뭔가에 홀린 듯 자동차에 타서 골목을 빠져나갔다. 자동차 핸들을 돌리면서 현록은 조금 전에 일어난 모든 일들이 무엇이었는지 이해해보려 했지만 실패했다. 확실한 건 기백과의 연은 끊어야 한다는 것이었다.

현록은 문 너머의 여자가 자신을 어떻게 알아봤는지 의아했다. 흔한 접촉 사고였는데 왜 그 사고 얘기를 지금 이 순간에 꺼내지? 자신과 천기백의 관계에 대해서는 충분히 설명할 수는 있었지만 돈이 끼어 있었기에 오해를 살 수 있는 여지가 많았다. 둘이 알고 지낸다는 걸 주원이 알고 있다는 것만으로도 현록은 곤란했다. 주원을 그냥 이대로 보낼 수는 없었다. 주원이 뭘 알고 있는지는 확인해야 했다. 현록은 문을 열었다.

현록과 주원은 연구실 탁자를 두고 마주 앉았다. 주원은 현록의 눈 앞에 종이를 펼쳤다. 현록은 종이 위의 글씨와 그려진 그림을 봤다. 기백의 글씨였다. 아래 그려진 그림은 현록이 예시로 보여준 유사 종교의 부적 그림을 흉내내 그린 것 같았다.

"이거 어디서 났어요?"

"자세한 건 말씀드릴 수 없어요. 이해해주세요. 이 종이를 어젯밤에 저희 집에서 발견했어요. 제가 재단에서 보내준 보고서를 다 읽어보고 또 관련해서 밤새 찾아봤는데요. 이게 그러니까, 백훈희라는 사람이 사이비 종교 같은 거와 연관이 있는 거 맞죠?"

현록은 아무 말도 하지 않고 주원을 쳐다봤다. 주원의 눈동자는 붉었다.

"이게 혹시 저를 죽이겠다거나 저를 저주하겠다는 그런 내용인가요?"

현록은 순간 땅이 뒤집히는 것 같은 어지러움을 느꼈다. 한 손으로 의자를 잡고 눈을 감았다. 현록은 잠시 후 아무렇지도 않다는 듯 고개를 들었다.

"이것만으로 의도를 파악할 순 없어요. 저 아래 그림도 부적이긴 한데 어설프게 따라 그린 거예요."

"이건 그냥 낙서잖아요. 이게 부적이라구요? 부적은 노란색 종이에 빨간색 글씨로 쓰여져 있는 거 아니에요?"

"유사 종교에서의 부적은 무속에서의 부적과는 달리 저런 단순한 도형이 많아요. 그냥 흔한 그림이죠."

주원은 순간 이것과 비슷한 도형을 봤던 기억을 찾아냈다.

"그, 접촉사고 나기 전에요. 천기백이 옆에 빈 땅에 발로 이거랑 비슷한 그림을 그렸던 적이 있어요. 특별할 게 없는 발장난인 줄 알았는데 지금 생각해보니까 이 그림인 것 같아요."

주원이 핸드폰을 열고 사진첩을 뒤져 그때 찍어놓은 사진을 현록에게 보여줬다. 현록은 사진을 들여다보고 한숨을 내쉬었다.

"미친 새끼! 개새끼! 소름끼쳐!"

주원이 소리쳤다. 현록도 입을 꾹 닫은 채 속으로 똑같이 소리쳤다.

"치매나 뭐 그런 거예요? 아니면 조현병? 왜 이런 짓을 하는 거예요?"

"모르겠어요. 저는 그냥 아는 걸 말해준 게 전부인데…."

현록이 오른손으로 뒷목을 잡으며 말했다.

"교수님, 제가 알고 싶은 건 딱 하나에요. 백훈희라는 사람이 만든 그 사이비 종교요. 그 종교가 지금도 있는 건가요? 그러니까 이 종교를 믿는 사람이 많아요? 천기백이 그 종교 우두머리 같은 건가요?"

"확실하게 말씀드릴 수 있는 건 없어요. 제가 아는 바에 따르면 그런 건 지금 어디에도 없어요. 제가 알지 못하는 영역에서는 존재할 수도 있죠. 그럴 가능성은 매우 낮지만요. 백훈희라는 사람에 대해서도 정확한 건 없어요. 그다지 중요한 인물은 아니라서 기록도 거의 없구요."

현록이 의자에 몸을 파묻고 마른 세수를 하면서 말했다.

주원은 아주 조금 안도했다. 기백의 광신도들이 좀비떼처럼 건물로 몰려와 자신을 물어 죽이는, 그런 최악의 시나리오는 폐기해도 될 것 같았다.

말이 없는 주원을 보며 순간 불안해진 현록이 입을 열었다.

"저는 그냥 제가 찾을 수 있는 기록 같은 걸 좀 이해하기 쉽게 말해준 게 전부에요."

"누구한테요?"

"그 건물 어르신이요."

현록이 얼버무렸다.

"교수님은 천기백과 어떤 관계에요?"

주원은 현록이 가장 두려워하는 질문을 던졌다.

"관계요? 아니, 그런 거 자체가 없어요. 저는 그냥, 그러니까 연구자로서 제가 아는 걸 선한 의도로 알려준 게 전부예요."

현록이 당황한 기색을 그대로 드러내며 과장된 손 동작으로 주원에게 항변했다. 모든 건 가족을 위한 일이었다. 사실에 기반해, 물론 몇 줄이었지만, 기백이 이해할 수 있도록 각색해 말해준 게 다였다. 현록은 그저 기백이 듣고 싶어하는 얘길 조금 부풀려서 한 것 뿐이었다. 그게 다였다. 현록은 죄가 없었다. 그런 얘길 진지하게 듣는 사람이 이상한 거 아닌가? 현록은 짧은 순간 동안 최선을 다해 자신의 행동을 방어했다. 다행히 주원은 둘의 관계 따위에 관심을 가질 여유가 없었다.

"저는 어떻게 하죠? 도망가야 하나요?"

주원이 기도하듯 두 손을 꼭 잡고 물었다. 현록이 고개를 저었다.

"저도 몰라요. 세상에 존재하는 거의 모든 존재들 중에 가장 알려지지 않은 존재는 인간이에요. 인간이 무슨 짓을 했는지 또 앞으로 무슨 짓을 할지 예측할 수 없어요. 천기백도 그래요. 지금 그 사람 머릿속에 무슨 일이 벌어지고 있는지, 그 인간이 어떤 행동을 할지 알 수 없어요. 피할 수 있으면 피하는 게 현명할 때도 있죠."

현록은 입을 벙긋하고는 있었지만 자신이 어떤 말을 하는지 알 수 없었다.

"네? 그게 무슨 말이에요?"

현록은 의자에서 몸을 일으켰다. 주원을 내보내야 했다.

"저도 모른다구요."

"근데 억울해요. 저는 잘못한 게 없는데, 제가 왜 도망가요? 절대 도망 못 가요. 미친놈들이 미친 짓을 할 때마다 도망다니면 어디에서도 살 수 없잖아요!"

현록은 이 여자가 천기백만큼이나 위험한 사람일지도 모른다고 생각했다.

■

 주원이 자신의 얼굴로 쏟아지는 볕을 두 손으로 막았다. 알람이 울리는 시계를 확인했다. 오후 2시 반이었다. 정안대에서 돌아오자마자 기절하듯 잠에 들었다. 몸이 두들겨 맞은 것처럼 아팠다. 무거운 두 발과 삐걱대는 허리, 돌처럼 굳은 어깨. 주원은 침대에서 좀처럼 일어나지 못했다. 지난 며칠 동안 있었던 일들이 머릿속에 하나씩 스쳐 지나갔다. 주원은 지금 침대가 열리면서 몸이 쭉 빨려 들어가 맨틀과 외핵을 지나 내핵까지 떨어졌으면 좋겠다고 생각했다. 그렇게 땅에 잡아먹히는 편이 나을 것 같았다.

 주원이 가늘게 눈을 뜨고 천장을 바라봤다. 페인트로 마감한 흰색 천장의 건조한 질감은 주원이 오랫동안 원했던 것이었다. 어디에선가 어렸을 때부터 지긋지긋하게 들었던 형광등의 '치직' 소리가 났다. 기억의 저 먼 곳에서부터 들려온 것 같았다. 그 소리에 맞춰 어린 시절 비가 새 얼룩덜룩해진 누런색 천장부터 핑크색 배경에 자잘한 꽃무늬가 인쇄되어 있던 벽지 천장, 오른쪽 아래에서부터 곰팡이가 잠식해 가던 천장 등 스무 개가 넘는 천장들이 주원의 눈앞에 착착 스쳐 갔다. 그토록 원했던 흰색 천장이 이제 눈 앞에 펼쳐졌는데 다시 싸구려 벽지 천장으로 돌아갈 수는 없었다. 주원은 '회고적'이 되는 자신을 경계했지만, 이 순간만큼은 어쩔 수 없었다. 수많은 천장을 통과하면서 생긴 인생의 굳은 살이 주원에게 말했다.

"여기까지 어떻게 왔는데."

영화나 드라마 마지막에 빌런이 몰락하기 전에 읊조리는 이 대사를 주원 자신이 할 줄은 몰랐다. 주원은 절대 조금도 물러서고 싶지 않았다. 잔뜩 부풀린 상대의 몸집과 상대가 파 놓은 함정에 시선을 빼앗기는 대신 큰 그림을 보자. 그게 주원의 다짐이었다.

시계를 보니 어느새 2시 50분이었다. 주원은 나갈 준비를 했다. 이 집에 혼자 있다는 사실이 어색하게 느껴졌다. 타인과 이 집을 공유한 건 고작 이틀뿐이었는데 어느새 고요함이 낯설었다. 3층에 올라간 주원은 유리창 옆에 붙어 골목을 확인했다. 아무도 없었다. 그렇지만 주원은 알고 있었다. 기백이 어디에선가 자신을 관찰하고 있다는 걸.

주원은 집들이 선물로 받았던 쿠키와 차 세트를 들고 현관문을 나섰다. 주원은 백송빌딩을 향해 걸어갔다. 5분 뒤에 시작하는 혜리의 가죽 공방 원데이 클래스 초대장은 아직도 유효했다. 지금까지는 기백의 일방적인 공격이었지만 이제 주원의 차례였다. 주원은 백송빌딩의 가장 깊숙한 곳에 들어가는 것만으로도 기백에게 자신이 만만한 사람이 아니라는 걸 보여줄 수 있을 거라고 생각했다.

백송빌딩을 향해 걸어가던 주원은 잠시 멈춰서 3층에 설치된 CCTV를 빤히 바라봤다.

절대 놓지 마. 그리고 웃어.

귓가에 외할머니의 목소리가 들렸다. 주원은 카메라를 향해 활짝 웃으며 손을 흔들었다. 이것이 기백을 향한 주원식의 인사이자 답례였다. 주원은 조금의 망설임도 없이 백송빌딩 현관으로 들어갔다. 그때 주원의 등 뒤로 소형 사다리차 한 대가 지나갔다.

백송빌딩에 들어서자 서늘한 기운이 밀려왔다. 주원은 계단을 올라 2층 가죽 공방 문 앞에 섰다. 숨을 크게 내쉬면서 어깨를 들썩였다. 그리고 웃음을 장착했다.

"안녕하세요! 제가 늦은 건 아니죠?"

가죽 공방은 가죽으로 만든 키링, 지갑, 가방 등 온갖 물건들과 실, 망치, 송곳 펀치 같은 도구들로 가득했다. 주원은 텁텁한 가죽 냄새와 먼지 때문에 코가 간지러웠다. 공방 안에 놓여 있는 커다란 나무 테이블에 혜리가 앉아 있었다. 그리고 혜리의 맞은편에 창백한 표정의 치수가 머그컵을 손에 든 채 앉아 있었다. 주원은 애써 장착한 웃음을 잃지 않으려고 입꼬리에 힘을 줬다.

"안녕하세요, 전혀 늦지 않으셨어요. 와주셔서 감사해요. 카페 사장님도 와 계셔요."

혜리가 웃으며 주원을 치수의 옆 자리로 안내했다.

"못 오신다고 하시지 않으셨어요?"

주원이 치수를 빤히 바라보며 물었다.

"아뇨? 저 시간 된다고 했는데요?"

"10분 전에 오셨어요. 저는 카페 사장님이 이렇게 가죽에 관심 많으신지 몰랐어요."

주원이 쿠키와 차 세트를 혜리에게 안겨주고 치수 옆자리에 앉았다. 혜리가 쿠키를 접시에 담고 물을 끓이는 동안 주원이 신발로 치수의 신발을 툭 쳤다.

"왜 왔어요? 미쳤어요?"

주원이 복화술로 치수를 나무랐다. 치수는 못 들은 척 고개를 돌렸다.

"차 가져왔어요?"

"세종로 주차장에 세워놨어요."

치수가 속삭였다.

혜리가 커다란 가죽을 가져와 테이블 위에 올려두었다.

"두 분 가죽 만져보신 적 있으세요? 작은 소품이라도 만들어보신 분?"

혜리가 주원과 치수를 번갈아 봤다. 주원이 손을 들었다.

"어떤 거 만들어보셨어요?"

"다 알고 왔어요."

주원이 낮은 목소리로 먼저 테이블 한가운데 칼을 꽂았다.

"하실 줄 아시는구나. 미리 말씀을 해주시죠."

혜리가 반가운 듯 주원의 말을 받았다. 당황한 주원은 목소리를 가다듬고 다시 칼을 꽂았다.

"당신들이 무슨 짓을 했는지 알고 왔어요."

혜리의 눈이 동그래졌다.

"당신들이요? 누구를 말씀하시는…."

"모혜리 씨와 이양옥 씨죠."

혜리가 당황스럽다는 얼굴로 주원을 바라봤다.

"무슨 말씀인지 제가 잘 모르겠는데요. 저와 그 분이 무슨 짓을 했는데요?"

혜리의 목소리가 높아졌다.

"제가 토크에 MSG를 좀 많이 넣는 타입인데 그래도 제 입으로 두 분 관계에 대해 듣고 싶으세요? 그럼 말씀드릴게요."

"어디서 무슨 얘길 어떻게 알고 오셨는지 모르겠는데 무례하시네요. 제가 사람을 잘못 봤나봐요. 무슨 관계냐구요? 이웃이요. 이웃이면 안 되나요? 그리고 설령 이웃 말고 다른 관계라도 그쪽이 무슨 상관이에요?"

혜리가 불쾌한 듯 소리쳤다. 주원은 혜리의 말에 반응하지 않았다. 혜리는 치수를 바라봤다.

"카페 사장님, 죄송해요. 저는 이 분이 이런 사람인줄 몰랐어요. 놀라셨죠?"

그때 치수가 입을 열었다.

"제가 봤어요."

"뭘요?"

"제가 두 분 같이 있는 걸 봤어요. 며칠 전에 같은 차를 타고 출근하시던데요?"

"둘이 지금 짜고 저한테 온 거예요?"

혜리가 두 손으로 입을 막으면서 소리쳤다.

"저희를 초대한 건 혜리 씨잖아요."

"괜찮은 이웃인가 싶어서 초대한 건데 저한테 이런 식으로 하신다구요?"

혜리가 자리에서 일어났다. 보통이라면 그 다음에 주원과 치수에게 나가라고 해야 하는데 혜리는 팔짱을 끼고 뒤돌아 창밖만 쳐다봤다. 주원과 치수가 서로를 바라보면서 눈썹을 치켜올렸다. 뒤돌아서 침묵으로 일관하고 있는 혜리의 반응이 의아했다. 어색한 침묵이 시작됐다. 혜리는 주머니에서 천천히 핸드폰을 꺼냈다. 그리고 핸드폰에 온 메시지를 확인했다. 핸드폰을 다시 주머니에 넣고 두 손을 마주 잡았다. 주원과 치수는 다시 한 번 서로를 쳐다봤다. 헛다리를 짚은 건가? 주원은 망한 연극의 주인공이 된 것 같은 기분이 들었다. 이게 다 우연인가? 혜리의 말처럼 그냥 이웃이면 어쩌지? 만약 그렇다면 남의 사업장에 와서 뭘 하고 있는 거지? 정신이 번쩍 들었다.

"죄송합니다. 이만 갈게요."

주원이 치수의 팔을 잡아끌면서 일어나려는데 혜리가 갑자기 뒤돌아 둘을 향해 말했다.

"네, 맞아요. 저희 둘, 사랑해요."

혜리가 고개를 푹 숙인 채 테이블 의자에 앉았다. 혜리는 망한 연극을 자기가 살려보겠다는 듯 물기가 가득한 목소리로 독백을 시작했다.

"제가 먼저 양옥 씨 좋아했어요. 남편도 있고 애도 있는 주제에, 제가 갖지 말아야 할 감정을 갖게 됐어요."

"아니, 제가 궁금한 건 그게 아니라…."

주원의 리액션 따윈 필요 없다는 듯 혜리는 손으로 얼굴을 감쌌다.

"결혼하고 얼마 지나지 않아 임신했어요. 남편은 그때부터 밖으로 돌았어요. 그런 새낀 줄 알았으면 결혼도 안 했겠죠. 그런데 몰랐어요, 바보처럼. 아이를 낳으면 돌아오겠지 했는데 그때부턴 대놓고 절 보모 취급했어요. 산후우울증이 심해졌고 저는 어떻게든 살아보려고 결혼 전에 했던 공방을 다시 하겠다고 했어요. 제가 번 돈으로 상주 시터를 고용했고, 그렇게 숨통이 조금 트였어요. 그러다가 우연히 양옥 씨를…."

"저, 말씀 중에 죄송한데요. 두 분이 어떤 관계인지만 좀 더 요약해 주실래요?"

주원이 치솟는 짜증을 꽉 누르며 정중하게 말했다. 혜리가 눈물이 고인 눈으로 주원과 치수를 빤히 쳐다봤다.

"사랑을 어떻게 요약합니까? 제가 상처로 가득한 제 인생 얘기를 얼마나 어렵게 꺼내고 있는데 그렇게 말씀하세요?"

혜리는 눈에 힘을 줘 눈물을 떨어뜨리려 했지만 안타깝게도 마음처럼 되지 않았다.

"일전에 산세베리아 사장님과 뵌 적 있는데 기억하세요?"

주원이 주변을 환기시키려고 새로운 질문을 던졌다.

"이 빌딩에서 나간다고 알아봐달라고 하셨던 걸 얼핏 들은 기억인데, 맞을까요?"

주원이 물었다. 혜리는 머뭇거리다가 다시 핸드폰을 꺼내 뭔가를 확인했다.

"그랬었나요? 그땐 그랬던 것 같네요."

혜리가 말을 더듬었다.

"그런데 들어오실 분을 못 구하신 거예요?"

"아뇨. 여기만 한 조건을 찾기 어려워서요. 그냥 있기로 했어요."

"여기 건물주 깐깐하기로 유명하던데, 괜찮으세요?"

"누가 그래요? 너무 좋으세요."

그때 혜리의 핸드폰이 울렸다. 핸드폰에 '미친노인네'라는 이름이 떴다. 혜리는 깜짝 놀라 전화를 받자마자 핸드폰을 양손으로 감싸고 공방 안쪽 화장실로 들어갔다. 화장실 문이 닫히기 전에 핸드폰에서 기백의 목소리가 튀어나왔다.

"2098! 2098! 2층이지? 치워."

"저희 아니에요."

화장실 문이 닫히면서 잔뜩 긴장한 혜리의 목소리가 그대로 끊겼다.

"2098이 뭐죠?"

주원이 작은 목소리로 치수에게 물었다.

"2098? 4885? 자동차 번호판?"

치수가 말했다. 주원이 창밖을 내다봤다. 기백이 건물 밖에서 핸드폰을 들고 소리를 지르고 있었다. 무슨 말을 하고 있는지는 들리지 않았지만 주원도 경험한 바 있는 공격적인 제스처를 구사하고 있었다. 기백이 핸드폰을 주머니에 넣었다.

혜리와의 통화는 끝난 것 같은데 혜리는 화장실에서 나오지 않았다. 혜리는 기백과 전화를 끊고 다른 사람과 통화를 하는 것 같았다.

"나보고 더 어쩌라고, 씨발!"

혜리의 목소리가 화장실 문틈을 비집고 나왔다. 상대가 누군지 확인할 길은 없었다. 혜리가 터지기 일보 직전이라는 건 알 수 있었다. 혜리가 이내 밖으로 나왔다. 붉어진 얼굴을 감추려는 듯 고개를 숙였다.

"미친 노인네. 정말 좋은 사람에게 잘 어울리는 별명이에요. 그렇죠?"

주원이 혜리를 자극했다. 혜리가 목에 걸린 가시를 넘기려는 것처럼 침을 꿀꺽 삼키고는 손가락으로 관자놀이를 꾹 눌렀다. 지금까지의 드라마틱한 제스처는 사라지고 원래 혜리의 것인 듯 보이는 다소 거친 제스처가 나타났다.

"뭘 알고 왔다면서요? 그게 뭐예요?"

"작년 6월에 이 건물에서 사람이 죽었다는 거?"

주원이 드라마나 영화에서 형사나 탐정이 주로 하는 넘겨짚기를 시전했다. 예상대로라면 잔뜩 구겨졌어야 할 혜리의 얼굴이 활짝 펴졌다.

"맞았어! 이양옥 그 새끼 말이 맞았어!"

혜리가 벌떡 일어나더니 손뼉을 쳤다.

"그거 알아요? 저 이제 여기에서 벗어날 수 있어요! 드디어! 정말 고마워요. 시간 내서 여기까지 와준 이 은혜, 내가 뭐

갚을 생각까진 없지만 그래도 기억할게요. 당신 둘!"

혜리는 아카데미 여우조연상이라도 받은 것 같은 벅찬 표정으로 수상소감 비슷한 말을 늘어놓았다. 당황한 주원과 치수는 멍하니 서 있었다. 동문서답인데 맥락이 묘하게 연결되는 지금 이 상황이 의아했다.

"무슨 말이에요? 제가 물어본 건 그게 아니라…."

혜리는 부산스럽게 공방 벽 쪽에서 상자를 몇 개 꺼내더니 전시해 둔 가죽 제품들을 상자에 쓸어 넣었다.

"당신이 죽였어요? 그 여자?"

주원이 물었다.

"내가 누굴 죽이고 그럴 사람처럼 보여요? 저한테 죄가 있다면 남자 보는 눈 더럽게 없어서 이양옥 그 씹새끼랑 잠깐 엮인 죄, 그리고 건물 보는 눈도 꽝이라서 주차에 결벽증 있는 정신 나간 노인네 건물에 내 발로 들어온 죄 그거밖에 없어요."

"그럼 누가 죽였어요?"

치수가 낮은 목소리로 물었다.

"당신은 근데 왜 이 여자랑 붙어 다녀요? 멀쩡해 보이는데? 아, 그쪽도 나처럼 사람 보는 눈 없구나? 괜히 엄한 사람한테 말려서 인생 조지지 말고 갈 길 가세요."

치수가 주원을 쳐다봤다.

"쓸데없는 얘기하지 말고 누가 어떻게 죽였는지나 말해요."

주원이 채근했다.

"그거 알아서 뭐하게. 경찰 놀이해? 경찰에 신고 안 하고 여기저기 찔러보고 다니는 주제에 나한테 지랄이야? 당신도 이유가 있으니까 이러는 거 아냐?"

지난 며칠 동안 주원을 지배했던 자괴감을 혜리가 아무렇지도 않게 찔렀다.

"당신이 죽이고 묻은 거예요?"

치수가 물었다.

"내가? 그럴 리가 없잖아. 봐요. 사이코 새끼들이 둘이나 있는데 나한테 순서가 오기나 할 거 같애? 한 새끼가 차로 박아서 죽이고 한 새끼가 처리했어요. 그 여자한테는 내가 많이 미안해. 그 여자도 당신들처럼 원데이 클래스 듣겠다고 멀리서 왔는데 돌아가지 못했으니까. 그 여자 당신들도 봤죠?"

"네?"

주원과 치수가 동시에 물었다.

"왜 이래. 당신 집에 있잖아. 그 여자 머리."

"그걸… 어떻게 알아요?"

"당신 집에 머리 있는 거? 어떻게 알았겠어요? 우리가 잃어버렸으니까. 잃어버렸다는 얘긴 뭐냐면 묻은 게 우리가 아니라는 거예요."

"'우리'가 누군데요?"

치수가 물었다. 혜리는 관심 없다는 듯 어깨를 들었다가 놨다. 치수는 짐을 챙겨 나가려는 혜리를 좀 더 잡고 있어야 한다는 생각에 핸드폰을 들었다.

"지금 신고합니다."

혜리는 태연하게 계속 물건을 정리했다.

"신고하든가 말든가. 차라리 해. 그때 내 손으로 신고했어야 했는데. 그거 알아요? 신고는 타이밍이야. 당신들도 좀 늦은 것 같지만."

"늦었다뇨?"

주원이 물었다.

혜리가 핸드폰에 뜬 메시지를 확인하더니 웃으며 말했다.

"이제 그 머리 당신 집에 없으니까."

7. 추격자

주원과 치수가 백송빌딩 밖으로 뛰어나왔다. 양옥이 주원의 건물 앞에 주차되어 있는 소형 사다리차 기사에게 현금을 쥐어주고 있는 모습이 보였다. 기사는 빠르게 골목을 빠져나갔다. 양옥은 주원의 것이 분명한 담요로 뭔가를 둘둘 말아 양 손에 든 채 주원과 치수에게로 걸어왔다.

"저기요, 지금 저희 집에서 나오시는 거예요?"

"아, 그게. 죄송해요. 제가 급한 일이 있어서 어딜 좀 갔다가 바로 찾아뵙고 설명해 드릴게요."

양옥은 고개를 숙였다.

"이보세요! 남의 집에서 뭘 했는지 설명하는 게 먼저죠."

치수가 양옥의 팔을 잡으며 소리쳤다.

"내 집 니 집이 어딨어요. 다 정겨운 이웃인데. 우리 이웃 덕분에 잃어버린 물건 찾아갑니다. 감사합니다."

양옥은 특유의 젠틀함을 잃지 않으며 치수의 손을 치우고는 뻔뻔하게 대답했다. 그리고 빠른 걸음으로 백송빌딩으로 들어갔다.

주원과 치수는 주원의 건물로 뛰어갔다. 3층으로 뛰어 올라간 둘 앞에 깨진 유리창이 펼쳐졌다. 건물 오른쪽에 난 커다란 유리창이 산산이 부서져 있었다. 유리 조각들 사이로 커다란 고무 망치가 덩그러니 놓여 있었고 세입자가 묻혀 있던 벽 앞에 치수의 가방이 열린 채 놓여 있었다.

"지금 저 사람 사다리차를 타고 남의 집 유리창으로 들어온 거예요? 세상에 사다리차라니! 어이가 없어서."

깨진 유리창 사이로 들어오는 찬 바람을 온 몸으로 맞으며 주원이 소리쳤다. 치수는 아무 말 없이 서 있었다.

"이게 얼마짜리 창호인데⋯. 내가 창호에만큼은 돈을 안 아꼈어요. 추운 게 싫어서. 근데 이 개새끼가 이 창호를⋯. 이 창호 왼쪽 위에 불이 나면 소방관들 망치로 유리 깨고 들어오라고 빨간 스티커가 붙어있었거든요? 저 사이코패스가 거길 딱 깨고 들어왔네요. 저 새끼 내가 가만 안 둬요. 죽일 거야!"

주원이 있는 힘을 다해 소리쳤다.

"우리를 이 건물에서 빼내려고 모혜리가 원데이 클래스에 오라고 한 거네요. 시간을 질질 끌길래 왜 저러나 했는데."

치수가 말했다.

"사다리차를 타고 남의 건물에 냅다 들어온다는 생각을 어떻게 하죠? 이걸 창의적이라고 해야 하는 건가?"

치수가 부들부들 떠는 주원의 어깨를 꽉 잡았다.

"주원 씨, 화만 내고 있을 때가 아닌 거 알잖아요. 저 갔다 올 테니까 주원 씨 여기 가만히 있어요. 아무데도 가지 말고, 저 사람들과 얘기도 하지 말고 2층 침실에 있어요. 알았죠?"

주원이 고개를 끄덕였다. 치수는 건물 밖으로 뛰어나갔다. 주원은 3층 깨진 유리창 아래 주저앉았다. 주원은 조금도 예상하지 못한 사건의 전개에 머리를 한 방 맞았다. 여기저기 들쑤신 꼴이 된 탐정놀이도 부끄러웠다. 고무 망치로 머리를 내려쳐 이 이야기를 끝내버리고 싶었다.

주원 자신도 뻔한 인간이었다. 빌어먹을 욕심에 가득 찬, 그렇고 그런 인간. 손에 쥔 걸 잃고 싶지 않았다. 사람의 일은 자연스럽게 흘러가야 하는데 주원이 두 손으로 악착같이 그 흐름을 틀어막았다. 사람을 죽이고 시체를 남의 집에 묻어버린 사람들과 그 시체를 발견하고도 조금의 손해도 보기 싫어 신고조차 하지 않은 주원이 뭐가 다른가. 그 적나라한 사실이 주원을 더 깊은 심연으로 밀어 넣었다. 분했다. 자기 자신에게 화가 났다.

현관문 초인종이 울렸다. 주원은 벌떡 일어났다. 아직 치수가 올 시간은 아니었다. 지금 이 타이밍에 찾아올 사람 중에 정상인은 없었다. 주원은 2층으로 내려가 비디오폰 모니터를 확인했다. 현관 카메라에 누가 얼굴을 바짝 들이대고 서 있었다. 모니터에 가득 찬 얼굴을 보고 주원은 소스라치게 놀랐다. 기백이었다.

"여봐, 젊은 사장. 문 열어."

주원은 그 자리에 그대로 얼어붙었다.

"당신과 나 할 얘기가 있잖아. 내가 몇 개 물어보려고 온 거니까 문 열어. 지금 정중하게 말하고 있잖아, 아냐?"

주원은 피하고 싶지 않았다. 버튼을 눌러 현관문을 열었다. 기백은 신발을 신은 채 양 손에 양옥이 들고 갔던 담요에 둘둘 만 물건을 들고 주원의 집으로 거침없이 들어왔다. 기백은 두리번거리다가 2층에 있는 주원을 그대로 지나쳐 3층으로 올라갔다. 기백은 깨진 유리창 조각 위에 서서 주원이 어제 메고 나가려 했던 가방을 확인했다.

"말 길게 할 거 없고 가져와."

"뭘 가져오라는 거야?"

"알잖아!"

"아, 그거? 그거라면 이양옥이 당신한테 들고 간 거 아냐? 그리고 지금 당신 손에 들고 있잖아. 그걸 왜 나한테서 찾아?"

"어디서 구라를 쳐? 이양옥 그 멍청이는 자기가 들고온 게 가짜인 줄도 모르고 신나서 날뛰던데. 걔는 뭐 속일 수 있다 쳐도 날 바보로 알아? 내가 누군 줄 알고 가짜를 내밀어?"

기백이 담요에 쌓인 물건을 바닥에 툭 던졌다. 물건이 둔탁한 소리를 내며 바닥에 떨어졌다. 바닥에 떨어진 건 세입자의 머리가 아닌 치수가 더미로 만든 실리콘 두상이었다.

∎

지난밤, 세입자에게서 종이를 발견한 주원은 한없는 무기력함을 느꼈다. 종이에 써 있는 한심한 문장에 공포를 느낀 자기 자신이 한심했다. 주원은 기백이 깔아놓은 장기판의 말에 불과했다. 주원의 모양을 한 장기 말에는 이런 설명이 붙어 있을 것 같았다.

'경찰에 절대 신고 못 하는 개쫄보 꼬마 빌딩 젊은 사장'

주원은 소파 등받이에 얼굴을 묻고 모로 누웠다.

그런 주원을 바라보던 치수가 입을 열었다.

"저 사람 눈을 피해서 세입자를 건물 밖으로 빼내면 되는 거죠?"

"그게 어떻게 가능해요? 저 사람 교도관이에요. 밤새 지켜 볼 거예요."

치수는 입술을 깨물며 방법을 찾았다. 주변을 두리번거리며 방법을 찾던 치수의 눈에 새벽 배송 업체 종이봉투가 들어왔다.

"새벽에 돌아다녀도 전혀 이상하지 않은 사람이 있어요."

"누구요?"

"새벽 배송 배달원이요."

주원이 소파에서 몸을 일으켰다.

"심지어 그 배달원은 커다란 보냉 가방을 들고 다녀도 이상하지 않죠."

치수가 덧붙였다.

치수의 계획은 이랬다. 3층 불을 환하게 켜놓고 주원과 치수가 몸짓을 크게 하며 싸우는 척을 한다. 치수가 맨 몸으로 건물에서 나간다. 그럼 기백은 치수가 주원에게서 떨어졌다고 생각할 것이다. 혼자 남은 주원은 일상의 행동을 한다. 잠옷에 로브를 걸친 채 새벽 배송 전용 보냉 가방을 현관문 앞에 내놓고 씻은 다음 불을 끄고 잠에 든다. 이런 상황에도 밥은 먹어야 하니까 이상할 것 없다. 기백은 건물에 불이 꺼진 다음에도 눈을 뜬 채로 주원의 건물을 감시하거나, 아니면 카메라를 켜놓은 채 잠에 들 것이다. 주원이 내놓은 보냉 가방 안에 세입자가 있다는 사실을 기백은 절대 알 수 없다.

새벽 6시. 치수가 자동차를 끌고 동네에 도착한다. 치수는 새벽 배송 배달원 조끼를 입고 모자를 깊게 눌러쓴 채 보냉 가방에 야채와 물건을 넣어 골목 안으로 걸어 들어온다. 배송 기사가 골목 근처 공터에 주차한 다음 물건을 들고 걸어 오는 일은 종종 있다. 치수는 주원의 현관 앞에 들고 온 보냉 가방을 내려놓은 다음 주원이 내놓은 보냉 가방을 들고 빠져나온다.

"다음엔요? 세입자는 어디로 데려가요?"

주원이 물었다.

"제 차 트렁크에 넣어둘게요. 아무도 모를 거예요."

"음, 좋아요. 그럼 이렇게 해요. 내일 제가 공방 클래스에 가서 모혜리한테 더 캐물어 볼게요. 뭐라도 나오면 그것까지 다 정리한 다음 내일 밤 제가 인왕산 산책로에 가져다 둘게요."

주원이 담담하게 말했다.

"그냥 바로 경찰서에 가요."

치수가 걱정스러운 눈빛으로 말했다.

"치수 씨가 걱정하는 건 아는데, 한 걸음만 더 가볼게요. 저 이상한 종이에 써있는 거, 그리고 이양옥과 모혜리가 무슨 역할을 하는지 그것만 딱 확인하고 치수 씨한테 연락할게요. 그럼 치수 씨가 자동차로 저를 경찰서까지 태워줘요. 그러면 우리가 용의자가 될 확률이 많이 떨어질 거예요. 약속해요."

치수는 고개를 끄덕였다. 치수는 일어나서 옷을 챙겨 입고 계단을 내려갔다. 주원이 뒤를 따랐다. 치수가 갑자기 몸을 돌렸다. 주원과 치수의 이마가 살짝 부딪혔다. 주원이 놀라 한 발짝 물러났다. 치수는 주머니에서 열쇠를 꺼내 주원에게 내밀었다.

"이거 제 지하 작업실 열쇠예요. 작업실 왼쪽 선반 위 구석에 만들다 만 두상 더미가 있을 거예요. 작업 중인 거라 형태만 있어요. 혹시 모르니까 내일 아침에 그 더미를 랩으로 싸서 원래 있던 벽이나 아니면 아까 그 배낭에 넣어두세요. 그 편이 여러모로 안전할 것 같아요. 무슨 일이 일어날지 모르잖아요."

치수는 운행을 멈춰버린 주원의 사고 회로를 대신 달려주고 있었다.

"고마워요. 그리고 진심으로 미안해요. 제가 다 갚을게요."

치수가 웃었다.

"어떻게요?"

"뭐든 말해요."

치수는 영원히 도전하는 일이 없을 거라고 확신했던 한 가지가 생각났다.

"같이 롤러코스터 타줄래요? 한 번도 타본 적이 없어요."

"나돈데. 롤러코스터 보기만해도 울렁거려요. 너무 무서워. 지금 우리가 이런 상황에서 할 말은 아니지만."

치수가 씩 웃었다. 주원의 얼굴에도 오랜만에 미소가 떠올랐다.

■

"진짜는 어디 있는지 알고 싶어?"

주원이 기백을 놀리듯이 물었다.

"이런 장난 칠 시간 없어. 당장 머리 가져와. 그 머리가 얼마나 중요한 건데! 그걸 너 따위가 건드려! 내놔!"

기백이 갈라진 목소리를 개의치 않는다는 듯 소리질렀다.

"싫은데?"

예상과는 다른 주원의 반응에 기백의 표정이 일그러졌다.

"근데 젊은 사장, 말이 짧네?"

기백이 주원을 향해 피식하고 웃었다.

"길 이유가 없잖아? 내가 말했지. 나 관리해서 젊어 보이는 거지 그렇게 안 젊다고? 그리고 이제 100세 시대, 아니 120세 시대야. 시야를 크고 넓게 보라고. 우리 같이 늙어가는 처지라니까."

"어쭈, 젊은 사장 싸가지는 원래 없었지만 며칠 고생하더니 겁도 없어졌구만?"

"나 원래 없어. 없는 게 많아. 돈도 없고, 특히 위아래는 아예 없어."

"객기 부리지마. 경찰에 신고하지 그랬어? 그랬으면 이랬을까? 어차피 우린 한 배에 탄 거야. 알아?"

"객기 부린 거 인정. 그런데 나를 그 배에 태우지는 마. 나는 엄연히 다르니까."

기백이 뒷짐을 지고 천천히 벽 쪽으로 걸어갔다.

"이름이 박병수였나? 여기 현장 소장?"

주원은 아무리 전화해도 닿지 않는 곳으로 잠수한 사람들을 떠올렸다.

"일 잘하대. 돈 조금 쥐어주니까 아주 깔끔하게 묻어주더라. 뭐 앞뒤 물어보지도 않아. 이런 업자들이 한둘이 아니야. 서울에 있는 이 많은 건물에 얼마나 많은 시체가 묻혀 있을까? 상상이나 해 봤어? 그리고 그 소장도 어지간히 젊은 사장이 거슬렸나봐. 군말 없이 해준 거 보면."

주원이 믿을 수 없다는 표정을 지었다.

"사정이 있었겠지. 당신이 협박했거나."

"사정 없는 사람이 어딨어? 아직 젊어서 둔한 건지 눈치가 없는 건지는 모르겠는데 당신 시공사, 아마 이 건물 다음에 일 없었을 걸? 이렇게 돈도 안 되는 코딱지만한 건물이나 짓는 시공사 뭐 할 말 다 했지. 그 소장한테 빚이 얼마나 있는지 모르지? 젊은 사장이 뭘 알겠어. 빚이 어마어마하더만. 돈 5천 주니까 착착 다 처리해 주고 회사까지 정리하고 싹 사라지더라. 1억 주면 산 사람도 묻어주겠던데? 지금은 지방 어디에 또 회사 차렸겠지."

주원이 시공사 계약을 할 때 현장 소장은 공사 진행이 완료된 부분에 대해 매달 건축비를 지급하는 기성 청구 방식이 아니라 3번에 나눠서 미리 공사비를 받았으면 한다고 했다. 작은 건물이라 이렇게 많이 한다고 했다. 주원은 계약금 포함 네

번에 걸쳐 공사비를 지급했다. 매달 엑셀 파일을 보내줬는데 숫자가 안 맞는 것들이 꽤 있었다. 신경 쓰였지만 한마디 했다가 건물에 해코지라도 할까봐 가만히 있었다. 완공 이후에 건물에는 조금씩 문제가 있었지만, 하자 보수 기간 1년이 있으니까 사계절 나면서 하나씩 보완해야지 생각했었다. 그런데 하자 보수를 해줘야 할 시공사가 사라졌다. 심지어 이 건물에 가장 큰 하자의 원인인 세입자를 묻어놓고.

주원의 다리가 떨렸다. 그때까지만 해도 주원은 시공사의 연락 두절과 세입자가 이 건물에 오게 된 두 가지 일을 필사적으로 떼어놓고 생각하려고 했다. 콘크리트 타설 중에 기백이든 양옥이든 몰래 와서 묻었을 거라고 믿고 싶었다. 그런데 주원이 틀렸다.

"박병수한테 얘기 잘 해놨어. 만에 하나 경찰이 박병수를 찾아내서 물어보거나 하면 당신이 시켜서 한 거라고 대답할 거야."

주원은 도무지 이해가 되지 않았다.

"왜 이렇게까지 하는 거야? 내가 무슨 잘못을 했다고?"

"젊은 사장의 이런 태도, 이게 문제야. 어디서 굴러먹었는지도 모르는 돌멩이 주제에 작은 건물 하나 지었다고 나한테 따박따박 '요'자 잘라가면서 말대답하고 있잖아? 내 동네에 젊은 사장 같은 돌멩이가 막 굴러다니는 건 안 되지. 내가 용납을 못해."

"내가 돈 주고 산 내 땅이야."

기백이 큰 소리로 웃었다.

"땅 있고 건물 있으면 다 건물주인 줄 알아? 건물주 행세는 1층 세입자한테나 해. 이 동네는 엄연히 내 구역이고 이 땅은 원래 내 땅이야. 내 조상이 억울하게 죽어간 땅이고, 수백 년 동안 이 땅에서 억울함을 풀어줄 나를 기다린 그런 땅이라고. 그걸 니가 안 팔겠다고 쥐고 있다가 이 사단이 난 거 아냐."

기백이 혀를 찼다.

"내 조상이 못 이룬 일을 내가 하겠다는데 니가 왜 설쳐?"

기백이 소리쳤다. 주원은 자신을 경멸하듯 쳐다보는 기백을 한 대 치고 싶은 걸 꾹 참았다.

"그래. 당신 말이 다 맞다 치자. 이 땅이 그 대단하신 조상님 땅이었다 치자. 그럼 뭐해. 어차피 이 땅 지금 내 이름으로 되어 있어. 조상님 땅을 자기 거라고 우기면 법이 무슨 소용이야? 미친 노인네야, 오늘을 살아! 당신 그냥 살인자야. 사람 죽이고 토막 내서 남의 집에 묻어놓은 살인자라고!"

얼굴이 점점 붉어지던 기백은 대답하는 대신 코를 킁킁대며 깨진 유리창 쪽으로 걸어가 냄새를 맡았다.

"집에 기름 보일러 돌려?"

"말 돌리지 말고 똑바로 말해. 누가 기름 보일러를 돌려? 당신이 죽였지?"

"난 죽은 사람이 누군지 관심도 없어. 난 저 멍청이들이 헛짓거리로 내 건물과 내 땅에 똥물 뿌려놓은 걸 깨끗이 닦은 것 뿐이라고. 살인? 그건 저기 저 아래 있는 놈이 했지. 저 놈이 엑셀 밟고 자동차로 사람을 내 건물 벽에 밀어서 죽여버린 살인자 새끼라고."

주원은 창 아래를 내려봤다. 망할 비염 때문에 이제서야 휘발유 냄새가 인식됐다. 건물 아래에서 양옥이 플라스틱 통을 들고 건물 주위에 휘발유를 뿌리고 있었다. 양옥의 등 뒤에 혜리가 서 있었다. 주원과 기백이 창밖으로 얼굴을 내밀자 양옥이 지포 라이터를 위로 들었다.

"날 속여? 씨발년이? 가짜 시체로 날 기만해?"

"니가 사다리차 타고 건물에 침입했잖아! 기만이 말이 돼?"

주원이 소리쳤다. 양옥이 라이터를 허공에 휘두르다가 씩 웃더니 라이터에 불을 켰다.

"이양옥 씨! 라이터 그 자리에 내려놔요! 내 말 들려요?"

주원이 화들짝 놀라 두 손을 모으고 말했다.

"미안해요! 내가 기만했어! 내 잘못이야! 다 오해라고! 내가 지금 내려갈 테니까 우리 말로 해요!"

포마드를 바른 양옥의 머리카락이 지저분하게 휘날렸다. 늘 단정했던 조끼 단추는 다 풀어져 있었다. 양옥의 머리카락에 흰색 점이 생겼다 사라졌다. 주원이 고개를 들어보니 눈이 내리고 있었다. 지옥 같은 이 장면이 필터를 끼운 것처럼 뽀얗게 변했다.

"그 창문에서 니들 대가리가 안 보이면 라이터 던진다! 타 죽고 싶지 않으면 묻는 말에 똑바로 대답해! 알았어?"

"이런다고 쫄 줄 아냐? 저거 진짜 또라이 새끼네. 나 내려간

다, 씨발놈아."

기백이 양옥을 비웃고는 창문 안쪽으로 머리를 돌렸다. 주원이 기백의 멱살을 잡은 다음 창문으로 끌고 왔다.

"시키는 대로 하라고!"

기백은 주원이 잡고 있는 멱살을 손으로 풀면서 알겠다는 표정을 지었다. 양옥은 불 켜진 라이터를 손에 들고 말을 시작했다.

"회장님, 액셀 몇 번 밟은 걸로 이러기에요? 그거 사고였잖아요! 그리고 몇 개월 동안 내가 할 만큼 했잖아요! 씨발! 머리 어딨는지 알려달라고! 달라는 돈 다 줬잖아. 자그마치 1억이 넘어! 있는 놈들이 더한다고, 회장님 돈에 환장했어요? 도박해요? 변태 같은 취미 있어? 왜 우리 같은 사람들한테서 돈을 뜯어? 우리 피땀눈물 다 쥐어짰는데 머리 어디에 숨겼는지 끝까지 말 안 하고! 돈을 안 주면 CCTV 풀어버린다고 협박하고! 근데 여기였어? 내가 그렇게 찾았는데 코 앞에 있는 건물에 머리를 숨겨놓고 우릴 놀렸어? 니네 둘이 짠 거지? 기어코 나 죽는 꼴 보려고 노인네 당신이 저 여자랑 짠 거 아냐? 진짜 머리 어딨어?"

발악하는 양옥의 뒤에 서 있던 혜리가 양옥 옆으로 걸어와 기백을 향해 소리쳤다.

"나는 진짜 억울해요. 내가 죽인 것도 아니잖아요. 나는 그냥 구경한 게 다야! 그리고 회장님이 시키는대로 다 했잖아요! 없는 돈 박박 긁어서 주고 대신 빌딩에서 내보내만 달라고 그렇게 매달렸는데! 사진 몇 장 찍은 걸로 남편한테 다 까발린다 어쩐다 개목걸이 걸어서 여기 잡아뒀잖아요! 이제 나는 좀 내보내 줘요. 제발요. 얘는 살인자 새끼 맞아요. 얘는 어떻게 해도 괜찮으니까 저는 좀 놔주세요!"

혜리가 소리치는 내내 양옥은 혜리를 빤히 바라봤다.

"야, 너랑 나랑은 이미 한 세트야. 니 입으로 나 죽도록 사랑한다며? 이혼하고 올 거라며? 결혼하자며? 그 말 믿고 기다린 나는 병신이냐?"

양옥이 윽박질렀다.

"그냥 하는 말이지. 그걸 믿었냐? 누가 너 같은 새끼랑 살아? 돌았어?"

혜리가 양옥에게 고개도 돌리지 않고 말했다.

"꼴값들 하고 있네."

기백이 위에서 큰 소리로 웃었다.

주원은 이 얘기가 귀에 들어오지 않았다. 위태로운 라이터 불만 바라보고 있었다. 어떻게 하면 양옥의 손에서 저 라이터를 빼앗을 수 있을까. 휘발유 냄새는 점점 더 진해졌다.

"갤러리, 너도 공방 말고 여자 많잖아. 내가 니들 둘 사진만 찍었을 거 같애? 고객님 어쩌고 그러면서 맨날 여자들 후리고 다니는 거, 공방한테 한 번도 안 들켰어? 용하네. 뎅구는 재주는 있어."

"이양옥 도발하지 마. 다 죽는 수가 있어!"

주원이 이를 악 물고 기백에게 소리쳤다.

그때 혜리가 양옥의 정강이를 발로 찼다.

"나쁜 새끼! 니가 어떻게 나한테 이래? 내가 갖다준 돈이 얼만데? 나만 사랑한다며? 결혼하자며? 근데 뭐 다른 여자?"

"야, 씨발! 그게 지금 뭐가 중요해! 저 미친 노인네한테서 벗어나야 할 거 아냐!"

혜리가 큰 소리를 내며 울기 시작했고 그 자리에 주저앉았다. 그리고 양옥의 다리를 물었다. 양옥은 어떻게든 중심을 잡으려고 발로 혜리의 얼굴을 걷어찼다. 혜리는 개의치 않은 채 더 세게 물었다. 버둥대던 양옥의 발이 막 쌓이기 시작한 눈길에 미끄러졌다. 양옥은 그대로 잠시 붕 떴다가 바닥에 떨어졌다. 양옥이 손에 꼭 쥐고 있던 지포 라이터는 포물선을 그리면서 주원의 현관문 앞에 툭 하고 떨어졌다. 라이터에서 시작된 불은 눈 깜빡하기도 전에 현관 앞에 쌓아둔 지류 재활용품 더미에 옮겨 붙었다. 양옥이 바닥에 뿌려놓은 휘발유 길을 따라 건물을 둘러싸고 불이 일어났다. 내리는 눈으로 세상은 온통 하얗게 변해가는데 주원의 건물만 붉게 빛났다.

주원은 불길이 믿기지 않았다. 어떻게든 지키려고 했던 건물에 불이 붙었다. 불은 재앙이고 재앙은 파멸이었다. 주원은 후들거리는 다리를 부여잡고 계단을 내려갔다. 2층에서 1층 계단을 바라보니 1층 나무 계단과 신발장이 붉게 타고 있었다. 제법 먼 거리인데도 열기가 피부에 달라붙었다. 불과 함께 일어난 연기는 빠른 속도로 주원의 목을 타고 들어가 숨통을 쥐었다. 주원은 두 손으로 코와 입을 막고 그대로 서 있었다.

이렇게 다 끝이구나. 저 위에 누가 있는지는 몰라도 내가 편하게 사는 꼴은 못 보지. 지겨워. 지겨워 죽겠어.

불길은 1층을 타고 2층에 도달해 주원의 손끝을 노렸다. 주원의 손등에 불이 와 닿았을 때 주원은 정신이 번쩍 들었다. 물리적 고통은 쓸데없는 생각을 싹 지웠다. 아픈 건 정말 싫어. 살고 싶어서 산다기보다 아픈 게 싫어서 살아남을래.

"이렇게는 못 죽어! 절대!"

주원은 소리 지르며 2층 복도에 놓인 소화전을 집어 들었다. 안전핀을 빼자 흰색분말 가루가 흩뿌려졌다. 소화기 분말은 건물 밖의 눈과 함께 불을 제압하려고 애썼다. 그러나 거기까지였다. 주원의 근처에는 불이 잠시 잦아들었지만, 불길은 이따위로 내가 잡힐 것 같냐는 듯 2층에 있는 옷가지와 침대를 집어먹으며 더 커졌다.

주원은 3층으로 뛰어올라갔다. 저 멀리서 귀를 찢는 듯한 경보음이 들렸다. 소방차 소리였다. 아래를 내려다보니 양옥과 혜리가 서로를 죽일 듯이 치고 받은 게 분명한 핏자국이 콘크리트 바닥에 선명했다. 찢긴 옷가지도 바닥에 널려 있었다. 쓰러진 혜리 옆에 혜리의 핸드폰이 놓여 있었다. 혜리가 신고한 것 같았다. 양옥은 한 발을 절뚝거리면서 백송빌딩을 지나 도망가고 있었다.

그런데 기백이 보이질 않았다. 기백 대신 뜯어진 커튼이 소파 다리에 팽팽하게 묶여서 3층 유리창 밖으로 늘어뜨려져 있었다. 주원이 유리창 밖을 내려다봤다. 주원이 팔을 쭉 펴면

손이 닿을만한 곳에 기백이 커튼을 꽉 잡고 매달려 있었다. 커튼의 길이는 2층 창문 위쪽까지가 전부였다. 기백은 커튼을 타고 내려가지 못하고 그저 매달려 있었다.

"뛰어내려!"

주원이 소리쳤다. 기백이 주원을 올려다봤다. 기백은 공포에 사로잡혀 있었다.

"불에 타 죽을래? 아니면 다리 하나 부러지고 말래?"

주원의 소리를 듣고 정신이 들었는지 기백은 팔과 다리에 힘을 꽉 주고 내려가려고 했다. 그러나 기백은 훅 다가온 죽음의 그림자에 이내 패닉 상태에 빠졌다. 여기서 떨어지면 도자기가 깨지듯 산산이 부서져 버릴 것 같았다. 방법은 있었다. 어떻게든 2층까지 내려간 다음에 최대한 낮은 곳에서 떨어지면 죽지는 않을 것 같았다. 그런데 몸이 마음대로 움직여지지 않았다. 기백은 또다시 공포에 질렸다.

주원도 불길에 빠르게 잠식되고 있는 3층에서 소방차만 기다리고 있을 수만은 없었다. 주원은 남은 커튼을 뜯은 다음 묶여 있는 소파 다리의 반대쪽에 커튼 자락을 묶었다. 커튼을 꽉 잡고 창틀로 올라간 주원은 뒷걸음으로 유리창 밖으로 몸을 내밀었다. 창틀에서 두 발을 뗐다. 기백 옆쪽 벽으로 떨어지며 벽에 부딪혔다. 온몸이 부서질 듯 아팠다.

고통이 채 끝나기도 전에 주원의 몸무게가 더해진 소파가 유리창 쪽으로 쭉 밀려왔다. 다행히 소파의 가로 길이가 유리창보다 길었다. 소파가 밀려오면서 커튼에 매달려 있는 주원과 기백이 소파가 밀려 온 길이만큼 아래로 떨어졌다. 2층 창문이 보였다. 그리고 바닥에서 솟아오르는 불길도 보였다. 이대로 뚝 떨어지면 불 위로 떨어지거나 담장 위로 떨어지는 그림이었다.

주원은 발로 벽을 밀어 벽에서 떨어진 다음 멀리뛰기 하듯 몸을 튕겨서 반동으로 건물의 정면 쪽 콘크리트 바닥으로 떨어져야겠다고 생각했다. 그리고 기백을 바라봤다. 기백은 여전히 공포에 가득 찬 눈을 하고 있었다.

"정신 차려! 당신 조상 곁으로 가고 싶어?"

주원이 소리쳤다. 기백의 귀에는 어떤 소리도 들리지 않았다. 주원은 할 만큼 했다고 생각했다. 여기서부턴 기백이 알아서 살아남아야 한다. 새드 엔딩도 어쩔 수 없었다. 싸가지가 없다는 이유로 주원을 불지옥에 밀어 넣은 인간이니까. 기백의 손에 힘이 풀렸는지 손가락이 하나씩 일어났다. 이대로라면 불 속으로 떨어질 게 분명했다. 그렇지만 주원이 해줄 수 있는 건 없었다. 주원은 팔 힘이 더 빠지기 전에 뛰어내리려고 벽 쪽에 붙었다.

"주원 씨! 한주원!"

치수의 목소리였다. 치수가 백송빌딩 앞에 차를 세우고 주원을 향해 소리치며 뛰어오고 있었다. 치수의 존재가 가까이 있다는 걸 알게 되자 주원은 힘이 났다.

"씨발!"

주원은 소리를 지르며 벽에 비스듬하게 붙어 발을 굴렀다.

그리고 기백을 힘껏 발로 찼다. 기백은 허공으로 튕겨 나갔다가 콘크리트 바닥으로 떨어졌다. 기백의 생사를 확인할 시간은 없었다. 주원은 바로 다시 발을 굴러 허공으로 뛰었다. 그리고 양손으로 머리를 감쌌다. 주원은 아주 잠깐 허공에 머물렀다. 시간은 모두에게 공평하게 흐른다는 말은 거짓이었다. 주원의 시간은 슬로우 모션을 걸어놓은 것처럼 아주 천천히 흘렀다. 눈발 때문에 뿌연 하늘, 그리고 불타고 있는 건물. 주원은 눈과 불이 공존하는 풍경이 참 아름답다고 생각했다.

주원은 콘크리트 바닥에 그대로 떨어졌다. 등허리를 포함해 허리 아랫부분에 감각이 없었다. 이렇게 부서졌구나. 주원의 생각은 그게 마지막이었다. 뇌가 자꾸만 꺼지려고 했다. 공포와 편안함이 뒤섞였다. 그때 주원이 떨어뜨린 핸드폰도 이런 기분이었을까. 주원은 전원 종료가 아닌 재부팅이길 바라며 눈을 감았다.

■

고요한 세계에 한 줄기 빛이 들어왔다. 빛은 빠르게 어둠을 몰아냈다. 주원이 천천히 눈을 떴다. 무릎을 꿇고 있는 치수의 얼굴이 눈앞에 어른거렸다.

"주원 씨! 정신이 들어요?"

주원이 눈을 한 번 깜빡였다. 죽진 않았구나. 주원은 안도했다. 눈과 귀가 열리면서 여전히 타고 있는 불꽃과 건물을 뒤덮은 검은 연기, 그 앞을 뛰어다니는 사람들, 온갖 시끄러운 소리들이 밀려 들어왔다. 주원은 건물 앞 골목 오른편 구석의 시야로 이 상황을 바라봤다. 그래서 그런지 고통이라는 감각은 저 멀리 있는 것 같았다. 몸의 고통보다 빨리 찾아온 건 마음의 고통이었다. 건물이 불탔다. 멸망이었다.

"구급차가 오고 있어요. 바로 올 거니까 조금만 참아요."

치수의 얼굴이 점점 선명해지면서 일시 정지 이전의 일들이 떠올랐다. 몸을 천천히 움직였다. 다행히 팔과 다리가 작동했다.

"천기백은…?"

주원이 거의 나오지 않는 목소리로 말했다.

"저기 옆에 쓰러져 있어요."

주원은 몸을 들어 치수의 손가락이 가리키는 곳을 바라봤다. 골목 중간 오른편에 기백이 누워 있었다. 기백도 정신이 들었는지 눈을 껌뻑이는 것 같았다.

"세입자…?"

주원이 물었다.

"차에 있어요. 그 생각은 하지 마요. 경찰 오면 제가 바로 전달할게요."

골목 입구에서 경찰이 걸어오는 게 보였다.

"경찰한테…."

"네. 알았어요. 주원 씨 구급차에 태우고 제가 다 알아서 할게요. 지금은 말하지 말아요."

주원의 눈빛을 확인한 치수는 입술을 꽉 깨물고 재킷을 벗어 주원의 머리 아래에 받쳐주고는 자리에서 일어났다. 주원은 치수가 경찰을 데리고 기백에게 갈 거라고 생각했다. 그런데 치수는 경찰을 지나쳐 골목 아래로 걸어내려갔다. 치수는 골목 입구에 세워둔 자동차를 향해 걸어가는 것 같았다. 주원은 기백을 경찰에 넘기라는 뜻으로 말을 했는데, 치수는 세입자를 경찰에 빨리 전달하는 얘기로 알아들은 것 같았다.

그 사이 기백은 천천히 몸을 일으키더니 무슨 힘이 남았는지 무릎을 꿇고 앉았다. 몸짓에서 자리를 뜨려는 의지가 보였다. 기백을 등지고 있는 치수의 눈에는 그런 기백의 몸짓이 보이지 않았다. 주원의 마음이 급해졌다.

"저기 경찰…."

목소리가 나오지 않았다. 주원은 몸을 일으켜 한 발을 내딛는 기백을 발견했다. 치수는 그런 기백을 감지하지 못한 채 트렁크를 열고 보냉 박스를 바라봤다. 치수는 마음의 준비를 하고 서 있던 경찰에게 말을 걸었다. 기백을 잡은 다음에 자수를 해야 하는데, 주원은 답답했다.

"저기요…, 저 사람 잡아요!"

주원이 몸을 절반쯤 일으키면서 소리쳤다. 소리는 주원의 근처만 빙빙 맴돌았다. 세상이 깨질 것처럼 울려대는 각종 경보음에 가려진 주원의 목소리에 관심을 갖는 사람은 없었다. 치수가 경찰에게 보냉 가방을 열어서 보여주는 것 같았다. 보여주자마자 경찰 둘이 치수의 팔을 잡았다. 치수는 세게 고개를 흔들었지만 소용없는 것 같았다. 경찰은 치수의 팔을 결박했다. 주변 사람들의 시선이 치수 쪽으로 쏠렸다.

주원은 죽을 힘을 다해 일어났다. 허리에서 우두둑 소리가 났다. 주원은 그대로 걸었다. 기백은 사람들의 등 뒤로 걸어내려가다가 백송빌딩 앞에서 잠시 서성대더니 골목 밖으로 빠져나갔다. 기백을 잡아야 했다. 트렁크 속 세입자의 존재를 경찰에 설명하려면 기백이 필요했다. 양옥은 도망갔고 기백마저 없으면 주원과 치수가 경찰서에 끌려갈 게 뻔했다. 당장 눈 앞에 치수가 경찰에 붙잡혀 있었다. 주원마저 붙잡힐 순 없었다. 주원은 어떻게든 기백을 잡아 경찰 앞에 데려다 놓아야 했다.

주원 역시 사람들의 등 뒤로 조용히 걸어서 골목을 빠져나왔다. 그 다음부터는 발을 질질 끌면서 뛰었다. 기백을 잡아야 한다. 주원이 스스로에게 입력한 이 명령어는 절대적이었다. 두 갈래로 나뉘는 길에서 주원은 고개를 돌려 기백이 어디로 뛰어가고 있는지 확인했다. 왼쪽 골목 저 앞에 기백이 보였다.

기백이 중간에 잠시 멈췄었는지 주원의 사정 거리 안에 들어왔다. 주원은 기백을 향해 뛰었다.

"거기 서! 멈추라고!"

주원이 기백의 등을 향해 있는 힘껏 소리쳤다. 소리를 내뱉을 때마다 가슴 쪽에 통증이 느껴졌다. 통증 때문에 아무리 소리쳐도 소리가 멀리 나가질 않았다. 마음 같아서는 성큼 뛰어가 기백의 덜미를 잡고 싶었다. 그런데 몸이 움직이지 않았다. 주원과 기백은 10m 정도를 사이에 두고 경보하듯 뛰고 있었다. 기백은 주원의 목소리를 알아챘는지 속도를 높였다. 그래봤자 큰 차이는 없었다.

골목에는 사람이 거의 없었지만 화재로 인한 검은 연기와 소방차, 경찰차의 사이렌 소리에 창문을 열고 내다보는 이들이 꽤 있었다. 그들은 일정한 거리를 유지하며 앞뒤로 경보하는 남자와 여자를 보면서 부녀가 같이 운동하는 모습이 참 보기 좋다고 생각했다. 정작 둘은 사투를 벌이고 있었다.

기백은 어느새 자하문로 큰 길에 도착했다. 경복궁 서쪽에서 더 서쪽으로 걷다보면 자하문로가 나온다. 기백은 대로의 신호등 안내에 따라 초록불이 켜지길 기다리고 있었다. 기백은 재킷을 벗어 길바닥에 내던졌다. 두 손으로 허리를 움켜쥐고 거칠게 숨을 내쉬었다. 한겨울임에도 기백의 얼굴에서 땀이 흘렀다. 기백을 거의 따라잡은 주원이 소리쳤다.

"포기해! 다 끝났어!"

주원은 손만 뻗으면 기백의 목덜미를 낚아챌 수 있을 것 같았다. 그런데 아무리 손을 뻗어도 잡히지 않았다. 당연했다. 아직 둘 사이에는 5m의 거리가 남아 있었다.

"청자동에 불났다면서요? 근데 두 분 어디 가세요?"

해경이 자하문로 위쪽 길에서 둘이 있는 방향으로 내려오다가 물었다. 그때 건널목 신호등이 초록색으로 바뀌었다. 기백은 다시 뛰기 시작했다. 주원은 해경에게 지금 이 상황을 설명하고 싶었지만 그럴 시간이 없었다. 자하문로 건너편으로 뛰어가는 기백을 잡아야 했다.

"어디 가는 거야! 그만하자, 이제!"

주원의 목소리보다 숨소리가 더 크게 들렸다. 기백은 옥인동 골목 쪽으로 뛰어갔다. 옥인동 오르막길이 시작되자 기백과 주원은 한 걸음을 내딛기도 힘들었다. 둘은 터벅터벅 걸었다. 그렇게 한참을 걷던 기백은 수성동 계곡 입구에 도착했다. 입구에서 처음으로 뒤를 돌아 주원을 바라봤다. 주원이 기백을 향해 걸어가며 말을 시작했다.

"이제 다 끝났어요. 나랑 같이 돌아가요. 더 가봤자 아무 것도 없어."

기백은 굽어 있던 허리를 폈다. 고개를 좌우로 흔들고 숨을 고른다음 다시 걷기 시작했다. 기백은 수성동 계곡을 통과하는 길을 따라 올라갔다.

주원은 저 멀리 왼쪽에서 눈싸움을 하고 있는 아이 둘을 발견하고 소리쳤다.

"안녕! 혹시 핸드폰 있니?"

아이들은 서로 눈짓을 하더니 주원을 향해 고개를 저었다.

"엄마 어디 계셔?"

"집에요!"

"지금 집에 가서 엄마 핸드폰으로 여기 미친 할아버지 있다고 경찰에 신고 좀 해줄래?"

아이들은 큰 소리로 웃었다. 집에 가서 엄마 아빠에게 오늘 만난 웃기는 아줌마에 대해 얘기해줘야겠다고 생각했다.

■

주원과 기백이 청자동에서 인왕산 자락길까지 오는 동안 해가 저물었다. 주원도 따라갔다. 뇌가 고장나면 몸에게 보내는 신호 체계가 같이 망가져 버린다는 얘길 들었는데 저 앞에 뛰어가는 기백의 뇌가 지금 딱 그 상황인 것 같았다.

주원은 필라테스 선생님에게 문득 고마웠다. 뼈가 몇 군데 부러진 게 분명한 상황에서도 여기까지 따라올 수 있었던 건 죽도록 열심히 한 코어 운동과 하체 운동 덕분이었다.

눈 내리는 겨울 저녁, 산 아래 길에는 인적이 없었다. 주원은 기백이 쌓인 눈에 한번은 미끄러지겠지 싶었다. 그때 가서 잡으면 된다고 생각하며 기회를 엿봤다. 기백은 미끄러지기는커녕 보란듯이 인왕살 자락길 옆에 쳐진 펜스를 넘었다. 주원은 어둠 속으로 사라지는 기백의 그림자 끝이라도 잡으려고 있는 힘을 다해 기백을 따라 펜스를 넘었다. 펜스 너머에는 숲이 있었다.

"그냥 경찰서 가자! 제발! 여기서 이러다가 얼어 죽어! 기껏 살려줬더니 왜 이래!"

주원이 눈길에 남겨진 기백의 발자국을 애써 따라가며 애타는 목소리로 외쳤다. 아무런 소리도 되돌아오지 않았다. 산을 오르는 건 평지를 뛰는 것과는 완전히 달랐다. 인왕산이 북한산처럼 가파른 산은 아니었지만 그래도 산은 산이었다. 어둠이 짙어지면서 흰 눈에 남은 발자국도 잘 보이지 않았다. 주원은 귀를 세웠다. 바싹 마른 나뭇잎은 사람이 지나갈 때마다 소리를 냈다. 기백의 발소리가 점점 느려졌다.

주원은 포기하고 싶었다. 폐가 얼어붙어버리면 그자리에서 죽을 수도 있지 않을까. 산다고 해도 동상으로 얼어버린 발을 잘라내야 하면 어쩌지.

"젊은 사장! 하나둘셋 하면 30초만 쉬자!"

멀지 않은 곳에서 기백의 목소리가 들렸다. 바싹 마른 기백의 목소리가 차가운 공기를 갈랐다.

둘은 하나둘셋 구령도 없이 각자의 자리에 쓰러졌다. 주원과 기백은 그렇게 어딘지도 모르는 깜깜한 인왕산 숲 어딘가에 각자 존재했다. 기백과 주원은 이 거대한 도시 서울에 오직 둘만 있는 것 같은 기분이었다.

"내 건물 팔게."

주원이 간신히 힘을 내 말했다. 기백은 반응하지 않았다.

"내가 가진 거 다 내놓을테니까 같이 내려가자."

주원은 기백을 자극하지 않으려고 무덤덤한 말투를 선택했다.

"안 가. 포기해."

기백의 대답이 주원을 자극했다.

"야, 이 미친 노인네야! 경찰에 가서 설명을 해야 할 거 아냐! 씨발! 이제 이런 미친 짓 그만해! 사람이 죽었어. 알아? 그래놓고 포기하라고? 나보고 포기하라고? 내 인생을 포기하라고? 난 못 해!"

주원이 있는 힘을 다해 하늘에 대고 소리쳤다. 팔다리를 구르면서 온몸을 뒤틀었다. 낙엽이 거친 소리를 냈고 주원의 손발이 닿은 나무들도 흔들렸다.

"난 너랑 달라. 해야 할 일이 있어."

기백이 소리쳤다. 주원은 정신을 차리고 목소리의 방향을 찾았다.

"그 일이라는 게 뭔데? 그 일만 하면 같이 내려갈 거야?"

주원이 기백에게 물었다. 주원의 질문에 기백은 이내 자신의 삶 속으로 깊게 다이빙했다.

"그 일에는 끝이 없어. 알아? 니가 뭘 알아. 새파랗게 어린 게, 고생 한 번 해본 적 없지? 내가 지금까지 어떻게 살아왔는지 알아? 아버지는 단 한 번도 돈이라는 걸 벌어온 적이 없어. 우리 가문이 얼마나 대단하고 어쩌고 그러면서 개소리만 늘어놨지. 일해서 벌어먹을 생각은 안 하고 이제 곧 세상이 우리를 알아줄 거라는 헛소리만 했어. 그 개소리도 나한테는 안 했어. 장남한테만 했지. 내가 둘째로 태어난 게 한스러웠어. 아버지 눈에는 형밖에 안 보였지. 책 한 권도 제대로 못 읽는 놈이 우리 가문을 일으킬 거라나. 개좆같은 거지. 그놈의 장남 장남 장남! 내가 씨발 저 새끼보다 훨씬 똑똑하고 돈도 잘 벌어오는데! 개새끼들!"

기백의 목소리가 점점 변해갔다. 까칠한 목소리는 사라지고 쩌렁쩌렁한 목소리가 숲에 울려 퍼졌다. 자리에서 일어나 앉은 기백은 손가락으로 허공을 하염없이 찔렀다.

"나라도 그랬을 거야. 그 마음 이해해. 당연히 억울하지."

주원은 기백의 감정이 격해진 틈을 노렸다. 맞장구치면서 천천히 몸을 움직였다.

"아버지는 아픈 데가 많았어. 부정맥이 심했지. 그런데 병원에 데려가는 자식은 아무도 없었어. 형이라는 놈은 방 구석에 틀어박혀서 나오지도 않았고, 나는 애초에 그 노인네 죽든 말든 상관이 없었으니까. 돈도 아깝고. 그러더니 어느날 문간에서 픽 하고 쓰러지더라? 그것도 내 눈 앞에서. 나는 구경했지. 사람이 이렇게 죽는구나. 신기하더만. 근데 죽어가던 양반이 갑자기 눈을 번쩍 뜨더니 내 눈을 보고 이러는 거야. 백훈희. 그때는 빚쟁이가 또 있나 싶어서 어이가 없었지. 씨발!"

기백이 껄껄껄 소리를 내며 웃었다. 기백은 주원의 존재를 잊어버린 것 같았다. 다행이었다. 주원은 조금씩 더 대담하게 숲을 탐색했다.

"죽고 나서 알게 됐지. 내가 그렇게 벌어먹였거늘 그나마 있는 돈, 땅을 다 형한테 준 거야. 내가 그냥 나한테 달라니까 사촌이라는 놈이 형한테 딱 붙어서 아주 둘이 가관이었지. 근데 어차피 형은 곧 뒈질 목숨이었어. 그리고 뒈졌지. 어떻게 뒈졌는지 알아?"

주원은 기백에게 집중하고 있다는 것을 보여주려는 듯 감정을 담아 되물었다.

"어떻게? 형도 심장마비였어?"

기백이 벌떡 일어났다. 주원은 길어진 기백의 그림자를 발견했다. 그리고 몸을 낮추고 천천히 기백에게 다가갔다. 기백의 모습도 시야에 들어왔다. 기백은 1인극을 하는 것 같았다.

"아버지 무덤에 가자고 했지. 내가 온 줄도 모르고 멍 때리면서 하늘을 보고 있길래 내가 끌고 가서 바위 아래로 밀어버렸어. 근데 그 새끼가 죽고 나니까 그 새끼 앞으로 현금이 2억 있는 거야! 나는 한 달에 200 벌어보겠다고 공구리판 돌아다녔는데 2억?"

주원은 기백의 말에 맞장구를 쳐줘야 하는데 가까이 있어서 들킬 것 같았다. 주원은 몸을 뒤로 빼고 목소리를 낮췄다.

"진짜? 배신감 장난 아니었겠다."

주원은 이쯤에서 기백이 자신을 죽일 수도 있겠다고 생각했다. 칠순 가까이 된 노인이라도 사람 한 명 죽이는 건 일도 아니겠다 싶었다. 심지어 그게 처음이 아니라면 더욱 쉬운 일이겠지. 주원은 탐색을 멈추고 손으로 바닥을 더듬었다. 날카로운 나뭇가지나 돌멩이가 필요할지도 모를 일이었다.

"나만 살아남았어. 내가 이겼지. 백송빌딩도 세우고 다 이뤘어. 그런데 아무도 없었어. 다 사라졌어. 나만 두고 다 도망갔어. 내가 해준 게 얼만데! 다들 나를 이용하고 사라졌어. 배신감에 치가 떨렸지. 근데 역시 세상은 날 버리지 않았어. 내가 부름을 받았거든. 조상님이 날 찾은 거야!"

기백의 말에 정신이 아찔해진 주원이 잠시 중심을 잃었지만 다행히 금세 중심을 잡았다. 기백은 지금 일종의 트랜스 상태에 있으니 자기가 무슨 말을 하고 있는지 인지하고 있을리가 없었다. 주원은 자세를 낮춰 몸을 숨겼다. 그리고 천천히 겉옷을 벗었다. 팔 부분을 끈으로 이용해 기백의 손을 묶어야 데리고 내려갈 수 있을 것 같았다.

"일서 백훈희, 내 조상님! 내 이 뒷통수가 딱 깨지면서 봉인이 풀렸어. 조상님이 내 앞에 나타나신 거야. 그 교수 양반이 그러더라고. 이건 보통 사람들의 머리로는 이해하기 어려운 거라고. 나니까 이해하는 거라고. 조상님이 억울하게 목을 잃어버리고 죽어가면서 나한테 나만 알아볼 수 있는 흔적을 남긴 거야!"

눈 때문에 하얗게 새어버린 머리카락 사이로 기백의 치아가 보였다. 환하게 웃고 있던 기백이 갑자기 몸을 반으로 접고 바닥에 엎드려 통곡했다.

"얼마나 고통스러우셨을까. 그 땅에서 몇 백년 동안 얼마나 힘드셨을까 생각하면 막 눈물이 나!"

주원은 기백의 이야기 속에서 교수라는 단어가 귀에 걸렸다. 기백의 말 속에서 현록은 황당무개한 이야기의 증인 역할을 한 것 같았다. 현록이 주원에게 얘기한 뉘앙스와 달랐다.

"그 교수가 뭐라고 했어요? 교수가 혹시 뭘 시켰어요?"

주원이 기백을 어르고 달래면서 물었다.

"시켜? 너 같은 보통의 인간이 어찌 이해하겠냐. 하긴, 멍청하니까 여기까지 따라왔겠지. 여기 인왕산인 건 알지? 나한테 계시를 남긴 소량군이 사라진 곳이 바로 여기라고. 분명히 아직도 여기 살아계실 거야."

주원은 온몸에 소름이 돋았다. 주원은 기백을 잡으러 왔는데 어쩌면 기백에게 잡혀온 걸지도 모른다는 생각이 번개처럼 머릿속을 스치고 지나갔다. 머뭇거릴 시간이 없었다. 주원은 몸을 낮춰 뱀처럼 기백 쪽으로 기어가 기백의 발을 꽉 잡았다. 기백은 놀라서 발작을 일으키듯 몸을 떨었다. 주원의 손을 떼어내려고 발을 허공에 찼다. 주원이 잡고 있던 기백의 신발이 벗겨졌다. 기백이 순식간에 주원의 머리채를 잡았다. 기백이 번뜩이는 눈동자로 주원을 노려봤다.

"벌레 같은 년. 니 하찮은 생에 마지막 기회를 주겠다. 너의 육신을 바치거라. 일서께서 널 찾으신다."

기백이 주원에게 소리쳤다. 기백에 압도된 주원은 다리에 힘이 풀렸다. 기백이 하는 말을 조금도 이해할 수 없었지만 이러다가 죽을지도 모른다는 두려움이 턱끝까지 차올랐다.

주원은 살아야겠다는 생각 하나로 있는 힘을 다해 기백에게 말했다.

"회장님, 제 말 좀 들어주실래요? 딱 한마디만요. 정말 잠깐이면 돼요."

기백이 주원의 머리채를 더 강하게 틀어쥐었다. 주원은 두피가 벗겨지는 것 같았다. 고통스러웠다.

"네 년에겐 입이 없다. 모든 말은 나에게서 비롯된다."

주원은 다시 한번 두 손을 맞잡고 기백에게 빌었다.

"네. 맞습니다. 회장님 말씀이 다 맞아요. 그런데 그 교수 얘기 진짜 다 믿으세요?"

기백이 주원을 한심해하며 웃었다.

"감히 네 년이 누굴 의심하느냐. 소량께서는 절대 거짓말을 하지 않으신다."

주원은 그제서야 연구실에서 현록이 앞뒤가 맞지 않는 얘기를 늘어놓은 이유를 알 것 같았다. 그때는 주원 자신의 두려움이 앞서 현록을 살피지 못했다. 그럼에도 현록에게서 어떤 복잡한 감정이 느껴졌다. 기백은 소량이라는 자와 현록을 헷갈리는 것 같았다. 살기 위해 수없이 많은 사람들을 상대하면서 주원이 깨우친 진리가 하나 있었다. 주원의 머리에 그 진리의 문장이 떠올랐다.

사실 또는 거짓말은 그 자체로 힘을 쓰지 못한다. 하지만 사실과 뒤섞인 거짓말은 그 무엇보다 힘이 세다.

기백이 웃느라 힘을 살짝 뺀 순간을 놓치지 않고 주원은 손을 뻗어 재킷으로 기백의 얼굴을 덮었다. 기백은 휘청거리면서도 필사적으로 재킷을 눈 앞에서 걷어냈고 주원에게서 재킷을 낚아챘다. 기백은 주원의 무릎을 발로 찼다. 주원이 그 자리에서 고꾸라졌다. 기백은 주원의 오른팔을 잡아 뒤로 꺾은 다음 팔을 나무 쪽으로 잡아끌었다. 주원은 벗어나려고 발버둥쳤다. 그러나 발버둥치면 칠수록 몸에 힘이 빠졌다. 기백은 나무에 주원의 등을 밀어놓고 나머지 한 팔도 잡아끌어 두 팔을 재킷으로 묶었다.

주원은 자신이 나무에 묶였다는 걸 인지하지 못할만큼 정신이 아득해졌다. 몇 분이 지났을까. 주원이 눈을 떴다. 숲을 뒤덮은 어둠은 더 깊어졌다. 기백은 나뭇가지를 꺾어 바닥에 뭔가를 그리고 있었다. 주원은 기백이 부적에 있던 그림을 바닥에 그리고 있다는 걸 알아챘다. 주원의 기척을 느낀 기백이 주원 앞에 섰다.

"딱한 년. 자기 발로 여기까지 따라오다니. 역시 일서께서 널 지목하신 데는 다 이유가 있었어."

주원은 모든 감각이 마비된 것 같은 먹먹함 속에 덩그러니 놓여져 있었다.

"너는 니가 뭐라고 생각해?"

기백이 물었다.

"그게 무슨 개소리야?"

주원이 지친 목소리로 되물었다. 기백은 대답하는 대신 주원이 묶여 있는 나무 주위를 빙글빙글 돌았다.

"원래 계획과는 조금 달라지긴 했지. 그 개새끼가 집에 불을 지를 줄은 몰랐어. 그래도 상관 없어. 이제 일서께서 화답하실 거야. 너의 그 악착같음을 원하신 거겠지. 이제 내려오실 거야. 너를 통해서. 넌 그냥 통로야. 알아?"

"아냐, 그럴 리가 없어. 난 그냥 아무것도 아니야. 평범한 시민이라고. 니네 조상이 날 왜 지목해? 난 그냥 악착같이 돈 모아서 노후를 보낼 땅을 산 게 전부인데. 어떻게든 살아보겠다고 발버둥친 게 죄야? 내가 어떻게 여기까지 왔는데, 이런 나를 왜?"

주원이 있는 힘껏 소리쳤다. 주원의 눈에서 눈물이 흘렀다. 아무리 힘들어도 좀처럼 눈물이 나지 않았는데, 오늘은 달랐다. 기백이 주원이 마음 속에 묻어두었던 다이나마이트 심지에 불을 붙였다. 기백이 그런 주원을 비웃으면서 다가왔다. 꼼짝없이 잡혀 있는 이 나무에서 풀려날 방법은 없는 것 같았다. 주원이 애원하듯 말했다.

"회장님, 세상에 그런 건 없어요. 조상이고 영혼이고 뭐고 그런 거 다 없는 거예요. 지금 이러시는 거, 이거 다 이해받을 수 있어요. 그냥 조금 아픈 거예요! 마음이 힘들면 그럴 수 있어요. 약 먹으면 나을 수 있어요!"

주원은 말을 하면서 후회했지만 기백에게 할 말은 이것밖에 없었다. 기백의 눈동자가 잠깐 흔들렸다.

"회장님이 대단히 나쁜 짓을 한 것도 아니고 아직 사람을 죽인 것도 아니잖아요. 형님 얘기는 제가 못 들은 걸로 할게요. 그거 말고 나머지는 경찰이 다 이해해줄 거예요. 우리 같이 내려가서 병원 가요. 네?"

주원은 더 세게 외치며 몸을 흔들었다. 흔들 때마다 팔 뒤로 묶어둔 재킷의 매듭이 헐거워지는 걸 느낄 수 있었다. 몇 분만 더 끌면 풀 수 있을 것 같았다.

기백이 주원의 뺨을 때렸다. 조용히하라는 신호였다. 주원은 얼굴 전체가 활활 타오르는 것 같았다. 쓰라림과 얼얼함에 좌절했다.

기백은 자신이 흙 위에 그려놓은 그림 위에 섰다. 그리고 두 손을 모은 다음 땅바닥에 머리를 댔다.

"한울님! 이 땅으로 내려오소서. 새로운 하늘을 열어주소서. 이 미천한 여인의 몸을 통과하소서."

주원은 기백이 눈을 감고 기도하는 동안 어떻게든 매듭을 풀어야 살 수 있다고 확신했다. 양 팔과 손목에 힘을 주고 매듭을 풀어보려 했다. 시간이 필요했다. 주원은 제 몸에 일서가 강림한 것처럼 소리쳤다.

"나를 부른 게 네 놈이냐?"

처음 듣는 목소리에 기백이 깜짝 놀라 주원을 올려다봤다.

"어디 감히 눈을 부릅뜨느냐?"

주원은 배에 힘을 주고 성대를 눌러 기백을 향해 가장 낮은 목소리로 말했다. 주원은 시간이 더 필요했다.

"이게 내가 찾던 년의 몸이구나!"

다행히 기백은 주원의 말에 반응했다. 기백은 땅에 몸을 붙이며 고개를 끄덕였다.

"한울님! 저 천기백, 한울님의 미천한 종입니다. 뭐든 말씀하소서."

기백이 사극에서 본 것 같은 말투를 흉내내며 말했다.

"내가 전한 말을 기억하느냐?"

주원이 물었다. 기백은 벌벌 떨며 할 말을 생각했다. 그동안 주원은 재킷을 마지막으로 세게 흔들어 두 팔을 풀었다. 그리고 기백이 눈치채지 못하게 천천히 두 손으로 나뭇가지를 꺾었다. 두꺼운 나뭇가지가 툭 소리를 내며 꺾였다. 다행히 나뭇가지가 꺾이는 소리가 기백의 목소리에 묻혔다.

"전해주시고 보여주신 모든 것을 기억합니다. 소량의 손가락을 남겨 약속해주셨고 글로 그 뜻을 전해주셨습니다. 저는 때를 기다리라는 말씀을 믿으며 이 모든 것을 준비하고 있었습니다."

주원은 순간 멈칫했다. 돌에서 나온 유골이 소량이라는 사람의 손가락이라는 건가?

"소량에 대해 말해보거라."

궁금해진 주원이 물었다.

"소량군은 왕의 아들로…."

"그 손가락 뼈 주인, 여자야."

주원 자신의 목소리와 말투가 툭 튀어나왔다. 주원은 지난밤 문화재 발굴 조사 재단에서 보낸 보고서를 꼼꼼하게 다 읽었다. 그 보고서에는 분명히 유골의 유전자 감식 결과 여성이라고 쓰여 있었다.

기백이 고개를 들어 주원을 응시했다.

"그럴리가…. 교수가 남자라고…. 아니, 당연히 남자라고…."

기백도 역할극에서 빠져나와 자신의 목소리로 말했다.

"그 보고서에 강현록 교수도 참여했던데? 분명히 여자라고 했어. 내가 봤어."

기백의 눈이 순간 빛을 잃었다. 여자라고? 왜 당연히 남자라고 생각했지? 그럴리가 없어. 기백은 순간 광활한 우주의 한

가운데 홀로 남겨진 기분을 느꼈다.

"아버지가 돌아가시면서 얘기했다는 그 이름이 백훈희는 맞아? 확실해?"

기백의 귀에 주원의 목소리가 꽂혔다. 어디에서부터가 진짜고 어디에서부터 가짜인지, 사실이 뭐고 거짓말이 뭔지, 기백이 자기 자신을 속인 부분이 어디인지, 다른 사람에게 속은 건 뭔지 알 수가 없었다. 아버지가 마지막 숨을 내뱉기 전에 움직였던 입술 모양이 정확히 뭐였지? 백훈희였다. 확실했다. 기백은 머릿속에서 아버지의 마지막 모습을 돌려보고 또 돌려봤다. 그게 백훈희가 아니었나? 말을 하긴 했었나? 창자가 타는 것 같은 고통이 순식간에 기백의 몸을 감쌌다.

그 순간 주원은 있는 힘을 다해 나뭇가지를 휘둘렀다. 어딜 찌르겠다는 생각을 할 겨를도 없었다. 이 틈을 타 기백을 공격하겠다는 생각뿐이었다. 기백이 소리를 지르며 뒷걸음쳤다. 주원이 휘두른 나뭇가지가 기백의 오른쪽 눈에 박혔다. 기백은 소리치며 눈에 박힌 나뭇가지를 빼려고 했다. 그러나 고통만 커질 뿐 나뭇가지는 빠지지 않았다.

주원은 손으로 바닥을 더듬어 돌멩이를 찾았다. 그리고 돌멩이로 기백의 머리를 내려쳤다. 기백은 짐승 소리를 냈다.

"한울님 같은 소리하네. 니네 조상이 어쩌구? 진짜 그런 걸 믿어? 거짓말이잖아? 너 이게 다 개소리라는 거 알고 있잖아! 너가 대단히 특별한 뭔줄 아는가 본데, 너도 그냥 그렇고 그런 흔해 빠진 미친놈이야!"

주원이 흙과 나뭇잎, 돌멩이 등 손에 잡히는 모든 것을 기백에게 던지며 외쳤다. 기백은 주원을 공격하는 대신 나뭇가지가 눈에 박힌 채 피를 뚝뚝 흘리며 산을 타기 시작했다. 두 손으로 땅을 짚으며 거미처럼 어둠 속으로 사라졌다. 나뭇잎 서걱대는 소리와 숨을 헐떡이는 소리, 손발로 땅을 긁거나 나뭇가지에 피부가 찢겨나가는 소리가 들렸다.

주원은 그 자리에 주저앉았다. 두 손이 벌벌 떨렸다. 주원은 마지막으로 죽을 힘을 다해 몸을 일으켰다. 다리에 감각이 없었다. 산에서 내려가려면 구르는 수밖에 없었다. 땅이 기울어진 쪽으로 있는 힘껏 몸을 굴렸다. 몸은 멀리 구르지 못하고 나무에 걸렸다. 주원은 다시 기백이 자신에게 뛰어올 것 같은 공포에 사로잡힌 채 나무 아래 웅크렸다.

눈은 어느새 잦아들었다. 인왕산에 다시 정적이 찾아왔다. 아무 소리도 나지 않았다. 얼마나 지났을까, 조용했던 인왕산이 소리를 냈다. 짧지만 굵은 소리였다. 소리만으로도 알 수 있었다. 사람이 죽었다. 아마도 기백이겠지. 소리는 멀지 않은 곳에서 났다.

주원은 어떻게든 살아서 산을 내려가려고 촉각을 곤두세웠다. 눈을 부릅뜨고 주변을 살피는데 끈적한 액체가 주원의 머리 위에 떨어졌다. 눈이 벌써 녹았나 싶어 손으로 훔쳐냈다. 질감이 이상했다. 주원의 건물 2층 천장에서 떨어졌던 액체와 비슷한 질감이었다. 주원이 손을 눈 앞에 가까이 가져왔다. 피였다. 그리고 '툭' 소리가 나면서 주원의 눈 앞에 뭔가 떨어졌다. 짓이겨진 채 잘려나간 손가락이었다.

주원은 고개를 들어 옆에 있는 커다란 나무를 올려다봤다. 나무 사이에 기백이 끼어 있었다. 기백의 머리카락을 타고 피가 떨어졌다. 기백 위로 인왕산 얼굴 바위의 모습이 선명하게 보였다. 기백이 얼굴 바위에서 추락해 나무 위로 떨어진 것 같았다. 얼굴 바위, 주원이 좋아했던 인왕산 창문 풍경에 바로 보이는 바위가 얼굴 바위였다.

주원은 그 자리에서 정신을 잃었다.

8. 고유명사

고명서. 경찰 조사를 통해 정체를 드러낸 세입자의 이름은 고명서였다.

28세, 여성.
경기도 고양시 일산동구 정한동 미래오피스텔 거주.

경찰이 정리한 고명서의 삶은 다음과 같았다.
어린 시절 부모가 이혼하면서 버려진 명서는 할머니가 사는 일산에서 중고등학교를 마쳤다. 대학은 가지 못했다.
손재주가 남달랐던 명서는 중학교 때부터 싼 재료로 만들어 팔 수 있는 건 뭐든 만들었다. 비즈 공예로 만든 팔찌, 목걸이, 귀걸이를 비롯해 뜨개질로 만든 가방, 자수를 놓은 패치를 만들어 중고 사이트에 팔았다. 이걸 판 돈으로 용돈을 했고 공과금을 냈다. 고등학교에 올라간 다음에는 포털 사이트에 쇼핑몰을 열었다. 스무 살 때 할머니마저 세상을 떠나고 혼자가 된 명서는 유튜브를 시작했다. 채널 이름은 '고유명사 고명서', 구독자는 천 명 남짓이었다. 명서는 유튜브 시청자들이 쇼핑몰로 유입되도록 했고 거기에서 자신이 만들 수 있는 거의 모든 종류의 액세서리를 팔았다.
명서는 자신이 만든 작품에 대한 자부심이 대단했다. 명서는 쇼핑몰 게시판에서 종종 고객과 제품의 질을 놓고 설전을 벌였다. 그럴수록 명서의 눈과 손은 더 높은 곳을 갈망했다. 종로 3가 귀금속 거리 구석에 있는 주얼리 공방에서 일하며 실력을 쌓았다. 그리고 해외 사이트를 보면서 주얼리를 만들었다.

명서는 '메두사'의 주얼리를 좋아했다. 메두사처럼 제품의 수량을 늘리지 않고 오로지 내놓고 싶은 제품만 내놓는 인디 브랜드를 만드는 게 명서의 꿈이었다. 거기까지 가려면 한참 남았다는 걸 알고 있었지만, 명서는 꿈을 놓지 않았다. 명서는 메두사의 제품을 갖고 싶었다. 뭔가를 갖고 싶다는 생각조차 허락되지 않았던 명서의 삶에 처음 등장한 물건이었다.

명서는 물류업체 아르바이트를 비롯해 편의점 야간 아르바이트까지 할 수 있는 건 다 했다. 그렇게 돈을 모아 일본 도쿄에 갔고 메두사 매장 앞에서 여덟 시간 줄을 서서 메두사의 귀걸이를 샀다. 명서는 세상을 다 가진 것 같았다. 명서는 메두사 귀걸이를 하고 용기를 내 긴자에 있는 호스트바에 갔다. 눈치 보지 않고 오직 자신만 바라봐줄 상대를 원했다. 명서는 지금까지 제대로 된 연애를 해본 적이 없었다. 어눌한 명서의 일본어를 귀여워하며 연신 웃어주는 호스트를 보면서 명서는 더 열심히 살아야겠다고 결심했다.

먼저 정체된 쇼핑몰의 매출을 올려야 했다. 명서는 납품처를 넓히고 싶었다. 기동력을 위해 중고로 소형 자동차도 한 대 샀다. 제품군을 넓히기 위해 가격대가 있어도 잘 팔리는 가죽을 취급하기로 했다. 그런 명서가 찾아낸 가죽 공방이 혜리의 공방이었다. 혜리의 공방 제품은 트렌디했고 리뷰도 좋았다. 원데이 클래스가 있어서 가죽에도 재능이 있는지 테스트해 볼 수 있었다.

  2023년 6월 1일. 그날도 명서는 자동차에 액세서리 샘플을 싣고 여러 개 납품 업체를 돌았다. 몇 군데에서는 긍정적인 답변을 받아냈다. 원데이 클래스를 저녁 7시로 잡아놓아서 먼저 저녁을 먹어야 했다. 백송빌딩에 도착했을 때 시간은 6시 30분이었다. 명서는 혜리에게 전화를 걸어 주차 가능 여부를 물었다. 혜리는 바로 알려준다고 하고 전화를 끊었다. 얼마 뒤에 혜리에게 전화가 왔다. 건물 안쪽에 세워져 있는 흰색 SUV 앞에 이중주차를 하라고 했다. 6시 50분에 그 자동차 주인이 차를 끌고 나가야 하니까 그때까지 돌아와서 차를 빼주고 나서 그 자리에 주차하면 된다고 덧붙였다. 명서는 알았다고 했다. 건물 1층 주차장에 빈 곳이 많았지만 굳이 이중주차를 하라는 게 의아했다. 아마 할당된 주차 장소가 있어서 그런가 보다 했다. 주차장이 작아서 중립 기어를 풀어놓은 차를 밀어도 안쪽에 세워져 있던 자동차가 나갈 수는 없었다.

  명서는 차에서 나와 근처 설렁탕집으로 들어갔다. 빨리 먹고 나가야 하니까 설렁탕이 적당하다고 생각했다. 하루 종일 한 끼도 못 먹어서 뱃가죽이 들러붙을 것 같았다. 설렁탕을 주문해 놓고 보니 핸드폰이 없었다. 차 조수석에 놓고 온 게 분명했다. 차가 생기고 나서 자주 하는 실수였다. 명서는 식당에 있는 시계를 확인했다. 6시 36분.

"사장님, 설렁탕 빨리 나오죠?"

"그럼요!"

명서는 대답을 듣고 의자에 몸을 맡겼다. 사르륵 졸음이 몰려왔다. 식당 테이블에 팔을 올려놓고 턱을 괸 채 설렁탕을 기다렸다. 명서의 눈꺼풀이 살금살금 내려왔다.

"손님, 빨리 드시고 나가야 하는 거 아녜요?"

식당 사장이 명서의 어깨를 살짝 건드렸다. 명서는 졸음에서 깨어나 식어가는 설렁탕을 바라보고 시계를 확인했다. 6시 44분. 명서는 깜짝 놀라 허겁지겁 설렁탕을 먹었다. 설렁탕은 입안을 한 바퀴 돌새도 없이 식도를 타고 위장으로 직행했다. 5분 만에 설렁탕을 먹어 치운 명서는 식당에서 나와 뛰었다.

핸드폰이 없어 시계를 확인하지 못한 명서가 주차장에 도착했을 때 혜리와 양옥이 명서의 자동차 앞에 서 있었다. 혜리는 초조한 얼굴이었고 양옥은 담배를 피우고 있었다. 혜리는 명서에게 자신을 공방 사장이라고 소개했다.

"핸드폰을 차에 놓고 가셨네요. 여기 차가 말씀드린 시간보다 일찍 나가야 한다고 해서 계속 전화를 드렸는데 못 받으셔서 기다리고 있었어요."

혜리가 말했다.

"아, 정말 죄송해요. 지금 빨리 빼 드릴게요."

잘 다려진 옷을 입은 양옥이 짜증이 난 얼굴로 명서에게 다가갔다.

"저기요. 죄송하다면 끝이에요? 제가 지금 아트 비즈니스를 하러 가야 되는데 늦어버렸다고. 핸드폰 놓고 다니는 사람 때문에 제가 비즈니스를 날리면 그쪽이 책임질 거예요?"

양옥이 빈정대며 말했다. 혜리가 둘 사이에 끼어들었다.

"왜 이래? 지금 왔잖아. 그리고 당신이 50분에 나가면 된다고 하고 10분 먼저 온 거잖아. 핸드폰 놓고 다닐 수도 있지."

혜리는 양옥을 달래고 난 다음 놀란 명서 쪽으로 몸을 돌렸다.

"죄송해요. 이 사람이 성격이 좀 급해서. 멀리서 오셨는데 주차 때문에 여러모로 죄송해요. 여기 주차 자리는 많은데 건물주가 다른 자리에 대는 걸 질색해서요."

명서는 고개를 끄덕이며 차를 백송빌딩 밖으로 뺐다. 양옥도 자동차를 움직였다. 그때 빌딩 현관에서 걸어 나온 기백이 양옥의 자동차 앞을 막았다. 양옥과 혜리가 동시에 고개를 푹 숙였다.

기백은 양옥의 자동차 창문을 두드렸다. 양옥이 창문을 내렸다. 명서는 무슨 일이 있나 싶어 자동차 창문을 내려 셋의 대화를 들었다.

"공방! 내가 공방 주차 자리는 공방만 써야 된다고 몇 번 말했지? 왜 갤러리가 이 차에 타고 있을까?"

"회장님, 오해 마세요. 제가 급하게 자동차가 필요해서 공방 대표님한테 부탁한 거예요. 공방 대표님이 차 안 쓴다고 해서 제가 빌려 쓰는 거죠."

양옥이 억지웃음을 지며 손사래를 쳤다.

"이 차 갤러리 차지? 자동차는 자산인데 누가 자산을 남이랑 같이 써? 공방이랑 갤러리 그런 사이야? 공동 자산 갖고 있는 사이?"

"전혀 아니에요! 회장님, 진짜 그냥 친구라서 빌려주는 거예요. 그런 말씀 마세요."

혜리가 기백 앞에서 굽신댔다.

"이 주차장 한 칸이 그냥 막 써도 되는 거 같지? 이 한 칸이 얼만지 알아?"

"저희야 모르죠."

양옥이 시큰둥하게 대답했다.

"알지도 못하는 주제에 내 땅을 같이 써? 감히 내 땅을?"

혜리가 양옥과 기백 사이에 끼어들어 양옥에게 창문을 올리라고 했다. 기백에겐 빌딩 안으로 들어가 달라는 의미로 손을 내밀었다.

"죄송해요. 다 제 잘못이에요. 다시는 이런 일 없게 할게요. 회장님."

기백은 마지못해 몸을 돌려 빌딩 현관으로 들어갔다. 양옥은 바로 주차장을 빠져나갔다. 명서는 그제서야 자리가 난 곳에 차를 세웠다.

"2층으로 올라가시면 돼요. 제가 늦어진 시간만큼 더 진행해 드릴게요."

혜리가 명서에게 미안해했다.

"괜찮은데, 어쨌든 감사합니다."

명서는 혜리를 따라 2층 공방으로 올라갔다. 명서는 원데이 클래스를 들으면서 혜리와 잘 통한다고 느꼈다. 혜리는 처음 만지는 가죽인데도 눈치 빠르게 곧잘 따라오는 명서를 보면서 즐거웠다. 명서가 조곤조곤 얘기하는 앞으로의 사업 방향성도 재밌었다. 명서는 혜리와 자신의 고민을 나눴다. 어릴 때의 기억을 조금 풀어놓으며 어떻게 하면 가죽 소품을 제작해 팔 수 있을지 논의했다. 원래 원데이 클래스는 2시간이었는데 시계는 어느새 10시를 가리키고 있었다. 명서가 자리에서 일어났고 혜리는 명서를 바래다주고 싶어서 주차장까지 따라 내려왔다.

명서가 주차장 쪽으로 걸어가려는데 반대편에서 자동차 헤드라이트가 켜졌다. 아까 그 흰색 SUV 자동차였다. 헤드라이트는 순식간에 명서에게 다가왔다. 자동차 유리창 안쪽에 앉은 사람의 얼굴이 얼핏 보였다. 양옥이었다. 자동차는 브레이크 없이 명서를 향해 돌진하다가 명서의 몸 바로 앞에서 끼익 소리를 내며 멈췄다. 명서가 그 자리에 주저앉았다.

혜리가 명서를 향해 달려갔다. 놀라서 넘어진 것 말고 크게 다친 곳은 없어 보였다. 혜리는 소리를 지르며 자동차 보닛을 손으로 내려쳤다.

"미쳤어? 칠 뻔했잖아!"

자동차 운전석 창문이 열렸다. 양옥이 얼굴을 내밀면서 웃었다.

"장난이야. 뭘 이런 걸 갖고 놀래?"

혜리가 양옥에게 달려가 창문 안쪽으로 얼굴을 밀어넣었다. 술 냄새가 코를 찔렀다.

"내 손님이잖아. 미친 새끼야. 어디서 술 처먹고 여기 와서 행패야?"

뒤돌아서는 혜리의 등에 대고 양옥이 소리쳤다.

"너 내가 개좆 같지? 그래! 나 니 잘난 서방보다 능력도 없고 돈도 없는 병신이다! 오늘도 하나도 못 팔아서 술 좀 마셨다! 그래도 너 보고 싶어서 왔더니 나한테 뭐? 미친 새끼?"

양옥이 술에 취한 말투로 웅얼댔다.

혜리는 양옥의 말에 반응하지 않았다. 명서는 몸을 일으켰다. 혜리는 명서에게 두 손을 모아 미안하다고 했다. 동네 이웃인데 오늘 상태가 좀 안 좋은 것 같다고 이해해달라고 했다. 명서는 화가 났지만 참았다. 복잡해지는 건 싫었다.

"어이, 아가씨! 미안해요!"

양옥이 명서를 향해 말했다. 명서는 참지 않기로 했다.

"사과를 하려면 제대로 하세요! 지금 누구 놀려요? 아가씨? 누가 사과를 이딴 식으로 해요?"

혜리가 양옥의 입을 틀어막으려고 다시 창문 안으로 머리를 들이밀었다.

"닥쳐. 닥치고 제대로 사과해. 그리고 꺼져."

양옥은 혜리의 어깨를 밀쳐 넘어뜨렸다. 그리고 가속페달을 밟았다. '쿵' 소리가 났다. 자동차가 명서의 몸을 주차장 벽에 박았다. 명서는 마지막 숨을 내쉬지도 못한 채 부서졌다.

건물이 흔들리는 소리에 기백이 4층에서 뛰어내려왔다. 기백은 눈 앞에 펼쳐진 상황을 먼저 확인해야 했다. 벽과 자동차 사이에 낀 채 보닛 위에 엎어져 있는 명서의 맥박을 짚었다. 뛰지 않았다. 기백은 자동차 뒤쪽으로 빙 돌아 운전석으로 다가갔다. 운전석 문은 찌그러져 있었다. 기백은 밖에서 손잡이를 흔들었다. 문이 열렸다. 양옥은 운전대 위에 쓰러져 있었다. 기백이 양옥의 옷깃을 잡고 일으키려는데 입에서 술 냄새가 났다. 자동차 옆 쪽에 넘어져 있던 혜리가 일어나서 두 손으로 머리를 감쌌다.

"사람을 죽였어!"

기백이 양옥을 운전석 뒤쪽으로 기대놓고 뺨을 때렸다.

"정신 차려. 니가 무슨 짓을 했는지 보라고!"

양옥이 슬며시 눈을 떴다. 보닛 위에 쓰러진 명서가 보였다.

"아니, 죽이려고 그런 게 아니라 잘못해서 액셀을⋯."

기백은 다시 한번 양옥의 뺨을 후려쳤다.

혜리는 바닥에 떨어진 핸드폰을 찾았다. 119를 누르려는데 기백이 핸드폰을 빼앗았다.

"생각을 좀 하고 신고해도 늦지 않아."

기백이 눈빛으로 경고했다.

"네?"

혜리가 소리쳤다. 기백은 손가락을 입으로 가져갔다.

"낮춰, 목소리 낮추라고. 사람 죽였다고 동네방네 자랑해?"

혜리와 양옥이 입을 다물었다.

양옥이 운전석에서 나와 혜리의 어깨를 감쌌다. 혜리는 치를 떨며 양옥에게서 멀어졌다. 그럴수록 양옥은 더 혜리에게 다가갔다.

"회장님 말씀이 맞아. 내가 잘못했어. 내가 잘못했는데 진짜 죽이려고 한 건 아니야. 실수야. 급발진 알지? 그런 거야."

혜리가 경멸의 눈으로 양옥을 바라봤다. 기백이 양옥의 멱살을 잡았다.

"너 죽일 생각이었잖아. 이 개만도 못한 놈. 누굴 속여? 공방, 너도 이 놈이랑 한 패 아냐?"

혜리가 고개를 힘껏 흔들었다. 기백이 양옥과 혜리를 번갈아보며 말했다.

"공방, 질질 짜지 말고 이리 와봐. 갤러리 너도."

기백이 둘을 데리고 백송빌딩 현관 안쪽으로 들어갔다. 기백은 주차장 센서등과 CCTV를 껐다.

"선택해. 경찰에 신고하고 각자 죄값 치르던가 아니면 최선을 다해 없는 일로 만들던가."

양옥과 혜리가 서로를 바라봤다.

"당연히 신고해야죠."

혜리가 단호하게 말했다.

"그럼 나 감옥 가. 나 감옥 가면 너라고 멀쩡할 거 같냐? 우리 둘이 지나온 세월이 얼만데?"

"그럼 사람을 죽였는데 이걸 어떻게 없는 일로 만들어? 그게 말이 돼? 회장님, 그게 가능해요?"

혜리의 눈에서 눈물이 뚝뚝 떨어졌다. 기백이 최대한 목소리를 낮춰 말했다.

"여긴 내 건물이고 너네가 사고를 낸 건 내 주차장이야. 내가 말 안 하면 아무도 몰라. 알아듣겠어?"

"회장님, 시키는대로 다 할게요. 없던 일로 만들어주세요."

양옥이 기백 앞에 무릎을 꿇었다. 혜리는 울기만 했다.

"잘 생각했어. 지금 가뜩이나 땅 때문에 골치가 아픈데 여기 경찰이 드나드는 건 나도 싫어. 둘 다 동의한 거다?"

양옥과 혜리가 고개를 끄덕였다.

기백은 모든 라이트를 끄고 양옥의 자동차 운전석에 올라탔다. 조심스럽게 시동을 걸었다. 자동차는 털털대며 움직였다. 기백은 천천히 자동차를 후진시켰다. 자동차 보닛 위에 피를 쏟으며 상체를 푹 숙이고 있었던 명서가 주차장 바닥으로 고꾸라졌다. 기백은 자동차를 빼서 후면이 앞으로 보이도록 주차해 사고 난 보닛 부분을 가렸다.

기백은 4층에서 대형 방수포를 가지고 내려왔고 방수포로 명서를 둘둘 말았다. 그리고 양옥을 채근해 방수포를 양쪽에서 들고 4층 계단을 올랐다. 혜리에겐 주차장 수전을 호스에 연결해, 물로 보닛과 벽에 남은 핏자국을 깨끗하게 지우라고 했다. 기백은 힘들다고 우는 소리를 하는 혜리에게 니들이 싸놓은 똥이라고 소리를 질렀다.

기백은 시체를 화장실로 옮겼다. 화장실 안에 칼과 톱, 바스켓을 여러 개 던져놓고 둘에게 명령했다.

"토막 내. 방법은 그거야. 피도 잘 빼고."

혜리는 그 얘길 듣자마자 변기를 잡고 토했다.

"돌았나 봐. 나 경찰서 갈래. 보내줘. 제발!"

혜리가 눈물콧물로 범벅이 된 얼굴을 양옥에게 들이댔다. 양옥이 나가려는 혜리의 손목을 잡았다.

"인생 접을 거야? 너 그 대단한 아들한테 뭐라고 할 건데?"

기백은 화장실 문을 닫은 다음 의자로 받쳐 둘이 안에서 나오지 못하게 했다. 시간이 흘렀다. 천천히 날이 밝았다. 기백은 식당에서 쓰는 대형 랩을 몇 개 들고 화장실로 들어갔다. 토막 난 시신을 랩으로 말아 여러 개의 가방에 담았다. 지칠 대로 지친 양옥과 눈동자가 텅 비어버린 혜리에게 먼저 두 개의 가방을 들려 내려보냈다. 둘이 자리를 비운 사이에 기백은 머리가 든 가방을 자신의 집 김치냉장고에 넣었다.

양옥과 혜리는 명서의 자동차 트렁크에 가방을 모두 실은 다음 끈으로 연결해 트렁크 바닥에 고정했다. 한 개의 가방이 없다는 사실은 알지 못했다. 그리고 명서의 자동차를 몰고 서해안 고속도로를 탔다. 중간에 국도로 빠져 하염없이 달리던 자동차는 그대로 인적이 없는 호수로 돌진했다. 물 속으로 가라앉는 자동차에서 빠져나온 양옥과 혜리는 1시간을 넘게 걸어 찾아낸 모텔에서 옷을 말린 다음 서울로 돌아왔다.

기백은 4층 테라스에서 김치냉장고를 쳐다보고 다시 공사 중인 주원의 건물을 바라봤다. 기백이 천진난만하게 웃었다.

기백은 핸드폰을 꺼내 현록에게서 받은 문자 메시지 중 하나를 들여다봤다.

문자 메시지를 받았던 순간을 기백은 기억하고 있었다. 제법 시원한 바람이 불어오기 시작했던 작년 초가을이었다. 늘 그랬듯 자다가 깨다가를 반복하다가 기백은 새벽 4시 반에 눈을 떴다. 기백은 불을 켜지 않고 4층 테라스 낚시 의자에 앉아 인왕산을 바라 봤다. 기백은 오직 자신만이 인왕산의 진짜 모습을 알고 있다고 생각했다. 땅에 바짝 엎드려 머리를 조아리는 사람, 그게 인왕산의 진짜 모습이었다. 인왕산에는 천벌을 받은 수많은 영혼들이 깃들어 있다고 기백은 확신했다. 그 영혼들은 종종 인왕산을 바라보고 있는 기백을 향해 속삭였다. 그날도 기백의 귀에 영혼들의 목소리가 모여들었다.

억울해. 우린 잘못이 없어. 세상이 우릴 이렇게 만들었어. 왜 우리만 여기 이렇게 갇혀 있어야 해. 진짜 잘못한 이들은 다 어디 갔어. 다 어디 갔냐고!

수많은 목소리들 중 소량군의 것이 분명한 목소리가 기백에게 외쳤다.

니가 우릴 풀어줘. 난 니가 날 발견해줄 거라는 걸 알고 있었어. 수백 년 동안 기다렸지. 너라면 할 수 있어. 일서가 다시 이땅에 모습을 드러내면 억울한 우리 영혼들이 비로소 자유로워질 수 있어. 세상에 빼앗긴 걸 되찾을 수 있어.

그때 핸드폰이 울렸다. 현록이 보낸 문자 메시지 알림이었다. 현록이 새벽 5시에 문자를 보낸 건 처음이었다. 기백은 핸드폰을 열고 문자 메시지를 읽었다.

처음 그 메시지를 받았을 때 기백은 도대체 무슨 의미인지 이해하지 못했다. 기백은 이제서야 이 모든 일들의 의미를 알 수 있었다. 문자 메시지는 기백을 스스로 깨닫게 하기 위한, 아니 현록을 통해 깨달음을 주려는 일서의 큰 뜻이었다. 일종의 계시였다. 기백은 돌무더기로 넘어진 다음부터 경험하고 있는 이 모든 기적 같은 일들이 결국 다 이어져 있다고 확신했다. 기백은 다시 메시지를 읽으며 환희의 눈물을 흘렸다.

일서께서 이르시길, 큰 뜻을 이루기 위한 작은 희생은 필수불가결한 것이라. 제물을 바치는 것으로 일서께 우리의 죄에 대한 용서를 구하며 때를 기다려라. 일서가 비로소 이 땅에 발 디딜 때 필요한 육신은 젊은 여인의 것이다. 혹여 너 자신의 역할을 착각했다면 그 오만함에 대해서 역시 일서께 용서를 구하라. 너는 그저 나와 같이 인왕산의 가장 깊은 어둠 속에 몸을 숨긴 채 기다려라. 때를 기다리면 일서께서 우리 모두가 알아챌 수 있는 방식으로 내려오시리라. 또한 늘 그랬던 방식으로 모든 일에 예비할 자금을 나를 통해 채워놓으라.

∎

제가 지금부터 말씀 드리는 이야기는 절대적으로 제가 연구하면서 찾아낸 자료에 기반하고 있습니다. 그런데 자료라는 게, 선생님도 충분히 이해하시겠지만, 우리가 생각하는 것만큼 딱 들어맞지가 않아요. 특히 조선시대에 살았던 보통 사람들의 경우에는 왕이 아니고서야 그 사람의 삶을 전반적으로 살필 수 있는 기록은 거의 없다고 봐야죠. 일서 백훈희도 크게 다르진 않습니다. 그래도 백훈희에 대한 내용은 구전으로 내려오다가 여기 저기 적어놓은 것들이 있고 또 백훈희가 한양에 올라온 다음부터는 소량에게 의탁하고 있었기 때문에 찾아보니 그래도 기록이 남아있습니다. 얼추 그 당시에 어떤 일이 있었는지는 아주 어렴풋하게, 밑그림 느낌으로는 그려볼 수 있겠다는 생각입니다.

학자로 공부하고 연구하면서 참 많은 프로젝트에 참여해 봤지만 이번 프로젝트는 개인적으로 생경한 게 사실입니다. 연구 결과를 보고서나 논문으로 쓸 필요가 없다는 게 평생 글을 쓰면서 살아온 저한테는 무엇보다 가장 어려워요. 이 점은 이해해주셔야 해요. 그리고 이건 선생님에게 딱 맞춰진 연구라서, 그러니까 선생님을 이해시키고 선생님의 궁금증을 같이 해결해나가는 거다 보니까 원래 제 연구 방식과는 아주 많이 다릅니다. 한편으로는 그래서 재밌기도 했구요. 서론이 길어지는데 어쨌든 중요한 건 사실에 기반하고 있지만 어쩔 수 없이 일부는 학자로서의 추론과 상상력이 일종의 징검다리로 들어가 있다는 얘깁니다.

일서가 참수되고 소량이 실종된, 또 선생님이 직접 발굴해내신 이 문서와 유골만 남은 이 사건을 누구의 시각에서 볼 것인가가 참 중요합니다. 물론 일서의 관점에서 보는 것도 고려해봤지만 그렇게 보면 전체를 볼 수 없다는 게 문제입니다. 일서 참수 이후의 일들이 중요하니까요. 그래서 저는 소량의 시점으로 당시의 일들을 따라가봤습니다.

소량은 역사적으로 보면 흔하디 흔한 인물입니다. 장자도 아니고 적자도 아니라서 그늘에 숨어 살아야 하는 인물이죠. 다만 소량은 그때도 말씀드린 것처럼 일반적인 인물은 아니었습니다. 좋게 말하면 혁명적이다, 나쁘게 말하면 잡놈이다 그렇게 볼 수 있죠. 소량이 일서를 만나게 된 건 우연이 아니었을 수도 있죠. 일서 정도면 의도했을 수도 있을테니까. 그렇지만 설령 의도했다고 해도 목숨을 내놓고 소량 앞에 뛰어들 수 있는 인물은 거의 없을 겁니다. 그런 면에서 저는 둘의 만남은 우연 그 이상이라고 생각합니다. 물론 이 부분은 제 사견이구요.

둘은 아마 통하는 면이 많았을 거예요. 그러니까 큰 갈등 없이 손을 잡았겠죠. 서로 필요하기도 했겠지만 그래도 모든 힘은 소량의 손에 있었을테니 일서가 쓸모 없었다면 가차없이 버렸을텐데, 그러지 않았어요. 이것도 그냥 제 추측이지만 포악했던 소량과 천둥벌거숭이 일서가 한양에 올라와서 이런 저런 일들을 추진했던 걸 보면 둘이 서로에게 어떤 방식으로

든 큰 영향을 주지 않았을까 생각해요.

아, 네. 맞습니다. 그때 제가 처음에 1차 연구 조사하고 말씀 드린 내용과는 조금 다르죠. 연구라는 게 참 그래요. 땅도 그런데, 파고 파고 또 파면 또 다른 관점으로 보게 되죠. 소량과 일서에 대한 연구도 이런 맥락이 좀 있었어요. 참, 제 공부가 아직 멀었습니다. 이것저것 읽다보니 일서의 삶에 대한 증언도 제법 일관성이 있고요. 소량의 경우 소량이 축출된 다음에 남은 기록이다보니 철저하게 권력자의 시각으로 쓰여져 있다는 점을 고려해서 다시 연구를 했습니다. 제가 주목한 부분은 둘이 한양에 와서 본격적으로 사상을 정리하는 과정에서 양반 가문의 여러 자제들이 뜻을 같이 했다는 겁니다. 그 도련님들도 다 내노라하는 집안 자제들인데 헛소리라면 그냥 흘려버렸겠죠. 그런데 이들이 같이 했다는 건, 천원교를 유사 종교라고 치부할 수 없게 만드는 뭔가가 있다고 볼 수 있죠.

네? 그 젊은 여자들이 들어가서 나오지 않았다 뭐 그거는, 그러니까 보자 어떻게 설명을 드려야 하나, 이렇게 얘길 풀어볼게요. 지금의 문명이라는 건 인류의 전체 역사로 보면 아주 짧은 시간일 뿐입니다. 그 오랜 역사 속에서 얼마나 많은 문화가 일어나고 사라졌습니까? 인종도 다르고 지역도 다르고 언어도 다르고 다 다르지만 딱 하나 공통점이 있습니다. 바로 여자죠. 이런 얘기 요즘 어디 가서 하면 큰일 나는데 선생님은 이해하실테니까 제가 까놓고 얘기할게요. 거의 모든 종교에서 여자는 일종의 도구 역할을 했어요. 사람들을 응집하게 하는 중요한 역할을 한 거죠. 절대적인 순수함이자 절대적인 악을 의미했죠. 천원교도 비슷한 거예요. 여자들이 죽어나갔을 수도 있다, 저는 그렇다고 생각합니다. 그런데 시대를 고려하면 그렇게 비정상적인 일은 아니었다는 거죠.

바로 딱 이해를 하시네요? 그런데, 아, 거기까지는 아니구요. 그때 그런 거지 지금은 그러면 큰일납니다. 중요한 건 그런 맥락에서 이해를 해볼 수 있겠다 그거죠. 선생님, 그만, 그만 하시구요. 그렇게 큰 소리로 말씀하시면 밖에서 학생들이 들어요. 제발 좀 조용히. 네, 네.

소량과 일서가 얘기한 건 사람은 평등하다는 거예요. 누구나 다 존중받아야 한다는 얘길 그 시대에 했으니 누가 가만히 두겠습니까. 소량의 기이한 행동이 왕의 귀에 들어가고 일서는 바로 참수를 당합니다. 참수가 뭔지 아시죠? 이만한 칼로 그냥 목을 내리쳐서 몸과 머리를 두 동강 내는 겁니다. 일서라면 자기 목이 떨어질 거라는 건 충분히 예상했을 겁니다. 여기도 제 개인적인 생각인데, 일서와 소량이 그냥 알고 당했을 것 같지는 않아요. 그 정도 대비를 해놓았겠죠. 일서가 사라진 다음에는 뭘 해야 하나? 계획을 세웠지 않을까요? 그게 상식적이지 않아요? 그죠? 소량도 자기가 죽거나 유배갈 거라는 것쯤은 이미 알았겠죠. 그 둘이 자기 목숨만 보전하겠다는 생각을 했겠어요? 이미 천원교와 같이 하고 있는 이들이 수십 명이 넘는데? 어떻게든 자신들의 뜻이 이어지도록 세상에 남기는 방법을 찾지 않았을까요?

저는 선생님이 발견한 그 문서와 손가락에 해답이 있다고 봅니다. 일서가 참수되고 따르는 사람들은 충격에 빠졌겠죠. 그들에게 믿음을 주기 위해 소량은 스스로 그림자가 되기로 합니다. 유배가기 전날 새벽, 동이 트기 직전에 소량은 그를 따르는 모든 이들을 사저 앞마당에 불러모읍니다. 행여 눈물이 떨어지는 소리라도 날까봐 모두 있는 힘껏 입을 다문 채 소량을 바라봅니다. 소량은 일서가 입었던 흰색 도포를 입고 붓을 든 채 사람들 사이를 걸어다닙니다. 소량에게 붓을 건네 받은 사람들은 흰색 도포에 자신의 이름을 씁니다. 어느새 소량의 도포에는 이곳에 모인 이들의 이름이 빼곡하게 적혀 있습니다. 그리고 소량은 마지막으로 붓을 들어 먹에 푹 담근 다음 그 이름 위에 칠을 합니다.

소량은 달빛이 아니었다면 어둠 그 자체였을 도포를 두른 채 흙바닥 위에 털썩 앉습니다. 흙바닥에 종이를 한 장 깔아놓고 소량은 붓을 휘갈깁니다.

한울님 일서 백훈희께서 말씀하셨다. 모두의 몸에 일서의 혼이 깃들어 있으니, 부모는 일서이며 자식 역시 일서이다. 속세의 연은 눈을 현혹할 뿐이니 다 끊어내고 오직 일서를 받들어 현세에 복을 받으라. 나는 모든 것을 일서께 바치니 이제부터 나의 왕은 일서이니라. 모두 일서께 조아리고 모든 것을 내어드리라. 고난은 곧 시험이니 너희들 모두 감내하라.

소량은 문서를 곱게 접은 다음 마당에 있는 나무 아래에서 제법 무거운 돌멩이를 하나 들고 옵니다. 사람들은 어리둥절해 합니다. 뭐하려는 건지 알 수 없었죠. 그때 소량이 돌멩이 위에 왼손을 툭 올려놓습니다. 그리고 오른손으로 도포 안에 감추고 있던 칼을 꺼내듭니다. 사람들이 칼의 위용에 놀라기도 전에 소량은 칼날이 아래를 향하도록 높게 들었다가 단박에 돌멩이 위에 올려놓은 자신의 왼손 검지를 찌릅니다. 흘러나오는 피와 함께 검지가 바닥에 나뒹굽니다. 소량은 입술을 꽉 깨문 채 짓이겨진 검지를 듭니다. 얼굴과 목에 튄 핏자국을 소매로 쓱 닦아낸 소량은 노비 둘을 부릅니다. 망치와 쐬기 정을 들고 온 이들은 얼굴이 하얗게 질린 채 돌을 쪼갭니다. 돌을 깨는 날카로운 소리가 한양 도성을 울립니다. 돌에 금이 가고 돌의 일부가 떨어져나가자 소량은 멈추게 합니다. 써놓은 문서와 자신의 잘려나간 검지를 돌 안쪽에 밀어넣은 소량은 다시 노비들을 시켜 그 돌을 마당 구석 아래에 묻어놓습니다.

하늘 저 끝에서 붉은 빛이 새어나오기 시작합니다. 소량은 이곳에 모인 사람들에게 이렇게 말합니다. 일서도 자신도 절대 사라지지 않는다고요. 잠시 몸을 감추고 다시 이 땅에 내려올 시기를 기다릴 거라고 곱씹으며 얘기합니다. 저 돌 속에 정신과 육신을 넣어두었으니 기다리라고 말이죠. 소란스럽지 않게, 각자 자신의 자리에서 자손 그 아래 자손으로 우리의 밀약을 전하고 있으면 반드시 일서와 함께 이 땅에 돌아올 거라고 말합니다. 소량은 그 말을 끝내자마자 뚜벅뚜벅 걸어 대문 밖으로 나갑니다.

　소량의 뒤를 따르는 사람들에게 따라오지 말라고 손짓한 다음 저 멀리 인왕산을 향해 걸어갑니다. 붉게 물들어가는 한양의 거리 사이로 소량은 사라집니다. 그리고 조금 있다가 소량을 데리고 유배를 떠나려는 군이 도착했지만 소량은 어디에도 없죠.

　선생님, 이걸로 눈물 닦으세요. 얘기하는 저도 이렇게 마음이 무거운데 후예이신 선생님 마음은 어떻겠습니다. 아, 제가 말씀 안 드렸나요? 저는 당연히 알고 계신 줄 알았어요. 죄송합니다. 제가 연구만 하는 사람이다보니 저 혼자 알고 있는데 사람들이 이미 다 알고 있다고 착각하는 일이 종종 있어요.

　선생님 지난 번에 아버님 형님 말씀하시는데 저는 바로 알아챘습니다. 천의백, 천수백, 천기백. 이렇게 이름을 짓는 집안을 저는 본 적이 없습니다. 모르시겠습니까? 천기백을 뒤집으면 백기천이 되죠. 아버님 형님 성함도 마찬가지로 뒤집으면 백씨가 됩니다. 선생님은 일서의 후손으로 추정됩니다. 아이고, 선생님 여기 이 휴지 뽑아서 쓰세요. 소량이 전한대로, 당시 일서의 자손들은 행여 누가 눈치챌까 성을 바꿔 지금까지 내려온 거죠.

　아버님께서 심장마비로 돌아가셨다고 하셨죠? 제가 감히 추측하건데 옆에 선생님이 계셔서 그나마 이름 석자 말씀하고 가신 게 아닐까요? 선생님께 일어난 이 모든 일들이 이제 설명이 되죠? 물론 말씀드린 것처럼, 사실에 기반한 제 추측과 사견이 분명히 있습니다. 학자로서의 저는 분명하지 않은 것은 입밖에 내지 말라 했지만, 인간으로서의 저는 반대하더군요.

그리고 제가 소량의 시각에서 전체를 바라보면서 참 소량에 대해 깊은 생각을 했습니다. 이런 말 좀 우습지만, 제가 소량이 된 것 같은 기분마저 느꼈습니다. 주제 넘는 얘기라면 죄송합니다.

사례요? 아닙니다. 절대 어떤 개인적인 이득을 보려고 이러는 게 아니라는 것쯤은 아시죠? 저는 공부하는 사람이지 뭘 얻으려는 사람이 아닙니다. 선생님의 이런 열정에 참 많은 걸 느꼈고 그래서 제가 느낀 그대로를 전하는 것뿐입니다. 그것뿐입니다.

아닙니다. 이미 충분히 받았습니다. 덕분에 이렇게 하고 싶었던 연구도 실컷 할 수 있었습니다. 아이고, 네. 그럼 알겠습니다. 딱 연구비만 받겠습니다. 이번에 백훈희의 발자국을 따라 전국을 쭉 돌아볼 생각인데 주신 연구비로 더 열심히 조사해보겠습니다.

9. 롤러코스터

 평형으로 수영하는 것처럼 팔과 다리를 동시에 움직이자 하늘 위로 솟아올랐다. 어깨로 방향을 조절하면서 하늘을 날았다. 하늘을 날면서 무한한 자유를 느끼는 건 오직 꿈에서만 허용된다는 걸 주원은 알고 있었다. 그렇게 하늘을 나는데 어디서 두꺼운 끈이 날아와 주원의 팔과 다리를 낚아챘다. 끈은 주원을 쭉 당겼고 주원은 그렇게 깊은 물 속으로 빨려들었다.

 주원은 천천히 눈을 떴다. 침대에서 일어나 식은땀으로 젖어버린 잠옷을 벗고 새로운 잠옷으로 갈아 입었다. 일어난 김에 나잘 스프레이로 막힌 코를 뚫어준 다음 다시 침대에 누웠다. 환절기인 요즘 매일같이 있는 일이었다. 원래는 눈을 감고 조금 있으면 잠에 드는데 오늘은 잠이 오지 않았다. 침대에 누워 핸드폰을 켰다. 2024년 9월 30일 오전 3시 58분. 어느새 계절은 징그러웠던 겨울에서 봄으로, 또 여름에서 가을로 넘어가고 있었다. 주원은 눈을 감고 지난 시간을 복기했다.

 주원의 건물은 절반이 넘게 전소됐다. 지리하고 복잡한 일들이 계속됐다. 예상했던 대로 주원의 건물에 폴리스 라인이 둘러쳐졌다. 뉴스에도 났다. 주원의 건물과 백송빌딩은 유명해졌다.

 양옥은 수배된 지 얼마 되지 않아 체포됐고 구속됐다. 사건은 경찰에서 검찰로 넘어가 재판이 진행 중이었다. 혜리는 불구속 상태로 수사를 받았고 역시 재판 중이었다. 양옥과 혜리가 기백에게 건넨 현금 1억 2천만 원은 기백의 장부에 꼼꼼하게 적혀 있었다. 현록도 재판에 넘겨졌다. 현록에게 넘긴 현금도 역시 장부에 기재되어 있었다. 기백이 현록에게 여러 차례에 걸쳐 전달한 현금은 모두 1억 7천만 원이었다. 의심이 많았던 기백은 혹시 모를 상황에 대비하려고 했는지 현록과의 대화를 핸드폰에 녹음해 두었다. 녹취 내용이 공개되고 현록은 교수직을 박탈당했다.

주원은 치수의 추천으로 치수와 같은 변호사를 선임해 경찰 조사를 진행했다. 치수의 변호사가, 정확하게 말하면 치수의 누나가 최선을 다한 덕에 기소되지 않았다. 회사에서 임원은 물 건너 갔다. 주원은 경기도 지사의 영업 부서로 전배됐다.

주원은 어떻게든 건물을 살려보려고 했다. 그러나 건물은 이미 사망 선고를 받은 상태였다. 결국 건물은 철거됐다. 해경이 땅이라도 팔아보겠다고 나섰지만 사겠다는 사람은 없었다. 사람이 죽고 건물이 불타버린 땅을 살 사람은 없었다. 건물을 화재보험에 들어놓아서 손해액 보상을 받았지만 건물을 다시 짓기엔 턱없이 부족했다. 사망한 기백의 백송빌딩은 연락이 끊겼다던 기백의 딸에게 돌아갔다. 기백의 딸은 빌딩을 매물로 내놨다. 주원의 땅처럼 백송빌딩을 사겠다는 사람은 없었다.

주원은 그 땅을 보고 싶지 않아서 오랫동안 근처에도 가지 않았다. 주원은 회사 근처의 다세대주택 투룸을 월세로 얻었다. 건물은 사라졌지만 매달 빼먹지 않고 돌아오는 대출금을 갚느라 허리가 휘었다. 이모와 현수를 비롯한 주원의 지인들은 고맙게도 주원의 편에 서줬다. 낡은 투룸 빌라. 돌아갈 수 없을 것 같았던 삶이었지만 막상 돌아오니 금방 익숙해졌다. 주원은 다시 밝아졌다. 회식 자리에서 술을 마시면서 영업팀 직원들에게 불타버린 건물에 대해 농담하며 웃고 떠들었다.

치수와 개인적인 연락은 하지 않았다. 재판이 끝날 때까지는 치수와 얘기를 나누지 않는 편이 좋을 것 같다는 변호사의 충고, 아니 치수 누나의 충고 때문이었다. 치수는 변호사를 통해 임대보증금은 나중에 돌려받겠다고 전달했다.

오늘처럼 새벽에 잠에서 깨면 가슴을 짓누르는 거대한 돌덩이가 더 무겁게 느껴졌다. 주원은 그 무게를 피하지 않았다. 그 무게는 주원이 감당해야 할 것이었다. 잠이 오지 않았다. 수면제를 먹을까 생각했지만 어차피 5시간 넘게 잤기 때문에 이대로 깨어있어도 괜찮을 것 같았다. 습기에 벽지가 일어난 천장을 바라보면서 주원은 지난 기억들로부터 자신을 떼어내려고 노력했다. 그럴 땐 TV를 보라는 정신과 선생님의 조언이 생각나서 리모컨을 찾았다. 그때 핸드폰 진동이 울렸다.

'내일 오전 9시 53분 잠실 롯데월드'

'1층 세입자' 치수의 메시지였다.

■

롯데월드 정문 앞은 개장 전인데도 사람들로 북적댔다. 일요일이라 그럴 법도 했다. 입장권 판매소 앞에 서 있는데 저 앞에서 치수가 걸어왔다. 치수는 그대로였다. 다만 늘 신는 스니커즈 대신 초록색 컨버스 운동화를 신고 있었다. 나름대로 최선을 다해 신난 상태를 보여주는 것이라는 걸 주원은 눈치챘다.

"잘 지냈죠?"

치수가 먼저 인사를 건넸다.

"죽고 죽이고 묻고 파헤치고 불타버린 게 전부인데 못 지낼 건 뭐겠어요?"

주원이 말했다. 치수는 여전한 주원을 보며 웃었다.

"그러네요."

"치수 씨는 잘 지냈어요?"

"저도 잘 지냈어요. 가짜 시체 만드는 취미가 만천하에 공개된 게 전부인데 못 지낼 이유가 뭐 있겠어요?"

치수가 말했다. 이번엔 주원이 웃었다.

둘은 나란히 서서 롯데월드 개장을 기다렸다. 놀이공원 문이 열리자마자 치수가 롤러코스터 방향으로 뛰어갔다. 주원도 치수를 따라갔다. 둘은 또 말없이 줄을 섰다. 그리고 롤러코스터 앞자리에 나란히 앉았다.

"저 사실 롤러코스터 처음 타요."

치수가 말했다.

"이거 타고 안 타고 하나도 중요하지 않은 건 알지만, 솔직히 정말 타보고 싶었어요."

치수가 살짝 떨리는 목소리로 덧붙였다.

"저두요."

"저 이런 말 처음 해요. 웃기죠?"

"네, 치수 씨 웃긴 사람이었구나."

주원의 대답이 끝나기도 전에 롤러코스터가 움직였다. 롤러코스터는 천천히 정상을 향해 올랐다. 주원과 치수는 손잡이를 꽉 잡았다. 롤러코스터는 정상에서 방향을 바꿨다. 치수는 떨어지기 전부터 절반쯤 정신을 잃은 채 소리를 지르고 있었다. 땅을 향해 전속력으로 미끄러지는 중력의 힘을 강하게 느끼면서 주원은 소리쳤다.

"치수 씨!"

"네에에에!"

"저 왜 만나자고 했어요?"

주원이 물었다.

"그리워서요!"

무방비 상태의 치수가 소리쳤다.

롤러코스터보다 더 빠른 속도로 주원의 심장이 바닥에 떨어졌다. 롤러코스터는 그런 주원의 상태 따위는 아랑곳하지 않은 채 360도 뒤틀었다. 주원은 이 정도면 충분하다고 생각했다. 모든 걸 잃은 자신을 그리워 해주는 사람이 있다니, 그 사람이 주원이 간절하게 보고 싶었던 치수라니. 치수가 그리워한 게 주원인지, 아니면 인생의 낙차에서만 느낄 수 있는 짜릿함인지는 알 수 없었다. 뭐든 상관 없었다.

주원은 머리가 땅을 향해 뒤집힐 때 두 손을 놓았다. 두 손을 놓으면 이 세상에서 사라질 수 있지 않을까. 아주 잠깐은 아프겠지만 그 이후엔 편안해지지 않을까. 롤러코스터가 뒤틀릴 때 두 손을 위로 뻗었다. 그때 주원의 손에 체온이 느껴졌다. 치수의 손이었다. 치수는 위로 뻗은 주원의 손을 꽉 잡았다. 주원은 치수를 바라봤다. 치수가 주원을 보면서 웃었다.

사람들의 비명이 주원과 치수를 스쳐 지나갔다. 롤러코스터는 마지막 낙하를 위해 다시 한번 정상을 향해 올라가고 있었다.

리사와 한나
센과 치히로

안인용

1981년생.
서울에 살고 있다.
OC HQ

세입자
ⓒ안인용 2024

1판 1쇄 2024년 11월 1일

지은이 안인용
편집 안인용
디자인 PADOSTUFF

펴낸곳 OC HQ
출판등록 2024년 7월 23일 제2024-000092호
주소 서울시 종로구 자하문로 12길 11-1, 2층
ISBN 979-11-989512-0-5

oc@oc-hq.com
www.oc-hq.com
@studio_ochq

- 이 책의 판권은 지은이와 OC HQ에 있습니다.
  이 책의 내용 전부 또는 일부를 재사용하시려면 반드시 서면 동의를 받아야 합니다.
- 잘못된 책 교환은 구입한 곳에 문의해주시기 바랍니다.

oc·ho